Camille Andrea

Le sourire contagieux des croissants au beurre

roman

PLON
www.plon.fr

92, avenue de France
75013 Paris
Tél. : 01 44 16 09 00
Fax : 01 44 16 09 01
www.plon.fr
www.lisez.com

Mise en pages : PCA
Dépôt légal : avril 2021
ISBN : 978-2-259-30614-0

À Dominique,
merci pour tes croissants.

On détient le bonheur entre nos mains,
Cela m'a pris bien trop de temps
Pour le savoir, pour le comprendre,
Jusqu'à ce que tu partages ton secret avec moi.

Secret, Madonna

Première partie

LE PHILOSOPHE QUI VENDAIT DES HOT-DOGS

Le gobelet de café à un million de dollars

— Un million de dollars ?

La réception sur les épaules d'un piano à queue *Steinway & Sons* tombé accidentellement du vingt-troisième étage ne me causerait plus grand effet. Bien sûr, sur le coup, je pense à une blague. Il ne peut en être autrement. Je lève le nez de mon smartphone et scrute le visage du vendeur à la recherche d'un sourire complice, d'un éclat dans le regard qui trahirait un trait d'humour. Mais tout chez mon interlocuteur inspire sérieux, bonté et confiance. C'est un très vieux bonhomme, de type hispanique, aux yeux plissés et à la peau sombre ratatinée comme une prune brûlée par un soleil que l'on ne trouve pas sous ces latitudes.

— Un million de dollars ? je répète, stupéfait. Un million de dollars pour un simple gobelet de café ?

J'éclate de rire et me retourne pour prendre à témoin les autres clients mais je réalise aussitôt que je suis le seul. Autour de moi, les New-Yorkais, enveloppés dans de grands manteaux d'hiver, vaquent à leurs occupations, indifférents à la scène irréelle qui se joue devant eux. C'est pourtant difficile de ne pas nous voir.

Le chariot est installé en plein milieu du trottoir et le vieux est assis sur une chaise de camping, à ses aises, ne semblant même pas se rendre compte qu'il force les passants à le contourner, ou s'il s'en aperçoit, ne se souciant guère de la gêne occasionnée.

— Tu m'as l'air d'être un homme intelligent. Tu ne payerais pas autant pour un « simple gobelet de café », pas vrai ? relève le marchand sur un ton calme et posé. Par contre, pour le café qui va changer ta vie…

Il esquisse un grand sourire d'autosatisfaction qui dévoile, l'espace de quelques secondes, l'unique dent qu'il possède. On peut dire qu'il a une haute opinion de son café. J'aime cela. J'aime les gens culottés et qui croient en ce qu'ils vendent. Je parle en connaissance de cause. Je crois tout autant en mes croissants surgelés. Bien plus qu'à la paix au Proche-Orient ou au plan d'action sociale du Parti républicain.

Je regarde de tous les côtés à la recherche d'une caméra dissimulée dans une camionnette de plombier à verre fumé. Je m'attends à ce qu'une équipe de cadreurs canadiens surgisse d'un moment à l'autre, sourire aux lèvres, en me pointant d'un doigt moqueur. On m'avouerait alors que toute la scène a été filmée pour un programme de télévision à la mode dont je suis devenu, à mon insu, la vedette.

— C'est pour quelle chaîne ?

L'homme reste impassible. Nous nous dévisageons en silence, l'un en face de l'autre comme deux cow-boys en duel qui se jaugeraient du regard, prêts à dégainer. Quelques secondes plus tard, aucune équipe n'étant apparue, je décide de dégainer le premier.

— OK, vous êtes sérieux, dis-je en me demandant si la réalité n'est pas plus absurde encore que cette histoire de caméra cachée. Très bien, vous êtes quoi ? Une sorte de diseur de bonne aventure ? Vous lisez l'avenir dans les capsules de Nespresso ?

— Je te l'ai dit. Je suis juste l'homme qui t'offre le café qui va changer ta vie.

J'éclate de rire.

— Pour un million de dollars ?

— Un million de dollars, un million de dollars, tu n'as que ces mots à la bouche ! s'exclame-t-il sur le ton que prendrait un grand-père pour gronder un petit-fils impertinent. Si tu marchais dans le désert depuis des jours, assoiffé et sans repères, ne donnerais-tu pas toute ta fortune pour quelques gouttes d'eau ?

— Un désert ? Il fait trois degrés ! Et nous sommes en plein Manhattan !

— Voilà ce que te disent tes yeux. Mais ton cœur, lui, sait bien que ta vie est un vrai désert...

J'accuse le coup. Ma vie est-elle si vide que cela ? Et quand bien même ce serait le cas, qu'en sait-il ? Je jette un coup d'œil à mon téléphone. Le cours de la Bourse indique que mes croissants ont encore pris un point. On dirait bien qu'une oasis vient d'apparaître dans mon « désert ». Satisfait, je range le portable dans la poche de mon manteau et souffle sur mes mains pour les réchauffer.

— Or, tu en conviendras, dans le désert, l'argent ne sert à rien, ajoute-t-il (je suis sur le point de lui faire remarquer qu'il ne m'a toujours pas servi mon café lorsqu'il s'empare d'une thermos d'une propreté douteuse). Déleste-toi donc de ce poids inutile qui écrase tes épaules et qui ralentit ton avancée dans la vie, et recommence à courir !

— Vous voulez que je me déleste de « ce poids inutile » sur votre compte en banque, c'est ça ?

— Je n'en ai pas besoin. Qui te dit que je ne suis pas multimillionnaire et que je ne vends pas ce café dans la rue parce que je pense que c'est le meilleur café du monde et que j'aime rendre les gens heureux ?

À moins qu'il ait braqué Fort Knox armé de la broche à pain de sa machine à hot-dogs, je ne vois pas très bien comment ce vieux marchand de café ambulant édenté pourrait être aussi riche que moi.

— Alors, je vous retourne la question. Qui vous dit que je peux me payer un café à ce prix-là ?

— Parce que tu as l'arrogance des gens riches, tes yeux ont l'expression de ces gens qui ne croient qu'en eux-mêmes…

— Vous aussi, vous vous fiez à ce que voient vos yeux !

— Si c'était le cas, je te parlerais de ton costume Dolce & Gabbana à mille dollars.

Je me garde bien de lui préciser qu'il en vaut le double. Et que c'est le moins cher de ma garde-robe.

— Tu sais à quoi on reconnaît les gens heureux ? me demande-t-il en contournant son comptoir et en s'approchant de moi comme s'il s'apprêtait à me dévoiler un secret. Sûrement pas au nombre de zéros qui s'étalent sur leur feuille de paye. On reconnaît les gens heureux à ces petites rides, là, au coin des yeux. Voilà la plus grande richesse.

Il m'indique la commissure de ses yeux plissés et sourit à nouveau.

— Et toi, où sont les tiennes ?

Son doigt s'est posé sur les couvercles en forme de cloches de sa carriole. J'examine le reflet de mon visage sur leur surface chromée.

— Botox ? dis-je en haussant les épaules, comme si cela n'était pas assez évident.

Si les rides sont un signe de bonheur, alors l'être le plus heureux sur la face de la Terre est un Shar-Peï. Et c'est bien à la dernière chose à laquelle j'ai envie de ressembler.

— Moi, malheureux ? je m'exclame en feignant d'ignorer ce qu'il veut dire par là. Comment pourrais-je être malheureux ? Mes croissants finissent dans la bouche des plus belles femmes du monde…

— Je me suis trompé, ajoute le vieil homme en regagnant l'arrière de son chariot. Ta vie n'est pas un désert. Car même un désert est plus rempli que ta vie, il est plein de sable. Ta vie est un désert sans sable.

Le vieillard verse du café fumant dans un gobelet en carton.

— Tiens, *señor*, me dit-il en me le tendant. Bois, cela te fera du bien.

— Je vous préviens, je ne payerai pas un million de dollars pour un café de thermos ! réponds-je, mi-sérieux, mi-moqueur.

— Nous en reparlerons, conclut-il en prenant un air énigmatique et sûr de lui.

Sceptique, je porte le verre à mes lèvres, loin d'imaginer que ce simple geste bouleversera ma vie à tout jamais.

Le meilleur café du monde

— Merveilleux.

Je retire le gobelet en carton de mes lèvres et je m'entends prononcer sans trop y croire le mot *merveilleux*.

C'est un mot français et il y a bien longtemps que je ne l'ai plus prononcé. Rares sont les occasions au cours desquelles je m'exprime dans ma langue maternelle, même dans l'intimité, même seul, même avec mon chat. Voilà dix ans que je me suis installé à New York, quatre ans que j'ai épousé une belle Américaine, et que, mes parents étant décédés, j'ai rangé au placard cette belle langue afin d'assouvir un désir impérieux d'intégration dans ce nouveau pays et dans ma nouvelle vie. À vrai dire, je ne me souviens plus de la dernière fois que j'ai éprouvé la nécessité de prononcer ne serait-ce qu'un seul mot en français qui ne commence pas par « croi » et ne finisse pas par « ssant ». Et je me demande si l'avion qui m'a mené sur le nouveau continent n'en a pas été le dernier témoin. Le jour où Pierre Boulanger est devenu officiellement pour tous *Piewr Bowlenjay*, prononcé avec un chewing-gum dans la bouche. Le jour où Pierre Boulanger s'est installé dans un pays où cela ne fait enfin plus sourire personne, un boulanger qui se nomme Boulanger.

— Merveilleux.

Le mot m'a échappé, un peu comme si mes lèvres l'avaient produit bien avant que j'en prenne conscience. Le vieux marchand secoue la tête d'un air entendu, comme s'il savait depuis le début que je dirais cela. Comme s'il comprenait le français. Son visage s'est illuminé.

Il parle mais je n'écoute plus. Je ne réagis plus. Incrédule, je savoure longuement le précieux liquide noir comme l'on déguste un bon vin dans mon pays, pour qu'il imprègne bien les parois de mes joues, pour que les nuances des saveurs se diffusent dans toute ma bouche. J'inspire, puis j'expire aussitôt par le nez afin de faire passer cet air chargé d'arôme devant mes récepteurs olfactifs. Ce café est d'une délicatesse folle. Mieux encore, au bout de quelques secondes, cette délicatesse laisse place à un feu d'artifice gustatif qui éclate alors sur ma langue comme les tableaux de Van Gogh m'explosaient aux yeux lorsque, enfant, je passais mes après-midi au musée d'Orsay avec ma tante, après l'école.

Je n'ai jamais bu un café aussi savoureux. Je suis pourtant un habitué des meilleurs restaurants et salons de la plus grande ville des États-Unis. Le *Mandarin Oriental*, le *Ritz-Carlton Central Park*, le *Pearl & Ash*, autant d'endroits prestigieux où la simple évocation de mon nom au maître d'hôtel provoque le miracle de libérer une table en quatorze secondes et vingt-six centièmes (toute occasion est bonne pour utiliser la fonction super-chronomètre de ma Rolex), la salle fût-elle complète.

De mémoire d'homme, on a dépensé des sommes bien plus indécentes pour des choses bien plus insignifiantes. Ce café vaut bien un million de dollars si on le compare avec celui qu'avait l'habitude de me préparer Kate chaque matin avant que Santa Claus n'ait l'idée géniale de lui déposer une De'Longhi au pied du sapin. Jusqu'alors, animée par les préceptes spirituels de gourous à la mode, elle se lançait dans l'élaboration de décoctions plus que douteuses à base de racines exotiques aux noms imprononçables après ses cours de yoga à trois cents dollars la séance. En vain. Et puis, de toute façon, elle n'a jamais vraiment pris le temps de s'y évertuer. Kate est une excellente avocate, reconnue par tout le gratin de la Grosse Pomme, et chaque minute consacrée aux fourneaux, ou à faire du café, est une minute de moins passée à la barre et donc à gagner de l'argent.

Kate est une femme pressée. Je ne peux la blâmer, je suis exactement pareil (avec un petit peu moins de seins et de cheveux sur la tête). Chaque minute vécue en dehors de mes usines de croissants surgelés, du siège de ma compagnie, de l'une de mes boulangeries, ou tout simplement de l'écran de mon téléphone portable, est, pour moi, une minute de perdue et donc des centaines de dollars de perdus. D'ailleurs, le seul moment de la journée où je mets les pieds dans notre cuisine à cent mille dollars, c'est pour verser les croquettes de notre chat Mille-feuilles dans sa gamelle. Je suis l'un des plus grands Chefs pâtissiers du monde et *Happy Croissants Ltd.* alimente des millions de foyers dans ce pays, et, cependant, une fois à la maison, je suis incapable de passer plus de trente secondes dans la cuisine, incapable de me préparer un plat, infoutu de préparer la moindre pâtisserie. N'épousez jamais un Chef pour qu'il vous cuisine de bons petits plats à la maison. Après les pinces attrape-peluches des fêtes foraines, c'est la plus grosse arnaque de tous les temps !

En tenant le gobelet dans la main, j'éprouve un sentiment d'excitation intense, comme cela fait longtemps que je n'en ai pas eu. À l'égard d'un café. Ou de quoi que ce soit d'autre. Femmes comprises. *Ma* femme comprise. Je ne me rappelle d'ailleurs même plus la dernière fois que nous avons fait l'amour. Le souvenir est tellement lointain et flou que j'en viens à penser que c'était sûrement dans une vie antérieure. Pendant un instant, je m'imagine en Napoléon, nu, le bicorne vissé sur la tête, prenant en missionnaire une Kate au faux air de Joséphine sur un secrétaire Empire à dorures.

Comment une simple boisson peut-elle provoquer une prise de conscience si puissante ? Je me demande si le vieux malin n'y a pas versé un quelconque exhausteur de goût. De l'éthyl-maltol, voire de la ribonucléotide disodique. Ce ne serait pas la première fois que je vois ça.

Je porte à nouveau le gobelet à mes narines et en hume le parfum à la fois doux et corsé. L'odeur toastée des grains torréfiés m'emplit de leur arôme sauvage, me projetant aussitôt en pleine jungle amazonienne. Produit-on du café en pleine jungle amazonienne ? Ou était-ce dans une publicité pour une eau de toilette ? Je ne sais pas, mais une idée que tout est possible a surgi à nouveau en moi, comme avant. Je sens les feuilles mouillées caresser mon visage, puis je me sens m'élever de quelques centimètres. Mes Lottusse vernies quittent le trottoir de la 7e Avenue. Je lévite tel un yogi. Bientôt, j'atteins la cime des plus hauts gratte-ciel et je continue mon ascension vers le soleil. Le soleil chaud et bienfaisant.

E635

La douce mélodie des klaxons des taxis jaune et noir résonne de nouveau à mes oreilles.

— Dites, qu'est-ce que c'est que ce café ?

— Du café, répond-il simplement.

— Chez qui vous fournissez-vous ? Qu'est-ce que vous mettez dedans ? De la drogue ?

— Des grains de café et un peu de rêve, me confie le vieillard en souriant.

— Un peu de rêve ! C'est le mot poétique pour E635, ou E637, n'est-ce pas ?

— Des grains de café et un peu de rêve, répète-t-il de sa voix posée. Tout est naturel. Rien à ajouter au goût du bonheur.

Je laisse le gobelet vide sur le comptoir du chariot et m'essuie les lèvres à l'aide de la petite serviette en papier qu'il me tend. Et qui n'a pas l'air de servir pour la première fois.

— Vous n'avez pas répondu à ma question. Chez qui vous fournissez-vous ?

— Et toi, tu n'as pas répondu à la mienne. Es-tu heureux ? Ne manque-t-il donc rien dans ta vie ?

L'odeur sucrée de l'argent

— Voilà comment toute cette histoire a commencé, dis-je.

Mon amie manque de s'étouffer avec son croissant. Elle ouvre la bouche comme un poisson dont l'hameçon viendrait tout juste de casser. Sa viennoiserie tombe et se brise en mille éclats de pâte feuilletée sur ses talons aiguilles.

— Quand je pense que je dépense des fortunes pour me rendre dans le fin fond du Tibet afin de parler à des vieux moines et que, toi, tu en trouves un juste en bas de chez toi. Et qu'en plus, il vend des saucisses ! La vie est injuste…

Celle qui considère que la vie est injuste n'est autre que Madonna.

Madonna, la star interplanétaire qui décorait les murs de ma chambre quand l'acné parsemait encore de confettis vermeils mon visage pubère et qui se tient en ce moment précis devant moi, roulant de grands yeux, une patte de croissant dans la bouche. Un *Happy Mady*, un croissant spécialement fabriqué pour elle. Sans gluten, sans beurre, sans sel, sans farine. Autant dire qu'il ne reste pas grand-chose. Un croissant à l'eau, quoi.

Et encore, de l'eau importée des plus hauts sommets de l'Himalaya, pour ses propriétés ferrugineuses et spirituelles ! Caprice de star oblige.

— Un hot-dog, pense-t-elle à haute voix en salivant, je tuerais pour un hot-dog…

Lorsque nos agendas respectifs coïncident à New York, nous nous retrouvons pour quelques instants au *Happy Croissants* de la 7e Avenue pour un rituel immuable. Je n'ai jamais su si c'était pour moi ou pour les viennoiseries que je lui offre pendant que nous conversons accoudés aux fourneaux. Je ne le lui ai jamais demandé. Je souhaite conserver l'illusion intacte, même si je ne m'en fais pas trop. Dans ce milieu, j'ai appris que l'on n'est jamais à l'abri d'une déception. Que les relations entre gens riches sont parfois aussi friables qu'une pâte feuilletée trop sèche. Je préfère imaginer que c'est pour mes beaux yeux bleus, mon irrésistible charme français. Ma conversation, à la rigueur. Même si, après tout, aimer mes croissants revient un peu à m'aimer, moi. Quant aux deux mastodontes noirs qui l'accompagnent, je n'ai que très peu de doute sur leurs motivations. Au lieu de monter la garde dehors, ils sont là, avec nous, dans l'arrière-boutique, alors que c'est bien le seul endroit où leur patronne ne sera pas victime d'un assaut aussi sauvage qu'impromptu de fans déchaînés. Est-ce pour les montagnes de mignardises qu'ils sont en train d'engouffrer ou juste par excès de zèle ? Je n'ignore pas que la sécurité a toujours été un enjeu majeur pour les Américains.

La chanteuse a enlevé le grand chapeau et les lunettes de soleil qu'elle a l'habitude de porter pour passer incognito dans les rues de Manhattan et qui la font ressembler à une apicultrice. C'est la première chose qu'elle entreprend dès qu'elle entre dans mon atelier. Redevenir un visage humain. Puis elle retire son long manteau comme l'on ouvre un rideau de théâtre. C'est toujours un spectacle. Aujourd'hui, elle porte un survêtement blanc parsemé de paillettes argentées, avec des chaussures à talons aiguilles dorées. Elle a inventé le look apicultrice-joggeuse-chic.

— Quand je pense que je dois me taper dix heures de jet chaque fois que je veux prendre une leçon de tir à l'arc spirituel avec Paulo Coelho dans son ranch perdu au fin fond de la pampa brésilienne et que, toi, tu tombes dessus en allant au boulot !

— Ce n'est pas Paulo Coelho, Mady. Lui, ce serait plutôt Paulo *Clodo* ! C'est juste un vieux monsieur qui a du bagou et qui vend des hot-dogs sur le trottoir.

— Et le meilleur café du monde.

— Et le meilleur café du monde… je répète, pensif. Paulo Coelho donne vraiment des cours de tir à l'arc ?

— Ça s'appelle du Kyudo, corrige Madonna. Une discipline qui allie la pratique du tir à l'arc à la méditation. Tu apprends à faire un seul avec la flèche, tu apprends à respirer. Et tu tires.

— Tu as besoin que l'on t'enseigne à respirer ? dis-je sur le ton du sarcasme. Tu me sidères parfois.

— Enfin, bref, coupe mon amie, quelque peu agacée, pour revenir à ton histoire, tu sais, Pierre, les signes, ça existe. Tu ne t'es pas demandé ce qui t'avait amené à la rencontre de ce vieux bonhomme, toi qui ne décolles jamais le nez de ton portable ?

— Un signe ! Tu plaisantes ! Avec son chariot en plein milieu du trottoir, le signe aurait plutôt été de ne pas lui rentrer dedans ! Bon, je suis un peu shooté en ce moment. C'est l'anxiolytique qu'on m'a prescrit. L'achat de l'usine d'Atlanta me rend fou. J'ai des migraines et des insomnies. C'est un véritable enfer.

— Je vois, tu n'y crois pas, dit-elle, un zeste de déception dans la voix.

— Le seul signe que je connaisse et que je comprenne, c'est le +. Toujours plus. Les signes, le destin, je laisse cela aux paresseux, à ceux qui se laissent porter par les remous des vagues, ceux qui cherchent une excuse lorsque les choses se passent mal, ceux qui se disent : « Ce n'est pas ma faute, c'est le destin, c'était écrit ! » À quoi cela sert-il de se battre si tout est déjà écrit d'avance et que rien ni personne ne pourra jamais le changer ? Autant rester assis sur une chaise toute sa vie et attendre que les choses se passent ! Et si elles doivent arriver, alors elles arriveront. Un peu facile, tu ne trouves pas ? Quand on croit en la rigueur et au travail, on ne croit pas aux signes. J'aime croire que nous prenons à chaque seconde des chemins et des décisions qui font que notre vie devient ce qu'elle est. Oui, j'aime croire que notre existence est ce que nous en faisons, Mady. Et que nous sommes des êtres libres.

Je lui montre mes grandes mains pour lui indiquer que ma ligne de vie, je l'ai pétrie à force d'efforts, comme mon pain.

Madonna hausse les épaules.

— Ce n'est pas parce que tu n'y crois pas que cela n'existe pas. Regarde les miracles.

— Les miracles ? Mais ça n'existe pas ! je m'écrie en exagérant un rire qui l'irrite un peu plus.

— Eh bien, ils y croient, à Lourdes !

— Tu m'étonnes, qu'ils y croient ! Le plus grand miracle de Lourdes, c'est de faire des millions d'euros de chiffre d'affaires par an en vendant des cartes postales et des petites bouteilles d'eau bénite aux touristes.

— On appelle ces gens des « pèlerins », Pierre, et puis c'est de l'eau de source miraculeuse. Combien ça représente, des millions d'euros ?

— Euh… laisse-moi réfléchir, des millions de dollars ?

— Arrête ton cynisme. Tu ne crois en rien ! s'offusque-t-elle. De nombreuses personnes ne croient pas au réchauffement climatique, cela n'empêche pas la Terre de se réchauffer inévitablement !

— Tu sais ce que je pense ? Que la Terre se réchauffe un peu plus chaque fois que tu sors un clip dans lequel tu apparais en petite tenue !

— Enfin, dit-elle en ignorant mon compliment, le fait est que tu n'as pas payé un million de dollars pour ton gobelet de café… Tu es incapable de voir l'aventure lorsqu'elle s'offre à toi.

Elle éclate de rire, ce que je trouve quelque peu humiliant, avant d'avaler une patte de croissant à l'eau des montagnes de l'Himalaya. Et j'en viens à songer que ses caprices alimentaires de star me reviendraient moins cher si j'allais la chercher à Lourdes. Je note d'y penser à l'avenir. Quoi de plus ressemblant à une eau miraculeuse qu'une autre eau miraculeuse après tout ? Et tiens, tant qu'à faire des économies, pourquoi ne pas y mettre de l'eau du robinet ? Serait-elle capable de faire la différence ?

— Tu ne me crois pas capable de payer un million de dollars pour un gobelet de café ? dis-je, en ne feignant qu'à moitié un air offusqué.

— Non, répond-elle, sûre d'elle.

Je ne sais pas pourquoi, mais dans sa bouche, ce *non* sonne comme un reproche, une déception. Que veut-elle dire ? Que je suis trop sensé ? Trop retenu ? Trop lâche, peut-être ? Oui, ce sera de l'eau du robinet dans ses prochains croissants. Et j'ajouterai du sucre.

— C'est juste que je ne te vois pas faire un truc pareil, ajoute-t-elle en croquant dans sa viennoiserie, consciente que sa réponse m'a troublé. Tu es si sensé. (Qu'est-ce que je vous disais !) Tout est si planifié chez toi, ta routine, ta petite vie tranquille, écrite comme une recette de cuisine classique. Il n'y a pas de place pour l'improvisation, pour la folie, pour l'aventure. Quelquefois je t'envie.

Dis tout de suite que je suis un vieux con ! Mon Dieu, voilà ce que les autres pensent de moi ? Que je suis un mec ennuyeux, un homme dans la vie duquel il n'y a pas de place pour l'improvisation, la folie, l'aventure ! S'ils m'avaient connu il y a dix ans, s'ils m'avaient connu lorsque j'ai débarqué aux États-Unis avec ma jeunesse et mes illusions pour dévorer le monde, s'ils m'avaient connu lorsque j'ai créé *Happy Croissants Ltd.* à force de travail, de café, de burritos, de feta, et de nuits blanches ! S'ils m'avaient connu avant que je me marie avec Kate ! J'ai bien envie de mettre la tête aux cheveux peroxydés de mon amie dans le four à pain (conseil numéro 1 : ne jamais contrarier un boulanger dans l'exercice de ses fonctions), mais après tout, est-elle si éloignée de la réalité ? Ou est-ce moi qui ne veux pas la regarder en face ? Je sais que ma femme pense comme elle. Le vieux marchand de café aussi. C'est bien ce qui me préoccupe. Dernièrement, on dirait que nombreuses sont les personnes qui raisonnent de la sorte. Plus qu'un complot mondial, je dois me rendre à l'évidence, si je suis devenu cet homme aux yeux de tous, je ne peux m'en prendre qu'à moi-même.

Au lieu de mettre ma propre tête dans le four à pain, je me contente de hausser les épaules et de pousser de la pointe de ma Lottusse les miettes de croissant qui pleuvent sur les talons aiguilles de Madonna comme autant de paillettes dorées. Puis je m'empresse de lui fourrer un pain au chocolat dans la bouche, un *Black Happy Mady* pour être précis, tout en me réjouissant à l'idée qu'elle ne pourra plus parler, et donc me balancer de blessantes vérités à la figure, pendant les deux prochaines minutes. Fabriqué à base d'eau des sommets himalayesques (si la source vient à se tarir, vous savez qui en est responsable...) et de cacao 90 % du Venezuela, le *Black Happy Mady* adhère bien au palais. On pourrait presque y coller un appareil dentaire.

— Si ffe café est ffi bon que tu le prétends, alors affète-le. Combiné à tes croiffants, ffe nectar ferait de toi le roi inconteffté des petits déjeuners américains...

Je ne peux m'empêcher de songer qu'elle a raison. Et une envie folle de conquête m'envahit.

La sonnerie du four retentit, nous ramenant à la réalité. Je jette un coup d'œil vers la table de travail. Là où je m'attends à voir Steven, mon Chef pâtissier, je ne vois que les deux immenses gardes du corps de la pop star attaquer maintenant ma réserve de pains aux raisins. Si je les laisse faire, le très coté *Happy Croissants* de Central Park n'aura bientôt plus rien à vendre à ses exigeants clients aujourd'hui.

— Allez m'attendre dehors, leur lance Madonna.

Ma conscience a-t-elle parlé aussi fort ?

Déçus, Moby Dick et Goliath enfournent encore quelques pâtisseries avant d'essuyer leurs grosses mains graisseuses sur leur costume noir (je comprends maintenant pourquoi les « bodyguards » mettent des costumes noirs) et de disparaître par la porte de derrière. À quoi cela sert-il donc de sortir dans la rue déguisée en apicultrice-joggeuse-chic si c'est pour se flanquer de deux monstres comme ça ? Autant porter une pancarte géante avec écrit dessus en lettres fluorescentes :

JE SUIS UNE CÉLÉBRITÉ, FAITES COMME SI VOUS NE ME VOYIEZ PAS !

Le four sonne à nouveau.

Steven est sans doute sorti fumer dehors. Malgré mes recommandations. Je lui ai conseillé cent mille fois d'arrêter la cigarette. Je n'ai jamais compris comment on pouvait travailler dans un métier de bouche et à la fois trouver un quelconque plaisir à fumer du revêtement d'autoroute. Il faudra qu'il m'explique un jour, avant qu'un cancer de la gorge ne lui emporte les cordes vocales.

Je tourne deux, trois boutons et ouvre la grande porte en verre. Puis j'enfile les gros gants ignifugés et sors les plaquettes de baguettes, qui se mettent à croustiller aussitôt qu'elles entrent en contact avec l'air plus froid de l'atelier. Depuis que, de simple boulanger, je suis devenu un homme d'affaires, mes gestes sont devenus moins précis, moins alertes, mais je n'hésite jamais à mettre la main à la pâte lorsque cela est nécessaire. Je tiens encore à conserver ce contact avec le métier, avec le produit. Cela m'aide à garder les pieds sur Terre. Et même si je passe le plus clair de mon temps dans les avions, les conférences ou mes usines de croissants surgelés, je visite dès que je peux mes boulangeries de quartier disséminées un peu partout aux quatre coins des États-Unis. Juste pour me souvenir, pour respirer l'odeur sucrée des fourneaux, l'odeur du beurre qui fond, pour écouter le crépitement de la pâte feuilletée, et rêver un peu. Oublier quelques minutes l'odeur de l'argent. Remplacer quelques minutes le froissement des billets par le croustillant des croissants.

Madonna sourit.

Cela doit l'amuser de voir un mec dans un costume Dolce & Gabbana à deux mille dollars sortir des baguettes d'un four avec des gants de pompier. Puis, l'odeur du pain doré ayant envahi la petite salle, la chanteuse ferme les yeux pour en humer tout l'arôme. C'est un délice. Rien à voir avec cette horreur de spray au parfum chimique de croissant chaud dont certains vendeurs de pain sans scrupule aspergent leur magasin pour attirer le chaland et le pousser à consommer.

— Cette odeur me rappelle toujours pourquoi j'ai choisi de faire ce métier, dis-je.

— Je ne peux pas en dire autant, la musique n'a pas d'odeur, réplique-t-elle, un peu triste.

— On dirait que tu n'as jamais été dans les toilettes d'un de tes concerts…

La chanteuse esquisse une petite moue de dégoût. J'insère une capsule violette dans la cafetière et appuie sur un bouton. Lorsque la tasse est pleine, je la tends à mon amie et reprends ma place sur le tabouret en cuir.

— Tu n'en bois pas ? demande, intriguée, Madonna, qui ne m'a jamais vu sans une tasse de café à la main.

— J'ai arrêté.

— Ah bon ? Depuis quand ?

Je jette un coup d'œil à ma Rolex.

— Depuis exactement vingt-cinq heures, dix-huit minutes, quarante-trois secondes et trente-cinq centièmes.

— Trente-cinq centièmes ! s'exclame la chanteuse.

Je savais bien qu'un jour j'arriverais à impressionner une fille avec cette montre.

Une théorie sur les musées

— Je suis prêt à vous payer un million de dollars pour un autre gobelet de café, j'annonce le lendemain matin au vieux marchand de hot-dogs, dont le chariot n'a pas bougé d'un millimètre sur le trottoir.

Même si elles ont un peu perdu de leur effet, je me sens toujours remonté par les paroles que Madonna a distillées dans mon esprit la veille. Pierre Boulanger, le roi sacré du petit déjeuner américain… J'imagine d'ici les titres de journaux.

L'homme me regarde comme si je venais de me mettre un saladier sur la tête, puis éclate d'un rire puissant.

Devant mon mutisme le plus total, il redevient sérieux.

— C'est une blague, n'est-ce pas ? Vous pensez que vous pouvez tout acheter avec de l'argent, pas vrai ?

— À vrai dire, oui. Enfin, presque tout, je vous parlerai un jour de ma théorie sur les musées et pourquoi je ne les visite jamais.

S'il y a bien quelque chose que je ne supporte pas, c'est d'avoir sous le nez des choses que je désire ardemment et que je ne peux pas acheter. Or, les musées en regorgent.

— La vie ne se résume-t-elle pas à cela ? Acheter et vendre ?

Mais le vieillard ne m'écoute plus. Il semble concentré à verser dans un gobelet le contenu de sa thermos fumante. Je sors deux gélules orange de ma poche et les avale avec une gorgée de café. Il est encore meilleur que la veille.

— Vous vous droguez ? me demande-t-il, émergeant de sa torpeur.

— Des anxiolytiques. J'ai un métier… stressant.

— Parce que vous le voulez bien.

— Que diriez-vous si je vous achetais le secret de votre café ? Pour un million de dollars. Je suis sérieux.

Afin de lui montrer que je ne plaisante pas, je sors de ma poche ma carte de visite et la lui tends.

— Vous savez, dit l'homme en la rangeant dans un tiroir de son chariot sans même la regarder, il n'y a pas que dans les musées que l'on ne peut pas acheter. Mon café n'est pas à vendre. Du moins aujourd'hui. Revenez demain. Il se pourrait que j'aie changé d'avis. Ou non…

Il prend une serviette en papier et y griffonne quelques mots.

— Ma carte, dit-il, en me la tendant.

Dessus, il y a écrit : *Hot-dogs & meilleur café du monde, sur le trottoir d'en face, New York.*

Le millionnaire qui pensait être heureux

— Mon café n'est toujours pas à vendre, dit le vieux le lendemain matin, un petit sourire satisfait sur ses lèvres charnues. Revenez demain.

— Je vous préviens, je ne vais pas jouer mille ans à ce petit jeu. Un million de dollars, réfléchissez-y.

— Je me demande bien ce que je ferais avec autant d'argent, rétorque-t-il à ma plus grande surprise. Cela ne rentre dans aucune poche de manteau ! Tu sais, quand tu vis dans la rue, la vie se résume à ce qui rentre ou pas dans ta poche.

L'argent n'est peut-être pas le meilleur argument, après tout. Il le méprise plus qu'il ne l'aime. Je décide de changer de tactique.

— Si je réponds à votre question, vous me direz où vous vous fournissez ?

L'homme hésite tout en me fixant de son regard de vieux sage.

— Quelle question ?

— Celle que vous m'avez posée il y a deux jours.

Je serais prêt à parier que durant un instant ses yeux se sont illuminés.

— Je ne vois pas de quoi tu me parles, ment-il.

— Vous m'avez demandé si j'étais heureux.

— Oh, c'était une question rhétorique. Je sais parfaitement que tu ne l'es pas. Mais toi, le sais-tu au moins ?

Devant ma mine impassible, il continue :

— Un homme qui possède tout ce qu'il désire, comme toi, ne peut être qu'un homme malheureux. N'ai-je pas raison ? me dit-il alors, comme pour m'aider à me confier.

Il y a bien deux, trois trucs qui ne fonctionnent pas à merveille, mais m'étaler sur ma vie privée avec un marchand de hot-dogs à 9 heures du matin est bien la dernière chose que je souhaite faire.

— Cela peut paraître un cliché, mais plus on a de choses et plus on en veut, et moins on est heureux. C'est mathématique.

— Je ne me savais pas si malheureux que ça.

— On ne s'en rend pas toujours compte soi-même. Quand on est dans la caverne, on ne sait pas s'il fait jour ou nuit dehors. C'est comme l'arc-en-ciel, on ne le voit que de loin. On ne le voit pas quand on est juste en dessous.

— Vous parlez toujours avec des métaphores ?

— Ce ne sont pas des métaphores. Si je voulais t'en dire une, je dirais que le bonheur, c'est un peu comme le sel dans un plat. Quand il y en a, personne ne s'en rend compte. Mais quand il n'y en a pas, tout le monde le remarque. Ta vie manque de sel. Ça, c'est une métaphore.

— Il y a assez de sel dans ma vie pour un pâtissier.

— Le bonheur ne coïncide pas toujours avec *l'impression* de bonheur. Il y a des études scientifiques très sérieuses là-dessus.

Je me demande ce que ce vieux peut connaître des études scientifiques, en dehors du temps de cuisson d'une saucisse de Frankfurt.

— Tu *penses* que tu es heureux, mais tu ne l'es pas, conclut-il en s'asseyant à nouveau sur sa chaise, me forçant à baisser le regard, ce qui réveille aussitôt une vieille douleur dans les cervicales.

De sa bouche sortent de petits nuages qui s'élèvent quelques secondes dans les airs avant de s'évanouir tels des flocons de barbe à papa qui fondraient sur la langue d'un enfant. La météo annonce de la neige pour les prochains jours.

— Si vous le dites…

— C'est dommage, parce que tu as tout pour être heureux. Tu es beau, tu es bronzé même en janvier, tu as le succès, l'argent, la jeunesse, une famille qui t'aime, tu as toutes tes dents. Moi, je n'ai plus rien. À quatre-vingts ans, tout ce que j'ai, c'est ce que tu vois.

Il m'indique son chariot avant de poser son doigt sur les petites rides au coin de ses yeux plissés. Puis il dodeline de la tête comme une danseuse indienne.

— Mon chariot et mes rides. Et pourtant, reprend-il, je pourrais parier que je suis plus heureux que toi en ce moment. Pourquoi ne profiterais-tu pas de cette rencontre pour voir les choses différemment ? Pour changer ce que tu n'aimes pas dans ta vie ? Pourquoi ne pas commencer cette nouvelle année en prenant de bonnes résolutions ?

De bonnes résolutions ? Cela me rappelle que mon portefeuille est rempli de cartes d'abonnement de salles de sport et de cours de chinois auxquels je me suis inscrit avec détermination chaque début d'année et où je n'ai jamais mis les pieds.

— En quoi mon bonheur vous importe ?

— Aujourd'hui, tu ne penses qu'à toi, me dit-il, mais n'as-tu jamais voulu rendre quelqu'un heureux ? Au moins une fois dans ta vie ?

Le sens caché des pâtisseries et de la vie

Le vieux a raison. J'avais oublié que je suis devenu pâtissier parce que je voulais rendre les gens heureux avec mes gâteaux, comme mon père et mon grand-père me rendaient heureux lorsqu'ils me préparaient ces merveilleuses madeleines faites maison qui embaumaient toutes les pièces de notre petit appartement parisien. Ils parfumaient le quartier de biscuits à la fleur d'oranger, de torsades et d'épis, de pains au chocolat et d'opéras, de brioches et de tartes à la rhubarbe. Moi, je voulais parfumer le monde entier. J'ai toujours été très ambitieux. Déjà enfant, je partais à l'autre bout de la capitale vendre à la sauvette, aux touristes de la place du Trocadéro, les croissants de la veille, invendables dans notre quartier.

« Toi, tu deviendras un grand pâtissier, ou un grand homme d'affaires », m'a dit un jour mon père, et comme je suis ambitieux, je devins les deux. Plus tard, il me conseilla d'ouvrir une boulangerie-pâtisserie près de la tour Eiffel. Il m'assura que le monde entier viendrait à moi, comme ce jeune homme qui, au lieu de se lancer à l'aventure dans le monde pour se trouver une femme, avait passé ses journées à attendre sur la tour qu'elle vienne à lui. Tout le monde va, au moins une fois dans sa vie, à la tour Eiffel, m'a dit mon père. Je me rappelle lui avoir répondu que je préférais aller à la rencontre du monde, que je préférais le mouvement à l'attente. Et c'est ce que je fis, une fois mon diplôme de Meilleur Ouvrier de France dans la poche. Mais il n'était déjà plus là pour le voir. Ni lui, ni mon grand-père, ni ma mère. C'est sans remords que je suis parti aux États-Unis chercher un avenir glorieux. Car je n'avais déjà plus personne ici.

En arrivant à New York, ce fut la douche froide. Je réalisai qu'à cette époque un Meilleur Ouvrier de France n'était rien hors de France. Je dus ravaler mon orgueil et prendre le premier travail qui me tomba dessus. Un peu d'humilité ne fait pas de mal. Une petite boulangerie à Harlem cherchait un garçon à tout faire pour transporter des cartons, nettoyer le local, gérer les commandes du lendemain, sortir les poubelles. Je me suis proposé et j'ai eu le poste. J'ai appris plus tard que j'étais le seul à avoir posé ma candidature. J'étais dans un quartier afro-américain mais, paradoxalement, on n'engageait pas de Noirs dans cette pâtisserie. On m'a dit que les Noirs ne savaient pas faire du pain, ni des viennoiseries, que ce n'était pas dans leur culture. Que les Noirs étaient prédestinés à être chanteurs de rap, dealers ou basketteurs professionnels. Je leur ai dit qu'ils avaient tort. J'aurais aimé être noir pour leur montrer qu'ils se trompaient. Mais je suis né blanc, et quand ils m'ont demandé si, dans mon pays, les choses étaient différentes, j'ai réfléchi et je me suis rendu compte qu'en France non plus je ne connaissais aucun boulanger noir. Et Tony Parker, il est boulanger peut-être ! m'ont-ils dit avant d'éclater de rire. La seule chose que j'ai trouvé à répondre c'est que, de toute manière, il n'était pas nécessaire d'avoir des connaissances en boulangerie-pâtisserie pour transporter des cartons, nettoyer un local et sortir les poubelles. J'étais français et blanc, mais j'ai bien compris que, à leurs yeux, j'étais un Noir de plus. J'ai compris que les racistes ne le sont pas contre une couleur ou une nationalité définie, mais contre tout ce qui n'est pas comme eux. Or, je n'étais pas comme eux. Et j'ai décidé d'en faire une force.

Après six mois à effectuer les pires besognes et alors que j'étais sur le point de rendre mon tablier, enfin, ma combinaison pour sortir les poubelles, le vent a tourné et j'ai saisi la chance de ma vie. Un matin, en arrivant au travail, j'ai appris que le boulanger venait de se casser les deux bras en rattrapant une suicidaire de cent vingt kilos qui s'était jetée du deuxième étage. On se serait cru dans une ruche dont on venait de tuer la reine. Tout le monde était affolé. Le gérant était même prêt à tous nous congédier et à fermer la boulangerie pour le mois à venir, jusqu'à ce que le Chef se rétablisse. Je me suis offert pour confectionner le pain et les pâtisseries du jour et me suis mis au travail sans attendre sa réponse. Le patron m'a regardé avec des yeux grands comme deux galettes des Rois. Il en a presque avalé son chewing-gum. Je lui ai rappelé que j'étais Meilleur Ouvrier de France. Il m'a remercié pour mon sens du dévouement, et m'a demandé en quoi un ouvrier de chantiers, bien qu'il fût le meilleur de France, pouvait bien les aider à concocter des viennoiseries. Ce jour-là, j'ai gagné mon entrée dans l'atelier et je suis passé du transport de cartons à Chef boulanger-pâtissier officiel du petit établissement. Et comme le gérant et les clients jugèrent que mon pain et mes pâtisseries étaient d'une qualité mille fois supérieure à celles de l'ancien Chef, celui-ci fut relégué à mon premier poste, à savoir le nettoyage et la poubelle, lorsqu'il revint de sa convalescence. Sans mauvais jeu de mots, les bras ont dû lui en tomber une seconde fois…

Voilà comment je suis devenu le *Petite Bowlenjay frandsay*, dit avec l'accent et le chewing-gum dans la bouche. Les clients attendaient mes apparitions du côté magasin comme celles d'un acteur de renom dans un théâtre. J'étais devenu le Gérard Depardieu du pain aux raisins. Car je ne me contentais pas de fabriquer leur baguette, mais je leur expliquais tout le processus de fabrication, je leur racontais tout ce que je mettais dedans. On dit qu'un boulanger enferme ses pensées dans la pâte qu'il pétrit. Moi, j'y enfermais tout mon amour. J'offrais quelque chose que les autres boulangeries n'offraient pas. Du rêve, de la fantaisie, de l'humain. Un contact proche et direct avec l'artisan qui préparait leur petit déjeuner. Chaque fois qu'ils repartaient avec une de mes gourmandises, c'est un morceau de moi qu'ils emportaient. J'étais un passionné et je transmettais cette passion comme personne. Je rendais la dégustation ludique. Je leur expliquais l'origine des viennoiseries, ce qui leur donnait l'opportunité de briller ensuite en société.

Il y avait le « pain à la duchesse », créé au XIXe siècle, rebaptisé « éclair » en 1850 parce qu'on le mangeait en un éclair. Le baba au rhum, une espèce de kouglof que le roi de Pologne Stanislas Leszczynski avait trempé dans de l'alcool parce qu'il le trouvait trop sec à son goût. Le financier, ce petit gâteau à la forme de lingot d'or que le pâtissier Lasne avait inventé en 1890 dans sa boutique située à deux pas de la Bourse, à Paris, pour ses clients financiers. Le paris-brest, ce gâteau en forme de roue, conçu par Louis Durand en 1910 en hommage à la course cycliste du même nom. Et puis bien sûr, toutes ces légendes qui circulaient sur l'invention du croissant, ma pâtisserie de prédilection, dont j'avais hérité le secret de mon père, qui lui-même l'avait hérité du sien, qui l'avait hérité du sien, qui l'avait hérité du sien, qui l'avait hérité du sien. On racontait que cette pâtisserie avait été introduite en France par Marie-Antoinette d'Autriche, originaire de Vienne, d'où le nom de *viennoiserie*. Lors de l'attaque nocturne de la capitale autrichienne par les Turcs en 1683, les boulangers viennois, les seuls debout avant l'aube, avaient repéré les envahisseurs et donné l'alerte au peuple qui dormait encore. Pour célébrer leur victoire, ils avaient alors réalisé une pâtisserie à l'effigie de l'emblème figurant sur les drapeaux ottomans, le croissant de lune, pour les dévorer au sens littéral du terme. L'avenir appartient à ceux qui se lèvent tôt…

Les pâtisseries, à l'image des personnes qui les cuisinaient, regorgeaient d'histoires incroyables, de meurtres sanglants, d'amour, d'adultères, et c'était toutes ces histoires que je mettais sur la langue et le palais de nos clients chaque fois qu'ils dégustaient l'un de mes pains, l'une de mes brioches. Face au succès, j'ai pensé me mettre à mon compte.

Je me revois à trente-quatre ans, dans ce petit local de quinze mètres carrés dans le Queens, au carrefour qui marque la frontière entre les communautés grecque et mexicaine, mon garage de Steve Jobs à moi, là où tout a commencé. Ce n'était pas censé être une habitation, mais j'y vivais, ne disposant pas d'assez de ressources pour me payer une chambre en plus d'un local. Un matelas posé à même le sol, sous le plan de travail, à quelques centimètres du four à pain, faisait l'affaire. Un vrai cocon. J'y passais des hivers délicieux, dans la chaleur et le parfum réconfortant de mes viennoiseries. Ma vie se résumait alors à pâtisser, à manger des burritos et de la moussaka. Je dormais peu, mon unique ambition étant de devenir un homme riche. Je dormirai quand je serai millionnaire, me disais-je. Maintenant que je le suis, je ne dors pas plus pour autant. Bien au contraire.

C'est là que, une nuit, j'ai imaginé ce sourire unique qui se convertirait en ma marque de fabrique, en tirant un peu trop, de manière tout à fait accidentelle, sur les extrémités d'un croissant que j'avais fait tomber. Les meilleures idées viennent toujours d'une erreur. Le Post-it, le micro-ondes, la tarte Tatin, la naissance de mon fils…

C'est là, pour la première fois, que j'ai vu sourire un croissant, dans l'obscurité de mon atelier, dans l'obscurité de ma solitude d'expatrié, entre deux boîtes de conserve de chili con carne et un bocal vide de feta. C'est là, dans ce petit local plein de sacs de farine et de tee-shirts qui séchaient sur une corde, entre le silence et le discret murmure de mon four à pain, qu'est né le premier *Happy Croissant.*

Aujourd'hui, ce sont plus de dix mille sourires que je produis chaque jour. Un de plus, sur mon visage, lorsque je contemple mon œuvre et me dis que ma fortune ne tient qu'à cinq cents grammes de farine de gruau, quarante-cinq grammes de beurre d'Isigny importé, quelques œufs et une pincée de sel. Une armée de sourires lumineux prêts à conquérir chaque matin le monde. Pour le bombarder de bonheur. 1,4 million de tonnes de sourires et de bonheur par an. Si seulement ils étaient à ce point contagieux qu'ils puissent arrêter les guerres. Que tout le monde vive en paix. Mais j'ai échoué. Voilà ce dont je rêvais au début, avec mes illusions de jeune homme. Le vieux marchand de café a sans doute raison. J'ai arrêté de rêver de croissants le jour où j'ai commencé à les vendre. Et j'ai arrêté de sourire lorsque mes croissants ont commencé à le faire à ma place. J'imaginais les soldats, un peu partout autour du globe, lâcher un instant leurs armes pour manger une de mes viennoiseries. Je les imaginais la mettre devant leur bouche pour former un sourire de pâte feuilletée. Mais arrêter les guerres, c'était peut-être trop demander à un croissant…

Et puis j'ai fini par gagner de l'argent, beaucoup d'argent, et j'ai oublié pourquoi, enfant, j'avais voulu devenir pâtissier. Plus je gagnais d'argent et moins je m'intéressais aux autres. Et moins je pensais à moi. Car lorsque l'on vit pour travailler, on en vient à se négliger soi-même. J'ai oublié que je voulais rendre les gens heureux, comme mon père et mon grand-père me rendaient heureux quand ils me préparaient leurs merveilleuses madeleines pour le goûter. Comment est-ce possible ?

Où un grand P-DG donne une leçon à un petit vendeur de hot-dogs et en reçoit une en retour

— Vous êtes quoi ? j'interroge. Une espèce d'ange gardien ?

— Peut-être, répond le marchand ambulant. Ou juste un vieux monsieur qui arrive en fin de vie et qui veut partager avec toi ce qu'il a appris, qui veut éviter que d'autres commettent les mêmes erreurs que lui.

Même si je ne crois pas aux anges gardiens, j'apprécie d'apprendre que, dans le monde de requins dans lequel je nage, il existe au moins une personne qui me veut du bien.

— C'est gentil mais je ne pense pas avoir commis beaucoup d'erreurs dans ma vie.

— C'est bien dommage, remarque-t-il en haussant les sourcils comme si j'avais dit un gros mot. L'erreur est une valeur sous-estimée. Dans la vie, comme dans la science, on avance par erreurs rectifiées. L'enfant qui apprend à marcher, à parler, à vivre apprend de ses erreurs. Celles-ci doivent te servir à rebondir dans la bonne direction. L'échec est une deuxième chance de faire les choses bien.

L'homme saisit une petite serviette en papier graisseuse et pleine de taches de café et y griffonne quelques mots en tirant la langue, avec application.

— J'ai déjà votre carte de visite, dis-je.

— Je sais, reconnaît-il en roulant le bout de papier comme un parchemin miniature, à la manière des messages que les Chinois glissent dans leurs cookies de la bonne Fortune en fin de repas. Voyons ce qu'annonce ta pensée du jour.

Intrigué, je déroule le petit manuscrit qu'il vient de déposer dans le creux de ma main.

Confucius dit :
GUÉRIS LE MONDE,
FAIS-EN UN ENDROIT MEILLEUR
POUR TOI ET POUR MOI
ET POUR L'HUMANITÉ TOUT ENTIÈRE.

— Qu'est-ce que ça dit ? me demande-t-il en bougeant sa tête dans tous les sens pour essayer de voir ce qui est écrit sur le papier.

— Vous vous moquez de moi ? Vous le savez parfaitement puisque vous venez de l'écrire !

L'homme m'observe d'un air interrogatif, enveloppé dans son manteau bien trop grand pour lui, comme s'il ne voyait pas du tout de quoi je voulais parler. Il ressemble à un enfant qui aurait mis les vêtements de son père et attendrait, impatient, que celui-ci lui donne la permission d'aller jouer dehors.

— Vous êtes sûr que c'est de Confucius ? je m'exclame au bout de quelques secondes. Je parierais que c'est une chanson de Michael Jackson !

Soudain, comme s'il venait de se souvenir de quelque chose, il m'arrache le morceau de papier des mains, le retourne et y dessine deux petits triangles, l'un à côté de l'autre, puis inscrit quelque chose dessous.

TON TRÉSOR SE TROUVE LÀ !

Il me tend à nouveau la feuille, satisfait.

— Qu'est-ce que c'est ? Le soutien-gorge de Madonna ?

— Je t'expliquerai plus tard. Je peux juste te dire que cela va avec ta pensée du jour, répond-il sur un ton énigmatique. Qui est Madonna ?

— Sérieusement, c'est très gentil de me prendre en considération mais je ne suis pas la bonne personne pour « guérir » le monde. Généralement, les qualificatifs employés à mon égard sont *antipathique*, *froid*, *arrogant*, *égoïste*, et je passe les plus vulgaires.

Il éclate de rire.

— Le défi n'en est que plus intéressant. On n'aurait pas à changer le monde si tous les humains étaient parfaits. Tu es un vrai challenge !

— Je ne sais pas si c'est un compliment…

Il hausse les épaules d'un air amusé.

— À défaut de changer le monde, j'ajoute, je peux déjà changer le vôtre. Écoutez cette histoire. C'est un type qui est vendeur de hot-dogs, comme vous, enfin, un peu plus jeune, et avec plus de dents, bref, un jour il se rend compte que sa longue file d'attente dissuade les clients les plus pressés de venir manger à son chariot. Le type est heureux, parce que cela signifie que sa petite entreprise fonctionne plutôt bien, mais il ne peut s'empêcher de penser que cela pourrait aller encore mieux si les passants s'arrêtaient pour manger ses hot-dogs au lieu d'aller chez la concurrence. Alors, il a cette idée. Une idée de rien du tout et qu'il s'étonne de ne pas avoir eue avant. N'ayant pas assez d'argent pour embaucher de la main-d'œuvre, il décide de mettre à contribution… ses propres clients ! Il dépose un petit panier rempli de pièces et de billets de faible valeur sur le comptoir de son chariot et demande aux gens de payer leur consommation et de reprendre eux-mêmes leur monnaie. Son incroyable idée se résume à un petit panier et beaucoup de confiance. Le vendeur de hot-dogs peut ainsi mettre à profit tout le temps qu'il passait auparavant à jouer au caissier à faire griller plus de saucisses, et donc à servir beaucoup plus rapidement, ce qui réduit le temps d'attente et attire de nouveaux clients. En l'espace d'une semaine, il multiplie son chiffre d'affaires par deux. Deux semaines après, par trois. Il peut enfin embaucher une personne, puis deux, il achète de nouveaux chariots, embauche à nouveau, et finit par créer sa chaîne de hot-dogs dans tous les États-Unis. Aujourd'hui, il gagne des millions de dollars et se consacre à donner des conférences un peu partout dans le monde. Il n'a plus jamais fait griller une seule saucisse de sa vie…

Je laisse mes mots flotter un instant sous la toile du parasol rouge et blanc Coca-Cola du chariot.

— C'est un joli conte de fées, dit le vieux après quelques secondes, mais je ne suis pas intéressé par l'argent. Et puis, où vois-tu une file d'attente, ici ?

Autour de nous, des dizaines d'hommes et de femmes d'affaires courent dans tous les sens comme autant d'abeilles frénétiques dans une ruche, slalomant entre les colonnes de vapeur qui s'élèvent des bouches d'égout. Le nez dans leur portable, ils s'évitent au dernier moment et ne rentrent jamais en collision, comme s'ils exécutaient une drôle de chorégraphie maintes fois répétée. Ils semblent s'être mis en mode pilote automatique. Voilà cinq bonnes minutes que je suis là et je réalise que personne ne s'est encore arrêté devant le chariot. S'il est encore un peu tôt pour un hot-dog moutarde-ketchup, ça ne l'est en revanche pas pour un café. Un café merveilleux. Un café bien meilleur que chez *Jean-Georges*, l'un des sept restaurants américains triplement étoilés par le prestigieux guide Michelin, qui, lui, pourtant, ne manque jamais de monde. Quelle injustice ! Pour *Jean-Georges*...

La théorie du bonheur
et de la grille de sudoku

— Regarde ces gens qui courent dans tous les sens, crois-tu vraiment qu'ils aiment la vie ? Ils vivent pour travailler. Ils ne travaillent pas pour vivre. Ils pensent qu'en courant ils vivront plus, mais ils se trompent. Ils vivent deux fois plus vite et donc deux fois moins longtemps. Cela aussi, c'est mathématique.

J'observe la foule et me vois en chacun de ces hommes d'affaires. Je me sens comme le sujet d'une expérience extracorporelle dont l'esprit se serait évadé de son corps et le contemplerait de loin, stupéfait.

— La vie est un mets que l'on doit déguster en prenant son temps, ajoute-t-il.

— Étonnante leçon venant d'un vendeur de cuisine rapide ! je m'exclame.

— Tu devrais en faire autant et changer ta manière d'être, ta manière de vivre. Tu ne t'es jamais demandé pourquoi il y a autant de personnes malheureuses alors que tout le monde semble courir après le bonheur ? Comment se peut-il qu'elles ne le trouvent pas ? Le bonheur est-il un mythe, le plus grand canular de l'histoire ? Non, le bonheur existe bel et bien, et tu sais quoi ? Je vais te surprendre, il est, de plus, très facile à atteindre. Crois-moi ou pas, mais il est beaucoup plus simple d'être heureux que de remplir une grille de sudoku.

— Je n'ai jamais rien compris au sudoku.

— Justement ! Et tu n'es pas le seul. Tout le monde fait semblant d'y jouer mais personne ne comprend rien. On essaye tous les chiffres, on barbouille toutes les cases et puis, quand on n'y voit plus rien du tout, on tourne la page et on commence une nouvelle grille en se disant : « OK, je repars de zéro, celle-là, c'est la bonne ! » Tout le monde fait cela. Mais quand il s'agit de notre vie, plus personne n'ose tourner la page et se dire : « OK, je repars de zéro, celle-là, c'est la bonne ! » Alors on reste avec notre vieille vie toute gribouillée. Et on n'est pas heureux.

— Si être heureux s'avère être plus simple qu'un sudoku, alors comment expliquez-vous qu'il n'y ait pas plus de gens heureux sur Terre ?

À l'heure qu'il est, je devrais déjà être en train de pendre mon manteau sur le mur de mon bureau et filer en réunion, mais je ne peux m'empêcher de penser que, un jour, moi aussi, je serai un vieux fou comme lui et j'apprécierai, à mon tour, la conversation d'un jeune homme rencontré dans la rue ou au hasard d'un couloir de ma résidence de retraite. Ma gentillesse me perdra…

— Parce qu'on ne peut être heureux qu'en allant au-delà d'une peur ancestrale, déclare-t-il, une peur telle que beaucoup d'hommes et de femmes sont prêts à renoncer à leur bonheur pour ne pas avoir à la vivre : le changement. Pourtant, le proverbe dit « L'habitude tue », pas « Le changement tue ». Les gens devraient prêter plus souvent attention aux dictons…

L'homme saisit avec une émotion non dissimulée le pot de ketchup posé à côté des serviettes et le pose théâtralement devant moi sur le comptoir.

— Voilà le changement.

— Du ketchup ? je m'exclame, incrédule.

Il acquiesce de la tête.

— Avec un peu de ketchup, tu changes le goût de ton hot-dog, tu changes le goût de ta vie. Touche le pouvoir du changement, pour voir.

Je comprends qu'il me demande de toucher le récipient en plastique rouge. C'est ce que je fais d'un doigt maladroit. C'est la première fois de ma vie que je suis intimidé par un pot de sauce tomate.

— Tu sens le pouvoir ?

— À vrai dire, non. Tant que je ne le verserai pas sur une saucisse, j'ai peur de ne pas en saisir toute la dimension !

— Tourner la page, enchaîne-t-il, changer de grille de sudoku. Oui, la clé du bonheur se cache dans le changement. Or, l'homme déteste cela. Depuis qu'il n'est plus tenu de parcourir le monde à la recherche de nourriture, le changement, qui était pour lui une question de survie aux origines de l'humanité, est devenu complètement antinaturel lorsqu'il s'est sédentarisé. C'est incroyable, mais on préfère le confort de notre malheur au risque de notre bonheur. Tu n'as qu'à regarder autour de toi. Combien se complaisent dans un métier qui ne leur apporte rien ? Dans une relation qui ne leur apporte rien ? L'être humain a peur du changement parce que, pour changer, il doit se remettre en question, tout effacer pour recommencer. Il doit sortir de sa zone de confort et pénétrer dans l'inconnu. Tu sais quelle est la solution ? Sortir de notre zone de confort tout en y restant. Prendre des risques sans faire n'importe quoi non plus. Car on peut toujours sauter d'un avion sans parachute. Mais on ne peut le faire qu'une seule fois dans sa vie…

— Confucius ?

— Non, James Bond.

— Je n'y connais rien, mais sortir de notre zone de confort tout en y restant, comme ça, là, à brûle-pourpoint, ça me semble un peu contradictoire, vous ne pensez pas ? Je veux dire, on ne peut pas être dehors et dedans en même temps !

Le vieux s'empare d'une petite serviette en papier du paquet, la plie en deux dans le sens de la longueur pour en faire une bande à laquelle il fait subir une torsion d'un demi-tour. Puis il en joint les deux extrémités et laisse glisser son ongle sale sur le papier.

— Voilà ce qu'on appelle une bande de Möbius, du mathématicien allemand du même nom qui l'a découverte. Regarde mon doigt, il est à la fois sur la paroi intérieure et extérieure de la bande. Il est à la fois à l'intérieur et à l'extérieur. Magique, n'est-ce pas ?

Je prends la bande de papier sur laquelle je fais glisser mon ongle, à mon tour, désirant en appréhender par moi-même toute la dimension. Quand je pense que ce type est resté dans l'histoire pour avoir tordu un simple bout de papier !

— Avant de te dire que quelque chose n'est pas possible, continue-t-il, demande-toi ce qui l'est. Ne pense pas d'abord aux obstacles. S'il y a un éléphant sur la route, sors de la route et contourne-le. Ou grimpe-lui dessus. Ne reste pas des heures à attendre qu'il bouge. Agis ! Imagine ta vie comme un grand appartement dans lequel tu viens à peine d'emménager, rempli de cartons. Chaque carton symbolise un problème, un obstacle. Tu peux t'asseoir sur une chaise et pleurer, mais cela ne rangera pas les cartons, ou tu peux retrousser tes manches et affronter chaque carton un par un afin de dégager ta vie.

— Si tout était aussi simple que de faire glisser son doigt sur un petit bout de serviette en papier… ou ranger des boîtes dans un appartement, dis-je, pensif.

— Il ne tient qu'à toi que cela le soit. Change ta perception des choses. Il suffit que tu y croies. Que tu croies en toi.

— Vous avez peut-être raison, j'élude pour couper court à la conversation.

Je jette un coup d'œil à ma montre pour bien lui faire comprendre que je ne vais pas pouvoir m'éterniser.

— J'ai répondu à votre question, j'ajoute avec un sourire. Vous allez répondre à la mienne ?

— Oh, où je trouve ces merveilleux grains de café ? lance-t-il comme s'il avait oublié.

Je le soupçonne de se payer un peu ma tête et d'en tirer une grande satisfaction.

— Pas aujourd'hui. Mais reviens demain et tu sauras.

Rectification, il ne se paye pas ma tête, il se fout carrément de moi.

L'homme d'affaires et le manège

— Tu veux savoir d'où vient ce merveilleux café et je vais te le dire. Mais avant tout, laisse-moi te raconter une petite histoire. Hier, tu m'as demandé de changer ma vie comme ton vendeur de hot-dogs millionnaire, mais ma vie, je l'ai changée mille fois.

Le vieux marchand prend ses aises sur sa chaise de camping comme s'il s'agissait d'un confortable fauteuil en cuir et qu'il s'apprêtait à me lire un conte devant un feu de cheminée :

— Comme tu peux le voir, je ne suis pas né avec une cuillère en argent dans la bouche. Mes parents étaient de modestes travailleurs et nous vivions dans un quartier populaire de la banlieue de Mexico D.F., dans lequel il ne se passait pas grand-chose. Mon père souffrait de cela. Il était ouvrier et souhaitait une meilleure vie pour moi, et ne cessait de me répéter de bien étudier à l'école, que c'était la clé pour sortir de là, pour sortir de la misère. Un jour où je suis arrivé à la maison avec la meilleure note de la classe, je ne me souviens plus très bien en quelle matière, je ne me souviens plus très bien de l'âge que j'avais, il était tellement fier de moi qu'il m'a pris par la main et m'a emmené en ville.

Je n'étais jamais sorti de mon quartier. Prendre le bus municipal pour traverser la capitale s'est avéré une grande aventure. C'était comme si j'avais visité un nouveau pays, comme si j'avais fait un extraordinaire voyage. Je ne savais toujours pas où nous allions et mon père ne voulait pas vendre la mèche. « C'est un secret. *Es un secreto* », me disait-il dans un grand sourire qui lui formait de petites rides au coin des yeux. Mon cœur battait si fort, parce que je n'avais aucune idée d'où on allait et mille idées, toutes plus fantaisistes les unes que les autres, défilaient dans ma tête. Une fois à destination, nous sommes descendus du bus, nous avons fait quelques mètres à pied et nous nous sommes arrêtés devant une drôle de construction que je n'avais jamais vue de ma vie et dont je ne connaissais pas l'utilité. C'était une grande plateforme tournante garnie de faux animaux et de véhicules en tout genre qui semblaient se mettre à courir ou rouler dès que le support sur lequel ils étaient rivés commençait à tourner. « C'est un carrousel », m'annonça mon père. Un drôle de nom, j'ai pensé. Puis il a acheté un ticket et me l'a mis dans la main comme l'on vous donne un trésor. « Je ne peux te payer qu'un seul voyage, mon chéri, un voyage, et après on rentrera à la maison. Va et assieds-toi sur ce que tu voudras. » Je me rappelle être monté avec lui sur la plateforme, les yeux grands comme des assiettes, sans pouvoir me décider. Tout me paraissait si beau. Il y avait un cheval en bois avec une vraie crinière qui vous invitait à vous agripper à elle, un sous-marin jaune et rouge, un camion de pompiers avec une cloche et une échelle, et une voiture de police. Il y avait même une lune posée sur un socle d'étoiles scintillantes, qui pouvait monter et descendre. J'ai lancé un regard perdu vers mon père. Il m'a fait un signe du menton, confiant que j'allais choisir la meilleure monture. « Sur ce que tu veux, mon fils, mais dépêche-toi, ça va démarrer. Dans la vie, on n'a pas toujours le temps de prendre son temps. » À peine avait-il prononcé ces mots qu'une sonnerie stridente retentissait. J'ai failli en tomber de peur. Je me suis précipité sur le cheval et lui ai agrippé la crinière. Et j'ai attendu, le cœur palpitant et les yeux pleins d'étoiles, impatient de goûter à cette nouvelle expérience. Nous n'étions que deux enfants sur le manège. Un enfant riche, avec des habits chers, bien peigné, que sa mère appelait Carlos, et puis moi, l'enfant du bidonville, monté sur mon pur-sang en bois, bien décidé à galoper à travers les plaines. L'autre enfant avait choisi le camion de pompiers et donnait de grands coups de cloche comme s'il avait dû intervenir sur une urgence et se frayer un chemin dans la circulation de Mexico à toute vitesse. Et puis le carrousel a commencé à tourner. Dès le premier tour, j'ai été pris d'une envie folle de descendre de mon cheval et de grimper dans la voiture de police. C'est donc ce que j'ai fait. À la grande surprise de mon père, je me suis installé dans l'appareil qui était juste devant moi alors que la plateforme tournait encore à une vitesse fulgurante. J'y suis resté deux tours, avant de m'engouffrer dans le sous-marin, puis dans la lune, pour enfin me retrouver aux côtés de Carlos dans le camion de pompiers, qu'il n'avait pas quitté depuis le début. Et puis la machine a ralenti et s'est arrêtée. Je suis descendu, alors que l'enfant riche, les poches pleines de tickets, changeait de monture pour son prochain voyage. Mon père est resté silencieux durant tout le retour. Et puis, peu avant d'arriver à la maison, il m'a demandé pourquoi je n'étais pas resté sur le cheval durant tout le voyage en manège. Il m'a dit que, dans la vie, il fallait savoir ce que l'on voulait. Son ton était presque celui du reproche, de la réprimande. Je lui ai répondu que je savais ce que je voulais. Tout. Je voulais tout. Il m'a dit que l'on ne pouvait pas tout avoir. Je lui ai répondu que je venais de le lui prouver. Puisque je n'avais eu droit qu'à un seul tour, il m'avait fallu tout essayer. De plus, j'avais fait plus de tours de manège que Carlos. « Comment ça ? m'a-t-il demandé. Vous avez passé exactement le même temps sur le manège, Carlos et toi ! » Bien évidemment, mon père avait raison, mais j'avais l'impression d'avoir vécu bien plus que l'autre enfant. C'est un sentiment relatif, je sais que ce n'est qu'une illusion, mais j'avais vraiment l'impression d'avoir vécu plus que l'autre enfant, monté sur son seul camion de pompiers. Mon père a souri, puis il a fini par reconnaître que j'avais bien fait de profiter de toutes les occasions qui s'étaient présentées à moi, et qu'il espérait que j'en fasse autant dans ma vie d'homme. « Profite de toutes les opportunités que t'offrira la vie », m'a-t-il dit en me frottant vigoureusement le crâne. J'adorais quand il me décoiffait comme cela. Ce tour de manège, c'est une métaphore de la vie, Pierre. Tu comprends ? On n'a droit qu'à un seul ticket. Une seule vie que certains, comme Carlos, choisissent de passer sur un camion de pompiers et d'autres, comme moi, qui préfèrent profiter de tout ce qu'on peut leur offrir. C'est nous qui décidons de ce que nous faisons de notre existence, à chaque seconde. Il ne tient qu'à nous de changer de monture quand les choses ne se passent plus comme on le voudrait, ou par simple plaisir. C'est ma manière à moi de tromper la vie. D'en vivre mille et une en une seule. Comme des poupées russes. Et de me dire que je suis vivant, de me dire : « Dieu, ce que j'ai vécu ! » Jusqu'à maintenant, j'ai sauté de métier en métier, de pays en pays, comme ce jour-là j'ai sauté d'attraction en attraction. Considère ta vie comme un manège dans lequel tu n'as droit qu'à un seul tour, voilà le secret de la vie et du bonheur éternel.

Le vieillard se lève et s'approche de moi, se collant presque à mon visage. Par automatisme, je penche la tête en arrière. Malgré ce que j'imaginais, son corps dégage un parfum agréable, enivrant même. Il soupire et s'appuie sur mon épaule de tout son poids. Son souffle est chaud et sent la menthe. Toute la fatigue d'une vie se lit sur son visage et dans ses yeux.

— Ne crois pas, *señor*, que j'ai toujours été ce marchand ambulant sans force qui vient de s'effondrer sur ton épaule comme un sac de pommes de terre. Moi aussi, j'ai été un jeune homme fort, ambitieux et plein de vitalité comme toi. J'ai eu une vie merveilleuse. J'arrive aujourd'hui au bout de ce prodigieux tour de manège avec un sentiment de satisfaction incroyable. D'autres arrivent au bout du chemin, se retournent et se disent : « J'ai été pompier toute ma vie. » Moi, j'ai quatre-vingts ans, j'ai vingt-neuf mille deux cents rotations de notre jolie planète à mon compteur, j'ai vécu sept cent mille huit cents heures, et lorsque je me retourne et regarde en arrière, je peux me dire que j'ai été professeur, chercheur et acheteur d'or, plombier, vagabond, vendeur de hot-dogs, marchand de café, et pas n'importe lequel, marchand du meilleur café du monde ! Parce que j'ai choisi d'être curieux, parce que j'ai voulu goûter à tous les plaisirs et à toutes les possibilités que m'offrait la vie. Parce qu'on n'en a qu'une et qu'elle est trop courte pour la gâcher. Parce que chaque minute est précieuse.

Aussi précieuse que de l'eau dans le désert. Et il reste tant de choses que j'aurais voulu faire. De prodigieuses professions, astronaute, médecin, éleveur de crocodiles, P-DG d'une grande multinationale… Maintenant, je sais que l'on ne peut pas tout faire, et que j'avais tort quand, enfant, je le pensais. Notre vie ne fait pas assez de tours pour que nous puissions essayer toutes les montures du manège. Le temps nous manque. Et contre lui, on ne peut rien. Mais on peut en faire un maximum. J'ai fait mon maximum.

J'observe ce vieux bonhomme et me demande si, quand je serai au bout du chemin, comme lui, je pourrai me retourner et regarder ma vie, serein, et me dire que je l'ai passée à ne faire que des croissants… Ou des pains au chocolat, dans mes grandes périodes de doute…

Happy Sushis

Mon associé me saute dessus à peine entré dans le bureau.

— Qu'est-ce que tu foutais, Pierre ? Les Japonais sont là depuis un quart d'heure !

— Tu sais que je me fous des Japonais, Allan ! Nous n'allons pas vendre. On fait des croissants, pas des sushis. *Happy Croissants* ne sera jamais *jap'* !

Mei, ma jolie secrétaire asiatique, me débarrasse de mon manteau et le pend au mur. J'ai aussitôt peur d'avoir commis un impair.

— Je suis désolé, Mei.

— Pas de problème, monsieur, je suis d'origine laotienne, pas japonaise.

Elle sourit, l'air de me dire que, en dépit de ce que je peux penser, un Laotien et un Japonais, même s'ils ont les yeux bridés, ce n'est pas pareil. Ou peut-être me sourit-elle de la sorte pour me faire gentiment remarquer que je ne connais même pas les gens qui m'entourent. Ce qui est vrai.

Je me tourne vers mon associé. Pour Allan, il n'y a que deux choses qui comptent. La nourriture bio-vegan et courir. Courir dans Central Park le dimanche, courir après les filles, courir après l'argent, courir après ses cheveux, courir après le temps. Nous ne partageons que ces deux dernières passions.

— Tu as déjà vu des sushis sourire, toi ? *Happy Sushis*. Pff... c'est ridicule !

— Pierre, c'est exactement ce que les gens disaient de tes croissants au début !

Je m'approche de l'immense baie vitrée et jette un coup d'œil sur la ville qui s'éveille à mes pieds. Mon rituel chaque matin. Me sentir le maître du monde.

— Les croissants, ce n'est pas la même chose, dis-je, les yeux rivés sur la baie de Manhattan.

— Il y a quelque chose qui ne va pas ? Tu as l'air bizarre.

— ...

— Écoute, je sais que nous n'allons pas leur vendre la boîte, Pierre, quoique, ça permettrait d'injecter de nouveaux capitaux, mais bon, c'est pour le principe. On a accepté un rendez-vous, à nous de nous y tenir. Ces mecs-là ne rigolent pas avec la ponctualité.

— Moi non plus.

Sans me retourner, je lève mon poignet gauche pour lui montrer la Rolex au bracelet en métal ciselé qui s'y balance.

— Rolex à vingt mille dollars, réplique officielle de la *Royal Submariner* de 1968, version limitée à mille exemplaires dans le monde, j'annonce comme si je dictais un télégramme. J'ai consacré trois ans de ma vie à rechercher une montre qui calculait les centièmes de seconde. Et tu sais pourquoi ? Pour toujours me rappeler que le temps, c'est de l'argent. Chaque centième de seconde me rapporte un cent de dollar. Tu en connais beaucoup, des cinglés qui planifient leurs rendez-vous au centième de seconde près ? Eh bien, tu en as un devant toi, Allan. Et tu le sais parfaitement en plus. Alors épargne-moi tes sermons sur la ponctualité.

— C'est ce qui m'étonne le plus.

— Un contretemps, dis-je pour résumer.

Je cherche du regard le vieux marchand de café que je viens de quitter, en bas, à l'angle de la 7e Avenue et de la 58e Rue. Le souvenir de notre conversation enveloppe aussitôt mon esprit d'une aura d'incertitude et de mystère qui m'amène à penser que j'ai peut-être rêvé cette rencontre. Et si j'avais rêvé ce rendez-vous quotidien secret que nous partageons depuis quelques jours déjà ? Je scrute le trottoir mais je ne vois que des centaines d'abeilles danser en rond à la recherche de quelque chose dont elles seules semblent connaître l'existence. Et moi, de quoi suis-je en quête ? Dans la poche de mon pantalon, mes doigts effleurent la petite serviette en papier que le vieil homme m'a donnée, me réconfortant sur la réalité des faits et, accessoirement, sur ma santé mentale. Tout en jouant avec, j'essaye de déchiffrer un code caché dans ces mots simples. *Confucius dit : Guéris le monde, fais-en un endroit meilleur pour toi et pour moi et pour l'humanité tout entière.* Je repense au dessin tracé derrière. *Ton trésor se trouve là !* Puis je chasse ces pensées de mon esprit. Tout cela n'est que croyances de grand-mère. Mais le café, lui, est bien réel. Et il pourrait bien me rapporter un maximum d'argent. Plus d'argent, plus de renommée, plus de gloire. Même s'il y a quelque chose qui, dans cette rencontre, me dit que ce n'est pas le plus important. Que ce vieux vendeur de hot-dogs est apparu pour autre chose dans ma vie.

— *Pierre Boulanger* et *contretemps*, je n'aurais jamais pensé entendre un jour ces mots réunis dans une même phrase, dit mon associé, m'arrachant à ma rêverie.

Allan a toujours le chic pour me ramener sur Terre, surtout en réunion, lorsque, porté par la douce et monotone mélodie des discours de mes directeurs de marketing, je me laisse aller à une délicieuse somnolence. Je reviens jusqu'à la table de mon bureau et interpelle Mei pour qu'elle m'apporte un Perrier avec une olive et une tranche de citron.

Elle devait l'avoir préparée à l'avance car elle arrive aussitôt avec ma boisson préférée posée sur un plateau en argent.

— Attends-toi à ce qu'il y ait quelques petits changements ces jours-ci, dis-je à mon associé en attrapant le verre au vol et en l'entraînant avec moi dans la salle de conférences où nous attendent les Japonais.

Qui ne sont pas des Laotiens…

Réunion au sommet

— Que savez-vous de nous ?

L'interprète, un petit homme d'apparence asiatique, me regarde à travers les gigantesques verres de ses lunettes. Derrière lui, le P-DG de *Sushimoto Inc.* attend ma réponse, un grand sourire sur le visage.

Qu'est-ce que je sais d'eux ? Je me lève et fais quelques pas. Marcher facilite la réflexion. Je remarque que les tables ont changé de place. Sans doute un coup de *feng shui* d'Allan pour me mettre dans la meilleure disposition possible pour que j'accepte l'offre des Japonais.

— Ce que je sais de vous ? Eh bien, que vous êtes très performants dans le secteur automobile, que vous mangez avec des baguettes et que… vous avez inventé le nunchaku ?

Les gigantesques yeux de l'interprète sourcillent. Son visage se décompose.

— Monsieur Boulanger, je pense que la question faisait référence à l'entreprise de M. Taikoda. Pas au peuple japonais…

— Ah ! Pardon ! Euh… dans ce cas, rien.

Du coin de l'œil, je vois Allan cacher son visage derrière sa main pour disparaître. Pendant ce temps-là, l'interprète s'est lancé dans une séquence de *shi* et de *mi* dans laquelle il semble prendre un grand plaisir à essayer toutes les combinaisons possibles de ces deux syllabes. *Shi mi mi shi mishishimi shimimimi mimi*… Au vu de la longueur de sa traduction, je doute qu'il reproduise fidèlement mes propos. À l'inverse, M. Daikota doit se dire que la langue anglaise est vraiment très synthétique.

L'interprète se tourne à nouveau vers moi.

— Je leur ai dit que vous saviez que *Sushimoto* est le géant du sushi, la première chaîne de restauration au Japon, que leur chiffre d'affaires de ces dix dernières années s'élève à quatre milliards de dollars et qu'ils investissent depuis peu dans l'eau gazeuse et le pétrole.

— C'est gentil. Ce n'était pas nécessaire. Ainsi donc, ils investissent dans l'eau gazeuse et le pétrole… Très intéressant.

J'espère qu'ils ne se mélangent pas les pinceaux de temps à autre, me dis-je en jetant un coup d'œil au verre d'eau que m'a donné ma secrétaire. Mais jusqu'à preuve du contraire, Perrier n'est pas encore japonais.

— Ils sont prêts à faire une offre pour *Happy Croissants Ltd.*

— Bien.

Je prends la calculatrice et la fais glisser sur la table en direction du P-DG nippon comme s'il s'agissait d'un verre de whisky en feu sur le comptoir d'un saloon. Allan se lève aussitôt, embarrassé, la saisit et la tend avec cérémonie, de ses deux mains, au directeur. Puis l'homme se lève. Le « géant » japonais du sushi doit mesurer un mètre cinquante-cinq à tout casser. Il examine la calculatrice, amusé, avant de prononcer quelques mots dans sa langue.

L'interprète se tourne vers moi.

— M. Kaitoda (j'ai la désagréable impression que son nom change à chaque fois…) dit que votre calculatrice n'a pas assez de chiffres pour pouvoir y inscrire son offre.

— Eh bien, dans ce cas, dites-lui que ça a été un plaisir de traiter avec lui et que je lui souhaite une bonne année. C'est l'année du singe, n'est-ce pas ?

— Monsieur, le singe, c'est dans le calendrier chinois, pas japonais.

Réalisant que j'ai pris son trait d'humour au pied de la lettre et que je suis en train de clore l'entretien sans qu'aucune offre ait été formulée, le Japonais s'affole. Le visage d'Allan se décompose. Celui de l'interprète également. Tant de décomposition autour de moi ne doit pas être bon pour la santé.

— M. Takadoi séjourne à New York quelques jours. Il est prêt à vous laisser la réflexion du week-end et revenir lundi prochain avec sa calculatrice pour une méga-offre !

J'imagine le géant de un mètre cinquante-cinq revenir avec une calculatrice deux fois plus grande que lui. Une méga-offre ? Ils se croient à la foire ?

J'acquiesce de la tête par politesse en m'inclinant, puis je tourne les talons. La dernière chose que j'entends avant de sortir de la salle de réunion est un gémissement d'Allan.

— Je sens que je vais être malade, lance-t-il, avant de se précipiter aux toilettes les mains devant la bouche.

J'ignore si c'est parce que je viens de refuser la plus grosse offre jamais reçue par notre entreprise, ou simplement parce qu'il est vegan et qu'il a mal digéré son tofu aux épinards.

Trois Japonais et un hot-dog

À l'instant où ils passent la porte tambour du building de *Happy Croissants Ltd.* et se retrouvent sur le trottoir, les trois hommes d'affaires du géant du sushi nippon redeviennent de simples touristes japonais. Japonais numéro 1 sort un plan de New York, Japonais numéro 2 sort un appareil photo, pendant que M. Okitoda chausse d'exubérantes lunettes de soleil qui le font ressembler à une grosse mouche.

Alors qu'ils se dirigent vers le métro, leur regard est attiré par une oasis de quiétude, là, dans ce tumulte d'abeilles frénétiques lancées à toute vitesse. Un chariot de hot-dogs à l'odeur alléchante.

— Un chien chaud ! s'exclame M. Okatodi, qui voit dans ce petit bout de saucisse orange le symbole de la toute-puissance américaine.

— Cela nous changera de ceux de Hanoï, rétorque l'homme d'affaires avec le plan, où les chiens chauds n'ont jamais aussi bien porté leur nom !

Le Japonais avec l'appareil prend une photo et tous trois s'approchent du chariot. Le vendeur, un vieil homme à la peau foncée, leur sourit de toute sa dent en leur souhaitant la bienvenue.

Le cuisinier bouddhiste

La première chose que je fais en revenant au bureau, trois réunions plus tard, est d'aller coller mon nez à la baie vitrée pour admirer le monde. Lorsque je regarde Central Park, j'ai l'impression de contempler la vallée. J'ai besoin de ce petit coin de nature et de verdure dans ce paysage de béton. Quelquefois, j'imagine que les gratte-ciel sont des montagnes au sommet enneigé. Il faut une bonne dose d'imagination pour transformer New York en une imprenable vue de Val d'Isère depuis la fenêtre d'un chalet.

Une fois calmé, je me dirige vers l'ordinateur, ouvre un tiroir et en sors une boîte d'anxiolytiques. Mei a déposé sur ma table mon repas de midi, un plateau richement fourni. Une assiette de gambas, une coupe de champagne, quelques petits-fours de luxe et deux, trois viennoiseries de ce matin. C'est une réception pour moi tout seul. Je prends deux gélules orange et les avale d'un trait avec un peu de champagne, conscient du risque que cela suppose. Puis je me laisse tomber sur mon fauteuil comme un sac de pommes de terre. Cette matinée a été éprouvante. Les Japonais, le syndicat majoritaire, le conseil d'administration. Des graphiques, des courbes, des camemberts de ceci, des camemberts de cela. Dans une journée, je vois plus de camemberts que de croissants. Si j'avais su, j'aurais investi dans le fromage. Puis je pense à ces dizaines de camemberts de plus qui m'attendent cet après-midi, les fournisseurs, notre service marketing pour préparer la campagne de printemps, et les kilos de paperasse à signer.

Je gonfle mes joues et mâche le liquide doré comme un chewing-gum, avant de l'absorber lentement. Je sens les bulles me monter au cerveau.

Je songe aux paroles du vieux. La vie est un mets que l'on devrait déguster en prenant notre temps. On pense qu'en courant on vivra plus, en réalité, on se rapproche deux fois plus vite de la mort. Je relève la tête pour observer mon reflet en face de moi, sur la baie vitrée. Cela se voit-il tant que cela que je ne suis pas heureux ? Le suis-je ? Que me manque-t-il pour l'être vraiment ? Je m'attends à voir la réponse écrite sur mon front au marqueur noir, mais je ne vois qu'un visage gris et dur. Je réalise que, à force de ne plus sourire, mon visage s'est figé, comme si je m'étais injecté des litres de Botox dans les joues, ce qui est aussi le cas. Je me sens comme Dorian Grey. J'ai l'impression que, au fond de moi, je suis resté éternellement jeune et que c'est mon reflet qui vieillit pour moi.

Je regarde par-dessus mon épaule et je jette un bref coup d'œil à ces dernières années. Je pense à Kate, qui ne sait plus quels clients aller défendre au bout du monde pour s'éloigner un peu plus de moi chaque jour. Je pense à notre vie de couple qui ne rime plus à rien. À notre vie qui s'essouffle. À notre petit Hugo, au milieu de tout ça, et qui n'a rien demandé. Je pense à la cinquantaine qui me guette, à ce travail qui me vide de toute mon énergie parce que je suis incapable de déléguer, de faire confiance à quelqu'un, et de prendre un seul jour de vacances, à mon humeur qui fluctue désormais au rythme de la Bourse. Mon père me répétait toujours cette maxime : « Choisis un travail que tu aimes et tu n'auras pas à travailler un seul jour de ta vie. » J'ai suivi son conseil. J'ai choisi un boulot qui me passionne et voilà le résultat, je ne sais pas ce qu'est un week-end et je n'ai pas pris un seul jour de vacances en dix ans. « Tu n'auras pas à travailler un seul jour de ta vie », tu parles ! Je prends conscience aujourd'hui, que Confucius a foutu ma vie en l'air ! Mais à quoi pouvais-je m'attendre de la part d'un Chinois parlant de travail ?

Moi aussi, comme tout le monde, j'aimerais profiter un peu plus, déguster chaque bouchée de ce merveilleux repas qu'est la vie. M'arrêter de courir un peu. Passer du temps avec Kate et Hugo, flâner, manger des glaces au parc, promener Mille-feuilles (mon chat, pas la pâtisserie, je ne suis pas encore fou au point de promener un mille-feuilles). Mais je sais que cela m'est impossible, parce que ce n'est pas dans mon tempérament. On ne peut pas changer sa nature. Demandez au petit scorpion qui traverse la rivière sur le dos de la grenouille ! C'est comme si je trouvais ma raison d'être dans le mouvement. Ma mère m'a avoué un jour que j'avais été conçu sur une machine à laver en marche. En mode essorage. Et depuis je fais des bonds. Je me dis toujours que je me reposerai quand je serai mort. Mais quand tu es mort, tu ne profites de rien, même pas du repos. C'est stupide comme réflexion.

Je me regarde dans l'immense baie vitrée, avec mon beau costume et mes cheveux gominés, et je ne vois qu'un vieux con. Le vieux con que je suis devenu. Un vieux sans une seule ride de bonheur au coin des yeux. Pour la deuxième fois en deux jours, je reçois le piano à queue *Steinway & Sons*, l'éléphant et tout le cirque, sans oublier le pick-up Ford sur les épaules, comme si un maniaque avait pris un malin plaisir à les remonter au vingt-troisième étage du même gratte-ciel pour me les balancer à nouveau dessus. Si j'avais été dans un dessin animé, mon corps aurait pris la forme d'un accordéon et je me serais enfoncé d'un mètre dans le sol. Mais je ne suis pas dans un dessin animé. Je déteste les dessins animés.

Le fil musical de l'entreprise passe une chanson de Madonna, dont les paroles semblent m'être destinées.

Tu ne vois que ce que tes yeux veulent voir
Comment la vie peut-elle être ce que tu veux qu'elle soit ?
Tu es gelé
Lorsque tu n'ouvres pas ton cœur.
Tu es dévoré par tout ce que tu amasses
Tu gâches ton temps avec haine et regret
Tu es cassé
Lorsque tu n'ouvres pas ton cœur.

Je me demande si elle écrit des trucs comme ça depuis qu'elle prend des leçons de tir à l'arc spirituel avec Paulo Coelho. Ou si elle prend des leçons de tir à l'arc spirituel avec Paulo Coelho justement parce qu'elle écrit des trucs comme ça. Il faudra que je lui en parle à l'occasion.

On dirait que le monde entier complote à vouloir me changer. Se peut-il que j'aie fait fausse route jusque-là ? Je repense à Éric, un ami Chef lui aussi exilé aux États-Unis. Un peu le même profil que moi. Débarqué de son Antibes natal, avec une envie de dévorer le monde, et plus particulièrement le nouveau continent. Lorsque je l'ai connu, c'était un vrai tyran en cuisine, hurlant sur tout le monde, allant même jusqu'à fracasser des assiettes contre les murs. Et puis un jour, il est tombé sur ce livre qui parlait du dalaï-lama et de sa philosophie de vie, et cela a changé la sienne à tout jamais. Il s'est converti au bouddhisme et traite désormais tout le monde avec bienveillance. Sa cuisine est la plus calme et silencieuse qui existe. Je médite quelques secondes là-dessus sans trop savoir quelle conclusion en tirer. Je ne pense pas être un tyran. Un vieux con, peut-être, indifférent, glacial. Mais je n'ai jamais balancé un croissant, même décongelé, à la tête de l'un de mes employés.

Je regarde autour de moi. Il y a quelque chose d'oppressant tout d'un coup dans ce bureau. Je me lève de mon fauteuil, attrape mon plateau-repas et sors, sous le regard étonné de ma secrétaire qui est en train de dévorer ce qui semble être un succulent risotto dans son Tupperware.

— Laissez le plateau ici, monsieur ! m'apostrophe-t-elle, je vais demander qu'on vienne le débarrasser.

Elle se lève pour me le prendre des mains. Elle s'aperçoit alors que je n'y ai pas touché.

— Vous n'avez pas aimé ? Vous voulez que je commande autre chose ?

Elle réagit comme si c'était elle qui avait cuisiné tout cela et qu'elle se sentait responsable.

— Non, ne vous dérangez pas, dis-je en tirant sur mon plateau pour ne pas qu'elle l'emporte. Je vais manger mes petits-fours sur le trottoir avec un ami.

Je ne sais pas ce qui choque le plus ma secrétaire. Le mot « ami » ou « sur le trottoir ». Puis, sans lui laisser le temps de réagir, je me dirige vers l'ascenseur, mon plateau-repas dans les mains, comme si j'étais à la cantine de l'université.

À l'intersection de la 7e Avenue et de la 58e Rue, le vieux vendeur de hot-dogs est là, souriant, assis sur sa chaise de camping, à côté de son chariot. Comme s'il n'avait attendu que moi. Depuis toujours.

Le Facebook analogique

— Je suis heureux de voir que tu t'es décidé à changer ta vie ! Et à sauver le monde par la même occasion.

Le vieux vendeur ambulant m'accueille avec un immense sourire. On dirait qu'il vient de se mettre une banane en travers de la bouche. Sa dent ne semble lui donner aucun complexe. Peut-être ignore-t-il qu'il n'en a qu'une seule et que cela donne à ses sourires un faux air de grimace de vieux singe.

— Pas si vite ! je m'exclame en posant le plateau en argent sur le comptoir en bois décrépit. Je ne vais pas sauver le monde, mais si vous voulez, je peux en parler à un ami qui est spécialisé dans ce genre de trucs.

— Dans quel genre de trucs ?

— Dans le genre sauver le monde. Il s'appelle Bruce Willis. C'est un bon client. Quant à moi, je suis juste venu partager mon repas avec vous. Les camemberts me sortent par le nez.

L'homme n'a pas l'air de comprendre mon allusion, mais il louche sur les petits-fours comme s'il n'avait jamais vu d'aussi belles merveilles de sa vie. On dirait un chercheur d'or devant une pépite.

— C'est ton repas de tous les jours ? demande-t-il, les yeux pétillants.

— Oui, réponds-je, blasé.

— On s'habitue vite aux bonnes choses, hein ? observe-t-il, sans que je sache vraiment s'il fait allusion à la nourriture. C'est bien dommage.

Je l'invite à se servir. Il croque dans un petit-four au saumon fumé.

— Peut-être, je commente, pensif.

— Je parlais de ta famille. Tu as une bien belle famille. Kate et Hugo, c'est ça ?

Il croque dans une gamba et lâche un soupir d'extase. On dirait qu'il n'a pas mangé depuis une semaine.

Je sursaute.

— Comment savez-vous cela ? je réagis, sur la défensive.

— Quoi ?

— Le nom de ma femme et de mon fils, je ne vous ai jamais parlé d'eux !

Le vieux marchand hausse les épaules.

— J'ai des pouvoirs… dit-il, avant de s'essuyer les doigts et sortir le *Time* d'un tiroir de son chariot. Un client l'a oublié la semaine dernière. Je t'ai reconnu tout de suite.

C'est la deuxième fois que je fais la couverture de ce magazine. La première, c'était lorsque mon affaire de croissants surgelés à domicile commençait à peine à voir le jour. On me considérait alors comme l'un des jeunes entrepreneurs les plus prometteurs du moment. Ils ne se sont pas trompés. Aujourd'hui, j'ai l'honneur de faire partie des cent personnes les plus influentes des États-Unis. Même si c'est ce que j'avais toujours voulu, je ne savais pas que les croissants pouvaient à ce point influencer le monde.

— Tu devrais télécharger l'application « Sourire » sur ton smartphone, dit-il en signalant la couverture. J'ai remarqué que tu ne souriais jamais. Tu ne pourras pas être heureux et véhiculer vers les autres le sentiment que tu es heureux si tu ne souris jamais. Et les gens fuient comme la peste les gens qui ne sont pas heureux. Tu propulses plus d'ondes négatives tout autour de toi qu'un réacteur cassé de Tchernobyl.

À New York, j'ai appris qu'il fallait toujours laisser penser que tout va bien. Comme tous ces gens que je croise à longueur de journée dans la rue ou au bureau et qui, derrière leur masque souriant, ne sont pas aussi heureux qu'ils veulent bien le laisser paraître. Combien de célébrités souriantes ai-je connues avant qu'elles ne se suicident, du jour au lendemain, laissant tout le monde autour d'elles stupéfait par un tel geste ? Je revois encore Robin Williams, debout dans mon atelier, en train de dévorer mes croissants, des étoiles plein les yeux.

— Je refuse de faire semblant de sourire.

— Alors, c'est facile, ne fais pas semblant. Souris quand tu te promènes dans la rue. Pas forcément aux gens. Souris, c'est tout. Même seul dans ton bureau. Souris-toi à toi-même.

— Je ne suis pas du genre à sourire tout seul.

— Tu as tort. Sourire fait du bien pour la santé, des études scientifiques l'ont prouvé.

Tiens, il y avait longtemps…

— Combien de fois as-tu souri ce matin ?

— Ce n'est précisément pas le genre de choses qui me préoccupe et que je comptabilise.

— Sais-tu qu'un simple sourire mobilise plus d'une quarantaine de muscles ? Et que si tu souris pendant soixante secondes, même en te forçant, ton cerveau libère de la sérotonine, ce qui provoque une baisse de production des hormones du stress et une augmentation de celles favorisant le bien-être ? C'est comme si tu mangeais une tablette de chocolat entière, sauf que tu ne grossis pas, tu ne culpabilises pas et tu ne t'en mets pas plein les doigts.

— C'est une bonne nouvelle.

— Un sourire a le double avantage d'avoir un grand pouvoir sur celui qui le donne mais aussi sur les autres. Les gens agissent envers toi tel un miroir. Comme la vie. Si tu lui souris, elle te sourira. Si tu souris aux gens, ils seront plus enclins à t'adresser la parole ou à t'aider en cas de besoin. En souriant, tu deviens sympathique, bon, généreux, parce que tu offres quelque chose. Tu fais un effort, imagine, quarante muscles en action ! Pour parler ton langage, c'est comme si tu envoyais des *J'aime* sur Facebook. C'est ce que j'appelle un Facebook analogique, sans besoin de tablette, de téléphone portable ou d'ordinateur.

Le mot *Facebook* est bien le seul mot que j'aurais parié ne jamais entendre sortir de la bouche de ce vieux monsieur.

— Les gens ont tendance à sous-estimer le pouvoir magique d'un sourire. En plus, il est prouvé que les personnes qui sourient sont plus belles que celles qui ne sourient pas.

Pour illustrer ses propos, il sourit, affichant son unique dent.

— En souriant aux gens, on provoque de nouveaux sourires. Comme dans une gigantesque chaîne humaine, un seul sourire peut être responsable de millions de sourires sur la Terre. Un sourire est aussi contagieux que le bâillement d'un passager dans un wagon de métro.

— Cela ne fonctionne pas. J'ai essayé avec mes *Happy Croissants* quand je n'étais encore qu'un jeune fou plein d'illusions et d'innocence. Mais les guerres sont toujours là, la haine aussi. Et partout, je ne vois que des sourires à l'envers.

— S'il y a bien une chose que j'ai apprise dans la vie, c'est qu'il ne faut jamais arrêter de rêver, Pierre. L'échec nous offre une deuxième chance de mieux faire, souviens-t'en. En souriant et en disant bonjour à quelqu'un que tu croises dans la rue, au supermarché, à la laverie automatique – cela ne risque pas de t'arriver –, tu choisis de le mettre dans ta vie. Tu agis sur le monde, tu ne le subis plus. Tu ne subis pas une rencontre, tu la provoques. Tu crées une opportunité. Tu provoques le destin ! Ce simple geste entraîne une sensation de toute-puissance incroyable. Tu élargis, de même, le spectre d'éventuelles connaissances et augmentes tes chances de découvrir de nouveaux amis. Pour reprendre l'exemple de tout à l'heure, dire bonjour à des inconnus, c'est un peu comme lancer des demandes d'ajout d'amis sur Facebook, sauf que là, ce sont de vraies personnes, palpables, qui évoluent dans ton entourage, ton quartier, ton monde, pas à des milliers de kilomètres, pas des gens qui se cachent derrière une photo qui n'est souvent pas la leur, et des mots qui ne sont souvent pas les leurs non plus. Parmi ces personnes se trouvera peut-être celle qui changera ta vie, si tu ne sais pas comment la modifier toi-même. On ne sait jamais sur qui l'on tombera. Une personne qui te proposera un emploi quand tu n'en as pas, une personne qui deviendra un grand ami, un amour, une personne qui te sauvera peut-être la vie un jour. Qui sait ? Le destin met sur notre chemin des personnes que l'on choisit de faire entrer ou non dans notre monde. Les rencontrer est un hasard, les mettre dans notre vie est un choix, en mettre quelques-unes dans notre cœur est une nécessité. Sans amour, on vieillit plus vite. Ce n'est pas moi qui vais changer ta vie, Pierre. Je te l'ai dit, je ne suis que l'étincelle qui allume la bougie. C'est toi qui vas changer ta vie. Et les personnes que tu vas décider d'y faire entrer à partir d'aujourd'hui. Chaque fois que tu rencontreras une nouvelle personne, demande-toi si elle vaut la peine de faire partie ou non de ton existence. Il paraît que si l'on regroupait toutes les personnes que l'on côtoie tout au long de notre vie, on pourrait remplir un terrain de football, et que si l'on prend les connaissances des connaissances des connaissances des connaissances des connaissances de nos connaissances – nos connaissances au sixième degré, donc –, on arrive à couvrir la population totale de la Terre. Tu as choisi de me mettre dans ta vie, que tu le veuilles ou non. Et quelles qu'elles soient, souviens-toi toujours qu'il ne faut jamais regretter d'avoir connu de nouvelles personnes et de les avoir mises dans ta vie. Car les bonnes personnes te donneront du bonheur et les plus mauvaises t'auront donné une leçon. Tu n'as rien à perdre. Tout est bénéfique. Et puis, les grandes histoires commencent toutes par un petit bonjour, n'est-ce pas ?

L'enfant qui était vieux

Je jette un coup d'œil à la revue. Le contraste entre l'expression austère qui se dégage de mon visage et le titre PIERRE BOULANGER, LE PÂTISSIER FRANÇAIS QUI REND LES AMÉRICAINS HEUREUX est saisissant. Un petit peu comme si un curé se mettait d'un coup à faire des publicités pour des préservatifs. Je me rends compte que l'homme de la couverture est exactement le même que celui que je viens de voir quelques minutes plus tôt dans la baie vitrée de mon bureau. C'est triste, mais on peut même en arriver à oublier comment sourire. Comme on oublie certains réflexes…

Je repense à ma première fiancée, Caroline, étudiante en médecine. Le soir, couchés sur le lit, nous nous livrions à toute une batterie de tests tirés de ses livres. J'aimais particulièrement ceux visant à tester les réflexes. Je me rappelle encore la stimulation de Babinski. Caroline me passait l'ongle de son doigt sur la voûte plantaire, depuis le talon jusqu'aux orteils, et mes doigts de pied se rétractaient, indiquant que j'étais un sujet sain. Il y en avait un qui consistait à nous donner de petits coups sur le front, entre les sourcils. D'abord on fermait les yeux et puis, au bout de quelques secondes à se tapoter à cet endroit, on ne sourcillait plus. On ne s'habitue jamais aux réflexes. Celui-là, pourtant, est l'un des seuls auxquels le corps humain parvient à s'habituer. Incroyable, non ? Je laissais Caroline tester sur moi et, en échange, elle goûtait mes pâtisseries, le dimanche après-midi, quand mon père me permettait de rester dans l'atelier à pain. J'aimais la voir rire la bouche pleine. J'aimais voir ses yeux s'illuminer en croquant dans une brioche fondante. Je me souviens qu'à cette époque, malgré ce que tout le monde peut penser de moi aujourd'hui, je n'étais que joie et sourire.

— Tu as envie de lui acheter des croissants, toi, à ce type-là ? Moi, je l'embaucherais plutôt pour zigouiller ma belle-mère… Ta famille est bien plus importante que ta tête sur un bout de papier. Tu devrais en prendre soin.

— Qu'est-ce qui vous fait penser que je n'en prends pas soin ?

Il se contente de me fixer pendant quelques secondes. Un de ces regards qui vous disent que ce n'est pas la peine de mentir.

— D'accord, peut-être que je la néglige un peu.

— Parle-moi d'elle. Je peux ?

L'homme me signale ma coupe de champagne à moitié pleine.

— C'est une jolie famille, dis-je, comme si je venais d'en prendre conscience.

— Kate et toi, êtes-vous heureux ensemble ? questionne-t-il en s'essuyant avec une serviette en papier plus graisseuse encore que ses doigts.

Je fais un mouvement de la tête.

— On est mariés depuis quatre ans, je lui précise, comme si cette réponse suffisait à tout justifier.

Nous sommes un couple banal. Nous sommes très occupés chacun de notre côté, et comme dans tous les couples qui sont ensemble depuis un certain temps, la routine s'est installée. On ne s'en aperçoit pas, jusqu'au jour où vous apprenez plus de choses sur l'agenda de votre femme par votre gouvernante que par votre femme elle-même. Disons que l'on vit maintenant notre vie chacun de notre côté sous le même toit.

C'est la première fois que je confie quelque chose d'aussi personnel à un inconnu. Mais il émane de cet homme une telle sympathie que j'ai l'impression de parler à un vieil ami. Je n'ai jamais eu de vieil ami. Je me demande d'ailleurs si j'ai déjà eu un véritable ami.

— Ainsi, vous êtes un couple banal, commente-t-il après avoir avalé deux petits-fours en même temps. Vous devriez être un couple extraordinaire. Tous les couples devraient tendre à cela. Être un couple unique et extraordinaire. Et le rester. Toujours.

— On s'est un peu laissés aller. Tout n'est plus si rose qu'avant. Ensuite, il y a Hugo… Cet enfant a été un « accident » dans nos vies overbookées, mais il est là maintenant et je l'aime. À ma manière. Même si je ne suis pas un père dévoué. Je m'intéresse peut-être plus aux ventes de mes croissants qu'à ses progrès à la crèche.

— Il n'y a pas que les croissants dans la vie.

— Les pains au chocolat ? Je plaisante. Vous savez, vous me parliez de changer le monde. Un après-midi de 1886, un pharmacien d'Atlanta du nom de John Pemberton a découvert qu'en remuant une dose de liquide parfumé de couleur caramel à de l'eau gazeuse, il obtenait un savoureux breuvage qu'il s'est empressé de commercialiser au prix de cinq centimes de dollar le verre. Au cours de la première année, Pemberton n'en vendait que dix verres par jour. On en vend aujourd'hui trente-cinq milliards de litres... Oui, le Coca-Cola. C'était un simple pharmacien de quartier. Et pourtant, il a changé le monde.

— Peut-être. Peut-être pas. Crois-tu que le monde aurait été moins beau sans Coca-Cola ?

— Non, j'imagine que non, dis-je en baissant la tête. Mais c'est grâce aux ventes de mes croissants que Hugo a un toit et qu'il aura une bonne éducation. Lui donner un avenir, c'est ma façon à moi de l'aimer.

— En même temps, n'as-tu pas peur de te voir dans dix ans et de te dire que tu as raté une étape importante de la vie de ton fils, que tu n'as été qu'un banquier pour lui, un fournisseur de biens et de sécurité, et pas un père ?

Je réalise qu'il a raison, qu'il vient de mettre des mots sur un sentiment qui m'assaille parfois, dans mes rares moments de lucidité.

— Pour Hugo, il suffit de prendre le temps, reprend-il. C'est aussi simple que cela. Je suis sûr que tu peux te passer de quelques réunions sans importance. Ne le sont-elles pas toutes ? Tu pourrais l'emmener à l'école un jour, l'emmener aux manèges. Comme mon père. Ne sous-estime pas le pouvoir de l'émerveillement d'un enfant. Un événement aussi banal que d'aller au manège ou aller à la crèche avec lui peut avoir un impact impressionnant sur sa vie. Souviens-toi de mon histoire.

J'acquiesce de la tête.

— Observe le monde en t'émerveillant à nouveau de tout comme au premier jour, comme un enfant, c'est le meilleur moyen de ne jamais vieillir. Moi, je ne suis pas vieux, j'ai juste l'âge d'un vieux ! Redeviens le petit garçon que tu as été ! Il est très facile de rendre heureux un enfant. Un simple bout de carton ou de papier froissé suffit parfois.

— Il est hors de question que je m'émerveille devant un bout de papier froissé ! je m'exclame en montrant la serviette sur laquelle je viens de m'essuyer les doigts.

Il éclate de rire. Un rire libre, sauvage, comme celui d'un enfant.

— Vous riez comme un enfant, lui dis-je.

— Tu ne pourrais pas me faire de plus beau compliment.

— Vous mangez aussi comme un enfant ! Et ça, ce n'est pas un compliment !

Et alors que le vieux marchand semble manger à sa faim pour la première fois depuis plusieurs jours, me regardant les yeux remplis d'étoiles scintillantes, je me demande quand j'ai perdu mon sourire et mes yeux de petit garçon, ce regard que je portais sur le monde, plein d'illusions et de rêves. Quand, pour la première fois, suis-je devenu cet adulte sérieux qui a transformé ses jouets en calculatrices ? Ses cabanes dans les arbres en usines ? Quand me suis-je mué en cet adulte ennuyeux, vide, qui ne croit plus en rien ? Quand je n'étais encore qu'un enfant, je voyais les choses différemment. Mon cœur n'avait pas encore eu le temps de se corrompre, mes rêves de mourir. Je voyais les choses avec mes yeux remplis d'étoiles, moi aussi. La vie était encore pour moi un gigantesque devenir, un magnifique jardin dans lequel les arbres poussaient et formaient de grandes branches qui engendraient à leur tour d'autres branches, plus grandes encore que ces premières. Je croyais, car croire, c'est croire que tout est possible, c'est croire que nos désirs peuvent devenir réalité et nos rêves de grandes branches, interminables, sur lesquelles pousseront de belles feuilles, qui feront de beaux fruits. Et puis un jour, on devient adulte et on n'aime plus parler d'illusion, et les étoiles qui brillaient dans nos yeux s'éteignent. On ne parle plus d'arbres, de feuilles et de fruits. On met un beau costume, on apprend à nouer une cravate, on s'assoit dans une salle devant un micro et puis on parle de gains, de plus-value et de pétrole, de croissance et de production, d'économie et de politique. Et le pire, c'est que l'on fait cela sans se poser de questions. On jette nos jouets à la poubelle avec le plus grand naturel du monde et puis on enchaîne en parlant de gains, de plus-value et de pétrole, de croissance et de production, d'économie et de politique comme si l'on avait parlé de cela toute notre vie dans nos anniversaires d'enfant, entre le spectacle de magie et le découpage du gâteau. Et c'est la chose la plus ennuyeuse qui soit. Et c'est pourtant ce à quoi l'on occupe le plus clair de notre temps. Le plus clair de notre vie.

— Dans notre société, ajoute le vieux, on considère qu'un homme qui pense comme un enfant est un attardé mental, un idiot, alors que dans certaines tribus africaines, c'est un don et un signe de grande intelligence. Je trouve cela triste, moi, de devoir oublier qu'on a un jour été un enfant et que l'on s'est émerveillé de tout. Pour Kate, il faut que tu retrouves ce que tu ressentais pour elle au début, que tu remettes la main, ou le cœur, sur ce que tu as perdu. Les débuts ont des charmes inexprimables ! disait Don Juan. Voilà pourquoi une fois le charme des premiers instants passé, il les larguait toutes comme une paire de chaussettes sales et ne s'engageait jamais. C'est beau de devenir vieux ensemble, sans jamais cesser de se donner la main, comme au début. Il faut voir en la routine quelque chose de merveilleux. Tu as cette chance.

— C'était ce à quoi l'on aspirait, la routine, quand plusieurs milliers de kilomètres nous séparaient, au début. C'est peut-être idiot à dire, mais je rêvais de faire les courses avec elle, d'éplucher les légumes. Et puis, un jour, cette maudite routine arrive, et on la déteste. Avec l'argent, on n'a même plus à faire les courses ou à éplucher les légumes soi-même. On met des inconnus chez nous, qui cuisinent pour vous, qui conduisent pour vous, qui élèvent votre enfant pour vous. Qui vivent toutes ces jolies choses pour vous.

— Pense à ceux qui n'ont pas eu la chance de connaître la routine. D'avoir quelqu'un avec qui manger, contre qui se blottir. Moi, je n'ai pas eu cette chance. Tu ne sais pas la chance que tu as de ne pas être seul.

Un frisson me parcourt. J'ai peur de me retrouver un jour aussi seul, démuni et édenté que ce vieil homme, parce que je n'ai pas pris soin des gens qui m'entourent. J'ai peur de tout cela, mais en même temps, je sais que je n'ai pas le choix et que tant que je ne me verrai pas menacé, je ne changerai pas. Je resterai cet homme occupé à ces choses ennuyeuses alors qu'il pourrait passer sa vie à jouer.

Le vieux marchand ambulant baisse les yeux. Quand il les lève à nouveau sur moi, ses pupilles brillent comme un ciel étoilé.

— Te souviens-tu de ce qui t'a plu chez elle au début ? me demande-t-il comme s'il s'alimentait des beaux souvenirs des autres.

— Kate ? C'était une femme, dis-je, avant de réaliser l'ambiguïté de mon propos.

— En général, les Kate sont des femmes, oui.

— Non, je veux dire, une vraie femme. *La* femme. La femme qu'on enverrait dans l'espace pour représenter le genre féminin de la race humaine devant une délégation d'extraterrestres. C'est une avocate redoutable à laquelle aucun autre avocat ne souhaiterait être confronté et en même temps… elle a su conserver une grande innocence, un cœur de petite fille. Elle aime aider les gens. Elle participe à des galas de charité, elle est marraine de plusieurs enfants aux Philippines, vous voyez le genre ? Ce n'est pas pour la vitrine médiatique. Elle aime vraiment cela, j'irai même jusqu'à dire qu'elle en a besoin. Pour vivre. Pour se sentir utile. C'est son oxygène. Je l'ai même vue défendre à titre gracieux des gens qui n'avaient pas les moyens de se payer un avocat, parce qu'elle était convaincue que c'était juste, que c'était son devoir. C'est ce mélange de fragilité, d'amour et de fermeté qui m'a séduit.

— Et où as-tu déniché une perle pareille ? Sous un sac de farine ?

Je mords dans un petit-four au caviar.

— Une réception au Hilton. Un ami journaliste y était invité mais il était tombé malade au dernier moment. J'avais pris sa place pour me changer les idées. Je la revois encore s'approcher de moi. Je faisais le pied de grue devant le buffet des desserts. Elle avait une flûte de champagne à la main. D'elle ou de la coupe en cristal, je n'aurais su dire laquelle illuminait l'autre. Il y avait comme une aura dorée autour d'elle. Elle m'a tendu une petite assiette vide et je lui ai offert la part de tarte que j'étais en train de me servir. Je me souviens que c'était une tarte meringuée au citron avec un cœur praliné. Et j'ai pensé : cette fille, c'est exactement ça, une tarte meringuée au citron avec un cœur praliné. Voilà ce qui émanait d'elle. Du craquant et de la légèreté. Et j'ai tout de suite voulu croquer dedans. À l'époque, je n'étais pas encore l'homme connu et reconnu que je suis devenu. Je n'étais qu'un jeune pâtissier sur le point de lancer son entreprise. Elle était déjà la ténor du barreau new-yorkais. Pourquoi une femme comme elle abordait un type comme moi ? Elle m'a demandé ce que je faisais, je lui ai dit que j'étais dans les croissants, elle m'a répondu que c'était mieux que d'être dans les avocats, et elle a ajouté qu'elle allait me raconter l'histoire de croissant la plus drôle que j'aie jamais entendue, un truc qu'il lui était arrivé quand elle était encore étudiante et qu'elle s'était rendue à Paris pour un échange avec la Sorbonne. Elle a éclaté de rire avant même de commencer, et c'est là que j'ai compris pourquoi une femme comme elle abordait un homme comme moi. Elle était soûle.

Une Américaine à Paris

La première chose que fait Kate en arrivant à Paris est d'entrer dans une boulangerie et de commander un croissant. Un bon croissant français, bien chaud, croustillant, avec un bon goût de beurre, pas d'huile de friture maintes fois réchauffée comme on a l'habitude d'en trouver à New York. Non, un vrai bon croissant français. Elle attend cela depuis si longtemps. Depuis tout le temps d'ailleurs. Elle a tant entendu parler de ces onctueuses pâtisseries que l'on élabore avec amour outre-Atlantique. Ce sera le premier vrai croissant de sa vie. À vingt-deux ans. Et elle s'entend déjà hurler un *Oulàlà* de plaisir.

Les mots *croissant* et *bonjour* étant les seuls mots français qu'elle connaisse, Kate décide de les mettre ensemble dans une même phrase.

— *Bondjouwr, crowassant.*

La commerçante la toise d'un air mauvais, se demandant si la touriste est en train de la traiter de croissant.

— *Bondjouwr, crowassant,* répète Kate qui pense avoir mal prononcé.

Mais le visage de la commerçante ne s'anime pas pour autant. Ni aucune autre partie de son corps, d'ailleurs.

La boulangerie transformée en musée de cire, la boulangère en statue et elle, en visiteuse.

— Vous voulez un croissant ?

L'Américaine, qui a identifié le mot *croissant* dans la séquence de sons articulés de l'autre femme, acquiesce de la tête dans un grand sourire, satisfaite de s'être enfin fait comprendre.

— Cela ne va pas être possible, madame, finit par dire la commerçante. Vous êtes dans une boulangerie orientale, ici. *La* boulangerie arabe du 5e arrondissement ! Regardez-moi, est-ce que j'ai une tête à servir des croissants ?

Kate sourit, gênée, car ne comprenant pas le français. Elle se tient droite comme un « i », dans cette position propre à la bonne éducation américaine, et attend que la boulangère ait l'amabilité de bien vouloir lui servir son croissant.

— Elle était entrée dans une boulangerie orientale ! je m'exclame.

Puis j'éclate de rire. Il y a si longtemps que je n'ai pas ri. J'éclate de rire comme quand Kate m'a raconté cette anecdote. Je la revois encore s'esclaffer avec moi, devant le buffet des desserts.

— C'est effectivement une histoire très drôle, me dit le vieil homme. Ainsi donc, Kate était une tarte au citron meringuée. Tu compares souvent les gens à des pâtisseries ?

— Avant, oui.

— On dirait que tu as perdu ton joli regard sur les choses et les gens. Je pense pouvoir t'aider à le retrouver.

Le syndrome Clark Kent/Superman

Il prend un croissant dans le panier et le croque à pleines dents, enfin, à pleine dent puisqu'il ne lui en reste qu'une seule, arrachant d'un coup de mâchoire vigoureux l'une de ses deux longues pattes.

— Les fameux *Happy Croissants*, dit-il après quelques secondes. C'est vrai qu'ils ont l'air heureux. J'en ai acheté un, un jour. Son goût ne m'a jamais abandonné. Tu es vraiment quelqu'un de spécial. Tu as un talent rare. Le problème, c'est que tu les vends un peu cher.

— Vous pouvez parler, vous vendez le gobelet de café à un million de dollars !

— Tu es le genre de personne qui croit encore que l'argent fait le bonheur, n'est-ce pas ?

— Euh… (Je feins de me gratter le menton en signe d'intense réflexion.) Oui. Pas vous ?

En voyant son regard, je regrette tout de suite ma question.

— Des études sérieuses ont montré que les pays où les gens se sentent le plus heureux correspondent aux pays les plus riches, dit-il.

Lui et ses fameuses études scientifiques !

— Vous voyez !

L'homme a posé ses mains frêles et ridées contre la paroi de sa machine à hot-dogs pour les réchauffer. À l'intérieur, trois saucisses orange, transpirant comme dans un sauna, semblent m'implorer de les sortir de là. Elles ont dû écouter ces anecdotes scientifiques des milliers de fois.

— Mais ces études ont aussi montré qu'au-delà d'un certain seuil, le niveau de satisfaction des personnes n'évolue plus. En clair, au-delà d'un certain montant couvrant les besoins principaux, l'argent ne fait plus le bonheur et ne sert donc plus à rien. Je pense que tu as dépassé ce seuil depuis longtemps. Tu pourrais reverser le surplus à des œuvres de charité.

— Je viens de vous le dire, c'est plutôt ma femme qui s'occupe de cela dans notre couple.

— Si je te donnais aujourd'hui la possibilité de devenir un autre homme ? De récupérer Kate ? De sauver ta vie ?

— Tout un programme !

— Si tu sauves le monde, tu récupères Kate au passage. Les femmes aiment les héros. Ce sont des êtres compliqués, tu sais. Elles aiment les héros et elles aiment à la fois les hommes normaux qui prennent du temps avec elles et accompagnent leur fils à la crèche.

— C'est le syndrome Clark Kent/Superman !

— C'est ça.

— Je sauve le monde et Kate tombe dans mes bras ?

— Bien sûr, Pierre. Tu devrais aller au cinéma plus souvent.

Je mets les mains dans mes poches pour me tenir chaud. Comment fait ce vieil homme pour supporter de passer toute la journée dehors ?

— J'ai quarante-quatre ans, je suis un homme accompli et ce n'est pas maintenant que je vais changer. Même si quelquefois je rêve d'autre chose.

— Tu as tort, il n'est jamais trop tard pour donner un petit coup de peinture fraîche à sa vie. Tant qu'il y a une goutte de vie dans tes veines, tu peux changer ton monde. Tant qu'on est vivant, il n'est jamais trop tard. Car un vivant aura toujours cet incroyable avantage sur un mort d'être vivant ! Tu n'as peut-être pas le génie d'Einstein, de Mozart ou de Shakespeare, mais tu vis encore ! Et cela te rend supérieur à eux ! Tant qu'on est vivant, on peut reconstruire. On peut tomber amoureux. On peut rencontrer des gens formidables. Notre vie peut changer.

Il fait une petite pause pour que je digère bien ses paroles, ou parce qu'une douleur se réveille dans sa poitrine. Il se masse le sternum du plat de la main. Ainsi, je suis supérieur à Einstein…

— Tu sais pourquoi les passagers applaudissent après que leur avion a atterri ? reprend-il. Ce n'est pas pour féliciter le pilote, non. Tout le monde sait bien que ce n'est pas lui qui a manœuvré mais le pilote automatique. Les gens applaudissent parce qu'ils sont heureux de retourner sur le plancher des vaches sains et saufs, parce que leur avion ne s'est pas écrasé. Ils célèbrent le fait d'être vivants. C'est exactement ce que demandent les gens qui se signent lorsque l'avion décolle, que Dieu n'écrase pas leur appareil. Alors une euphorie gagne tous ces gens lorsqu'ils s'aperçoivent qu'ils sont arrivés à destination et que plus rien de fâcheux ne pourra survenir. Même si certains meurent ensuite d'un accident de voiture en rentrant à la maison. Personne ne se signe ou n'applaudit en voiture, et pourtant, on a deux mille fois plus de chances de mourir dans un accident de la circulation qu'en prenant l'avion… Enfin, je sais que tu es plutôt du genre à allumer ton téléphone portable pour regarder tes mails dès que l'avion atterrit, mais la prochaine fois que tu voyages, penses-y et applaudis. Tu verras, cela fait un bien fou de célébrer le fait d'être vivant.

Le vieux vendeur de hot-dogs attrape un gobelet et le fait tourner entre ses doigts. Je me demande s'il ne lave et ne réutilise pas ses verres en carton jetables, comme il le fait avec les serviettes en papier.

— Quoi qu'il en soit, conclut-il, il est plus facile de changer le monde que tu ne le penses. Il suffit que tu changes, toi. Quand une personne décide de changer sa destinée, il est possible qu'elle change celle de milliers de personnes. Ce mécanisme agit comme une chaîne. Un peu comme un bâillement dans un wagon de métro. Laisse-moi donc essayer de te convaincre de changer avec un simple Post-it et un caillou.

— D'accord, servez-moi une tasse de votre merveilleux café.

La théorie du Post-it

— Tu connais la différence entre un être humain et une pierre ? me demande-t-il. Les pierres, elles, ne luttent pas. Elles ne fuient pas non plus. Elles ne changent pas. Elles ne font rien. Elles sont là. Elles demeurent. Simplement. Elles étaient là bien avant nous et le seront bien après. Elles ne meurent jamais. Mais elles ne vivent jamais vraiment non plus. Je préfère être un être humain éphémère fait de sang et de chair, avec un cœur et des rêves, que d'être une pierre immortelle.

Animé d'une soudaine vivacité, le vieux marchand de hot-dogs prend dans ses doigts le galet qui est posé sur un tas de serviettes en papier et qui les empêche de s'envoler. Il le fait tourner entre ses doigts et l'observe comme s'il venait de le trouver sur le bord d'une rivière et essayait de deviner combien de ricochets il pourra réaliser avec.

— C'est marrant que vous disiez cela, car mon prénom signifie justement « pierre » en français. Peut-être suis-je prédestiné à l'immobilité ? Qui sait ?

Je hausse les épaules et bois une gorgée de son merveilleux breuvage. Le meilleur café du monde. Celui qui vous fait tout oublier, en même temps qu'il vous réchauffe la bouche et le cœur.

Le vieil homme repose le galet sur les serviettes. Il ouvre un tiroir de son chariot et en sort un bloc de Post-it jaune fluorescent dont il détache la première feuille. Il le contemple comme si c'était la première fois qu'il en voyait une de sa vie.

— Tu vois ce Post-it, tu le regardes et tu te dis que ce n'est qu'un petit bout de papier de couleur avec un peu de colle dessus. Cela paraît simple, mais encore fallait-il l'inventer. Et son histoire est d'autant plus passionnante qu'il est né d'une erreur, d'un simple accident. En 1970, un chercheur américain tente de créer une colle extra-puissante. Ironie du sort, il finit par découvrir, par pur hasard, une colle qui ne colle pas. Disons qu'elle n'adhère que très peu et ne laisse presque aucun résidu sur les surfaces sur laquelle on l'applique. Là où de nombreux scientifiques se seraient contentés de jeter ce piètre résultat à la poubelle, il en conserve quelques échantillons, persuadé qu'il trouvera un jour une utilité à sa colle qui ne colle pas. Le Post-it vient de naître. Ce petit bout de papier est devenu en quelques années l'une des fournitures de bureau les plus utilisées dans le monde. Aucune technologie, aucun ordinateur, aucune tablette, aucun PDA n'a réussi à le détrôner. C'est quand même formidable, non ? Ce qui est beau, c'est que les choses ne se passent pas toujours comme prévu, comme on s'y attend. Être surpris, voilà la magie de la vie.

Le vieux marchand brandit le Post-it devant mes yeux comme s'il tenait un diamant brut entre ses doigts et voulait m'en montrer toutes ses facettes étincelantes. En dix ans de carrière dans les plus hautes sphères du monde des affaires, c'est bien la première fois que l'on essaye de me convaincre à l'aide d'un Post-it.

— J'ai peur de ne pas voir le rapport entre le Post-it et notre conversation.

— Je voulais juste te montrer que, quelquefois, on croit que l'on est fait pour quelque chose, et on s'en contente, alors que l'on est fait pour quelque chose de bien plus grand encore. La peur du changement, la peur de l'échec nous empêchent de nous lancer dans l'incroyable aventure pour laquelle on est réellement fait. C'est dommage. On croit qu'on n'est qu'un peu de mauvaise colle, alors qu'en réalité on est voué à connaître l'incroyable destin du Post-it ! Descends de ton camion de pompiers et explore toutes les possibilités que t'offre ce beau manège. Dès à présent. Plus on attend et plus on réfléchit, et plus on réfléchit, moins on agit. On dit toujours « demain, demain ! » ou on laisse cela pour les résolutions de l'an prochain, comme pour l'activité physique ou la cigarette, et puis un jour on est frappé d'un infarctus ou on nous détecte un cancer métastatique du poumon et il est déjà trop tard. Et on réalise que si on s'y était pris avant, on aurait pu profiter de la vie vingt ans de plus.

Un frisson me parcourt le corps, des orteils jusqu'au sommet de mon crâne. Je repense aux anxiolytiques que je prends, à mes palpitations. Je repense à mon grand-père qui a travaillé toute sa vie et qui est mort étouffé par un grumeau de farine la veille de sa retraite.

Ce soir-là, rongé par la culpabilité et le désir de profiter des gens que j'aime, je rentre plus tôt à la maison. C'est la première fois depuis plusieurs années. Je ne pense qu'à embrasser ma femme et mon fils. Mais lorsque j'arrive, ni Kate ni Hugo ne sont là pour m'accueillir.

L'homme sur la montagne

Sur le sommet d'une montagne, un homme, debout, un bob vert sur la tête et une chemise hawaïenne rouge sur le corps, regarde le jour qui se couche à l'horizon. Il inspire lentement, puis il expire, en parfaite communion avec le mouvement léger qui soulève cette immense étendue verte au rythme de sa poitrine.

Il inspire.

Il expire.

Serein.

À ce moment-là, de l'autre côté de la Terre, un homme éternue.

Où celui qui part n'est pas forcément celui que l'on pensait

— À tes souhaits !

Ma femme vient de débarquer sur la terrasse avec une énorme doudoune et un bonnet bleus. Avec ses longs cheveux blonds, elle ressemble à la Schtroumpfette. On forme un beau couple. La Schtroumpfette et le Schtroumpf grognon.

— Merci, dis-je en m'essuyant le nez avec un mouchoir en papier.

— Alors comme ça, tu veux accompagner le petit à la crèche…

Elle s'approche de moi à pas feutrés, dans ses Moon Boots, et examine avec une attention non dissimulée, voire surjouée, la petite cicatrice qui coupe mon menton en deux depuis que je suis tombé de vélo tête la première dans le caniveau, une trentaine d'années plus tôt.

— Oui, c'est bien toi ! s'exclame-t-elle en se reculant, satisfaite de son petit examen. Durant un instant, j'ai cru que des extraterrestres t'avaient enlevé, cloné et m'avaient refilé une copie améliorée !

— Tu exagères !

— J'exagère ? Après treize mois de total désintérêt, voilà que tu veux emmener ton fils à la crèche ! Tu as eu l'idée tout seul, comme un grand ?

— Oui, dis-je, conscient de mon mensonge.

Je repense aux paroles du vieux marchand de café. Je me suis bien gardé de parler à ma femme de nos rencontres. Dans le couple, c'est elle, la bonne Samaritaine des pauvres. Peut-être verrait-elle d'un mauvais œil que j'empiète sur son territoire.

Kate me regarde en souriant et en secouant la tête. Elle doit avoir été un chien d'explosif dans une vie antérieure. Et moi, un explosif. Elle sent les choses comme personne. Surtout les mensonges. Elle se contente de hausser les épaules.

— Je suis son père, tout de même !

La Schtroumpfette me dévisage, mi-étonnée, mi-amusée, comme si je m'étais mis d'un coup à lui parler en pachtou. En pachtou du fin fond de l'Afghanistan.

— Tu es son père, dit-elle.

Finalement, Kate comprend assez bien le pachtou vernaculaire.

— Je suis son père, je répète comme si je cherchais à m'en convaincre.

Mon Américaine d'épouse se demande sûrement quelle mouche m'a piqué. Elle m'observe de ses grands yeux verts, pensant sans doute que j'ai pris le jus en débranchant mon téléphone portable de la prise murale, puis elle hoche plusieurs fois la tête comme si elle écrivait un message en morse avec son menton. Comme Kate n'a jamais travaillé sur un navire de guerre, je prends cela pour un oui. Une suite interminable de oui.

— Très bien. Tu as raison. Je ne vais quand même pas t'engueuler parce que tu veux accompagner pour la première fois de ta vie ton fils à la crèche.

— Pour la *deuxième* fois.

— Ouah ! Deux fois ! Comment ça se fait qu'on ne t'ait pas encore convoqué à la Maison Blanche pour t'épingler une médaille !

Elle redevient sérieuse et m'examine à nouveau.

— Tout va bien, Pierre ? Dois-je me faire du souci pour toi ?

C'est la troisième personne en quelques jours qui me pose la même question. Le vieux, Allan, et maintenant ma femme. Quel est donc cet intérêt soudain du monde pour mon bien-être ?

— Oui... enfin, non ! Je veux dire, oui à la première question, et non à la seconde, réponds-je, complètement perdu avec les doubles questions.

Elle reprend son air de chien d'explosif et me refait un petit coup de détecteur de mensonges.

— Cela a quelque chose à voir avec la serviette en papier que Carmen a trouvée dans la poche de ta veste de costume ?

Avec l'habileté d'une magicienne, Kate fait apparaître le morceau de papier dans sa main. Elle le tient du bout des doigts, comme une couche usagée de Hugo. Je sursaute.

— « Guéris le monde, lit-elle, fais-en un endroit meilleur pour toi et pour moi et pour l'humanité tout entière. » Ouah, c'est spirituel !

— Euh, oui... Un peu.

— C'est pas de Michael Jackson, ça ?

— Ah, toi aussi tu crois ! Apparemment, c'est de Confucius...

— Tu es devenu philosophe ? Je savais bien que tu n'aurais pas dû accepter de faire le catering chez Tom Cruise, l'autre soir… ajoute-t-elle. Ça y est ? Il t'a offert ta carte de membre de la Scientologie ?

— Qu'est-ce que tu racontes ?

— C'est quoi, ces conneries de guérir l'humanité, Pierre ?

— C'est la période des bonnes résolutions, dis-je en haussant les épaules et en priant tous les dieux de mettre fin à cette conversation embarrassante. Oui, c'est ça, ma bonne résolution pour cette nouvelle année. Tu n'as pas le monopole du cœur, Kate ! dis-je en empruntant le ton de Valéry Giscard d'Estaing lors du célèbre face-à-face télévisé avec Mitterrand.

Ma femme pouffe de rire.

— Sauver le monde ? Tu n'es même pas capable de ramasser tes poils dans la baignoire après avoir pris ta douche !

Est-ce que Bruce Willis ramasse ses poils dans la baignoire après avoir pris sa douche ? C'est peut-être pour cela qu'il s'est rasé le crâne. Il faudra que je le lui demande à l'occasion.

Bien qu'étant athée, les dieux accèdent à ma prière et m'envoient mon sauveur sous la forme humaine et sans ailes de James, notre chauffeur, qui vient d'apparaître dans l'encadrement de la baie vitrée, droit comme un « i » et une main dans le dos, tel qu'on a dû le lui enseigner dans son école de chauffeurs de luxe divins. Son autre main, gantée, tient la poignée télescopique de l'énorme valise en cuir ciré de ma femme.

Profiter des gens qu'on aime. Cela commence mal. Kate s'en va. D'après ce que j'ai compris de ses explications, ce qui, telle la nutation de la Terre, peut quelquefois varier de quelques degrés par rapport à ce qu'elle a réellement voulu m'expliquer, elle part ce matin en déplacement au Groenland afin d'explorer toutes les voies légales concernant l'éventuelle installation d'une exploitation de chamelles destinée à produire du lait pour les diabétiques. Des chameaux au Groenland… Maintenant que j'y pense, peut-être n'ai-je pas tout compris à l'histoire.

Me quitter a toujours été une manie, chez elle. J'ai quelquefois l'impression que toutes les excuses sont bonnes pour partir loin de moi. Au début de notre vie commune, elle cherchait déjà à s'éloigner : « Ce n'est plus comme avant, j'ai envie que tu me manques », m'avait-elle dit peu de temps après avoir emménagé dans notre appartement de Manhattan. J'en souffrais. Je croyais qu'elle ne m'aimait pas. Aujourd'hui, je sais qu'elle faisait cela par amour. Je sais maintenant ce qu'elle ressentait à l'époque car j'en viens à désirer moi aussi qu'elle me manque. Et s'il y a bien quelque chose dont je suis sûr, c'est que je n'ai jamais cessé de l'aimer. Même si je ne le lui montre plus.

— Tu me trompes ? me demande-t-elle, m'arrachant avec brutalité à mes pensées.

James toussote, juste assez fort pour nous rappeler qu'il est là et que nous sommes en train de parler de choses intimes en sa présence, mais pas trop fort non plus pour se laisser une chance d'entendre ma réponse. Sacré James ! Pourquoi les chauffeurs s'appellent-ils donc tous James ? Les écoles de chauffeurs sont-elles réservées aux James ? Y reçoivent-ils de meilleures bourses ? Les James conduisent-ils mieux que les autres ?

— Si ce n'est pas la Scientologie, c'est que tu me trompes… « Guéris le monde », c'est une infirmière, c'est ça ?

— …

— Et ça, c’est quoi ?

Elle retourne la serviette en papier et me montre les deux triangles qu’y a tracés le vieil homme.

TON TRÉSOR SE TROUVE LÀ !

— C’est son soutien-gorge ?

— Mais Kate, voyons !

— C’est sa poitrine, c’est ça ?

— La poitrine de qui ?

— Eh bien, de ta maîtresse, l’infirmière fan de Michael Jackson ! Ton trésor se trouve là, entre ses deux seins ? C’est si… romantique…

— Mais Kate, t’es complètement folle ! C’est absurde… Je… OK, c’est la Scientologie ! dis-je en lui arrachant la serviette de la main.

Elle éclate de rire.

Cela fait longtemps que je ne l’ai pas vue rire. Un rire pur avec deux belles rangées de dents blanches d’Américaine. Elle pourrait tourner des publicités pour des cabinets dentaires, ou des chewing-gums, ce qui est assez paradoxal.

— Tu serais bien le premier athée scientologue ! s’exclame-t-elle. Allez, oublie, je ne vais tout de même pas te reprocher d’emmener notre fils à la crèche, quand même.

J’acquiesce de la tête, bois d’un trait ce qu’il me reste de jus d’oranges pressées et pose le verre à mes côtés, sur le banc de la terrasse. Carmen s'en chargera. Pourquoi les employées de maison sont-elles toutes mexicaines ? Et pourquoi s'appellent-elles donc toutes Carmen ?

— Madame, j'ai consulté le trafic et il y a quelques embouteillages sur le trajet de l'aéroport, annonce James, voyant qu'il n'y a maintenant plus rien de croustillant dans notre conversation à se mettre sous la dent.

— À vos ordres, James ! Tu es bizarre mais j'aime bien, me murmure Kate en s'inclinant vers moi sur la pointe de ses Moon Boots pour m'embrasser sur les lèvres, avant de disparaître dans l'appartement avec notre chauffeur et la grosse valise.

Son baiser chaud et humide reste sur ma bouche bien après qu'elle est partie. Je réalise qu'il y a plusieurs mois qu'elle ne m'embrasse plus. Elle ne rit plus, elle ne m'embrasse plus. Comment ai-je pu à ce point être endormi ?

Et alors que je pense la rattraper pour un nouveau baiser, j'entends la porte d'entrée se refermer derrière eux, m'annonçant que je suis seul. Seul avec Carmen qui repasse dans la buanderie, seul avec Hugo qui dort encore, au chaud dans son petit lit.

Je jette un coup d'œil à la serviette en papier froissée dans le creux de ma main. Peut-être est-ce la solution pour retrouver Kate. Devenir un autre homme. Redevenir celui que j'étais. Fougueux, plein de rêves et d'illusions, fort et vivant.

Le chant des tondeuses à gazon

Le cœur léger, je me lève du banc de la terrasse en tapotant d'un geste amical la tête dure de Gérard, notre nain en porcelaine, et tire sur la ceinture de ma robe de chambre d'un coup énergique, bien décidé à affronter du mieux que je peux cette belle nouvelle journée qui s'offre à moi.

Je regarde une dernière fois Central Park, comme un roi contemple de loin son empire, puis je rentre au chaud. Une fois dans la cuisine, je me déshabille, me déchausse et jette la robe de chambre et mes pantoufles de vieux dans la poubelle sous l'évier. Et si le grand changement commençait par mettre tout ce que l'on n'aime plus de sa vie à la poubelle ? Nu comme un ver, j'ouvre le réfrigérateur et attrape la bouteille de Perrier. Le bouchon glisse de mes doigts, roule sous la table et finit dans la gamelle du chat. Je me retrouve bientôt à quatre pattes, sexe pendant entre les jambes, sur le parquet en cerisier japonais, nez à museau avec Mille-feuilles qui se met à me renifler comme s'il travaillait dans le SWAT et que j'étais un colis suspect. C'est, bien sûr, le moment que choisit Kate pour entrer.

— J'avais oublié mes…

Ses paroles restent suspendues dans l'air comme si l'on venait de lui couper le son d'un coup de télécommande. Il faut dire qu'elle a une vue imprenable sur ma carrosserie arrière. Je tourne la tête et la regarde par-dessus mon épaule, n'osant pas bouger d'un millimètre.

— J'avais un doute sur la qualité de ces nouvelles croquettes… j'improvise, pris la gueule dans la bouffe pour chats, tout en réalisant que je devrais peut-être penser à prendre des cours d'improvisation.

Kate, toujours sur MUTE, sort ses clés du petit panier posé sur le plan de travail. Cela aurait pu être pire. Il aurait pu s'agir de Carmen !

Comme si elle m'avait entendu, voilà que notre domestique mexicaine entre à son tour dans la cuisine, fer à repasser dans la main.

— Oh, *Dios mío* ! s'exclame-t-elle en le laissant échapper.

L'appareil vient s'écraser lourdement sur le sol à côté de moi, manquant d'envoyer Mille-feuilles au paradis des chats et faisant éclater de sa pointe un petit bout du parquet en cerisier noir japonais qui claque contre la baie vitrée. Notre employée de maison hispanique détourne les yeux, se signe et se fond en excuses, tout cela dans cet ordre, alors que Kate la pousse gentiment hors de la cuisine.

— Carmen, pourquoi n'allez-vous pas réveiller Hugo ?

— Tout de suite, *señora.*

J'assiste à la scène, immobile et muet, toujours nu, toujours dos à mon public, toujours à quatre pattes, sexe pendant, sous la table, comme si je me préparais à recevoir un suppositoire.

— C'est comme ça que tu comptes sauver le monde ?

Kate me lance un dernier coup d'œil, mi-méprisant, mi-amusé, m'interdit de revoir Tom Cruise, puis disparaît dans le couloir, me laissant seul et honteux. J'entends la porte se refermer sur moi pour la seconde fois aujourd'hui. Si ma femme avait encore à mon égard une once de respect, il vient de fondre comme une hostie dans la bouche d'un communiant.

Je me relève, prends une casserole, y cache ce qui était avant mes parties les plus intimes et me glisse jusqu'au dressing de ma chambre. J'enfile un costume, y fourre la petite serviette en papier du vieux dans une poche, puis pars à la recherche de mon fils tout en espérant ne plus jamais croiser Carmen de ma vie au hasard d'un couloir. Dans un appartement de cinq cents mètres carrés, cela devrait être jouable.

Un jour, un célèbre joueur de golf américain a dit qu'une journée d'été parfaite, c'est une journée où le soleil brille, où une légère brise souffle, où les oiseaux chantent et où la tondeuse à gazon est en panne.

En franchissant le seuil de l'immeuble aux commandes de la poussette, une heure plus tard, je me demande si cette définition de la perfection vaut aussi pour une journée d'hiver.

Et pour les misérables comme moi qui ne possèdent même pas de tondeuse à gazon.

Le petit point noir

— M. Boulanger est sorti ! s'exclame Mei lorsque Allan s'apprête à entrer dans le bureau du P-DG.

— Pardon ?

— M. Boulanger mange dehors, ajoute la secrétaire en reposant sa fourchette sur le bord en plastique de son Tupperware.

Une bonne odeur de spaghettis à la bolognaise s'en échappe.

— Ah bon ? Je n'ai pas souvenir d'un repas d'affaires aujourd'hui…

— Oh, ce n'est pas un rendez-vous professionnel, monsieur. Il est sorti manger sur le trottoir avec son ami. Comme hier.

Allan sursaute. Il pensait que Pierre n'avait qu'un seul ami, lui. Et puis, qu'est-ce que c'est que cette histoire de manger sur le trottoir ? Pierre ne mange jamais dehors, préférant se retrancher dans son grand aquarium de verre, loin du monde.

— Et quand je dis « sur le trottoir », je veux dire « sur le trottoir », au sens littéral du terme, ajoute-t-elle.

Elle se lève et conduit Allan jusqu'à la gigantesque baie vitrée du bureau du directeur. Là, elle lui indique un petit point noir trente étages plus bas. Intrigué, l'associé essaye de deviner la silhouette de son ami mais il ne voit que de minuscules abeilles dansant de manière frénétique.

— Là, à côté du parasol rouge et blanc, dit Mei en posant son doigt sur la vitre. Le petit point noir, c'est monsieur le directeur. Il a pris son plateau-repas et est allé le manger dehors avec ce vieux vendeur de hot-dogs. C'est sa nouvelle habitude. On dirait qu'il se sociabilise.

Elle s'éloigne et laisse Allan seul dans le bureau. On entend bientôt la danse d'une fourchette dans un Tupperware.

Le petit point noir, c'est monsieur le directeur. C'est le cas de le dire, pense Allan. Pierre a toujours été un petit point noir dans sa carrière. Un bouton d'acné sur son visage à la peau de bébé. Le petit point noir qui l'a toujours empêché de briller. Puis il se demande si c'est une bonne chose que son patron se sociabilise. Il se demande si se sociabiliser est bon pour les affaires. Si cela est rentable. Apparemment, Pierre considère plus important de se sociabiliser avec de vulgaires vendeurs de hot-dogs qu'avec de riches industriels japonais.

Alors qu'il s'apprête à ressortir de la pièce, il aperçoit une petite serviette en papier pleine de taches de café et de graisse posée sur le sous-main du bureau. La table est généralement d'une propreté et d'une netteté irréprochables, voire maniaques. Et si on ne le connaissait pas, on pourrait penser que Pierre ne travaille jamais. Allan prend le morceau de papier du bout des doigts comme l'on prend les choses sales. Il ne reconnaît pas l'écriture de son ami. Il se penche dessus et se lance dans un minutieux examen, les sourcils froncés. Une mèche de boucles blondes tombe sur son visage. On dirait un enfant penché sur un devoir difficile. *Guéris le monde, fais-en un endroit meilleur pour toi et pour moi et pour l'humanité tout entière.* Qu'est-ce que c'est que ces conneries ?

Croyant y voir la cause de l'étrange attitude de son ami de ces derniers jours, il en fait une boule avec rage avant de la jeter à la poubelle.

La théorie sur les jolies filles qui sortent avec des garçons moches

— Cela devient une habitude, dit le vieux marchand de hot-dogs en me voyant arriver vers lui, mon plateau garni dans les mains.

— Je ne rentre déjà plus dans mes pantalons et on me refile des portions doubles ! je me justifie en posant le repas sur le comptoir du chariot.

Je remarque qu'il ne reste plus que deux saucisses dans le sauna de la machine à hot-dogs. Je me demande si la troisième a réussi à s'enfuir ou si elle a juste fini dans la bouche d'un client. Ou du vieux.

— Pourquoi ne reconnais-tu pas simplement que tu veux partager ton repas avec un vieil homme qui vit dans la rue et ne mange pas tous les jours ?

— Parce que j'ai une réputation de salaud à entretenir !

L'homme sourit et jette un coup d'œil au plateau.

— Quel est le menu du jour ?

— C'est du canard aux pommes sautées. Notre Chef français. C'est excellent, goûtez.

Le vieux marchand prend une fourchette et pique dans le plat. Il met le morceau dans la bouche et ferme les yeux.

— Ce n'est pas excellent, c'est magique…

— C'est une recette de mon père. Vous sentez le caramel fondu sur la pomme ? Le croustillant ? Les épices fines qui caressent le magret ? Ces délicieux grattons au doux goût toasté qui craquent sous la dent ? Les grattons, c'est la graisse du magret qui est sur un côté et que l'on quadrille de coups de couteau avant de la faire sauter à la poêle, sans aucune autre graisse ajoutée, ni huile ni beurre. Le mélange du salé avec le sucré de la compote de pommes sautées est divin.

— Oh, oui, je sens tout cela… Et bien plus.

Il ouvre les yeux à nouveau et prend un gobelet pour se servir de l'eau. À cette distance, je distingue parfaitement des traces de café séché sur la face intérieure et quelque chose ressemblant à du rouge à lèvres sur l'un des bords. Me voilà fixé quant au recyclage de ses verres, bien que je doute qu'il résulte d'un quelconque souci écologique.

— Attendez.

Comme un magicien, je sors une demi-bouteille de vin de la poche intérieure de mon manteau et deux verres à pied de chacune des poches arrière de mon pantalon.

— C'est un petit pomerol, mais ce sera toujours mieux que votre château… d'eau !

Je débouche la bouteille et nous verse deux verres de vin que je fais tournoyer un instant contre les parois pour l'aérer.

— Pourquoi fais-tu tout cela, Pierre ?

— C'est pour recréer l'effet du carafage. Au contact de l'air, le vin s'étoffe. Les éléments des vins jeunes sont souvent encore peu homogènes, trop éparpillés. Ils ont besoin d'être un peu secoués afin de les rendre plus chaleureux au palais.

— Merci pour la leçon d'œnologie mais je ne te parlais pas de ça.

— Ah… Pourquoi je suis là ? Je voulais vous remercier pour vos conseils que j'essaye de suivre. Même si…

— Même si… ?

— Même si les choses m'échappent un peu… Hier soir, je suis rentré plus tôt pour profiter de ma femme et de mon fils, mais ils n'étaient pas là et sont arrivés finalement très tard. Et puis, ce matin, ma femme est partie en voyage pour deux semaines, et avant cela… j'ai terminé à quatre pattes, nu, dans la cuisine avec elle… et la gouvernante.

— Je suis ravi de voir que j'ai pu remettre un peu de piquant dans votre relation. Je pensais que le ménage à trois était juste un cliché français.

— Oh non, ce n'est pas ce que vous croyez ! je m'exclame, embarrassé. Enfin, pour vous passer les détails, disons que tout cela a été un peu catastrophique. Un échec total, enfin, un demi-échec, j'ajoute, en repensant au baiser de ma femme perchée sur la pointe de ses Moon Boots.

J'ai l'impression que cette image n'est pas près de s'évanouir, comme ces taches de couleur qui vous poursuivent bien après avoir regardé le soleil en face.

— Rappelle-toi, l'échec est une deuxième chance de pouvoir faire les choses bien et même beaucoup mieux ! Cela signifie que tu es sur la bonne voie. Tu te souviens de ce que je t'ai dit sur la découverte du Post-it ? Si son inventeur avait laissé tomber sa colle qui ne colle pas, s'il s'était laissé submerger par le fatalisme, lui qui cherchait à produire une colle extra-forte, alors il n'aurait jamais connu la gloire. Ceux qui persévèrent sont ceux qui réussissent. Tu ne t'es jamais demandé pourquoi les jolies femmes sortaient avec des hommes communs, pas forcément très beaux ?

— Pour l'argent.

— Je n'en attendais pas moins de toi... J'ai une autre théorie à ce sujet. Tu sais, quand j'étais jeune, il y avait une jolie fille dans mon lycée, dont tout le monde était amoureux. Elle s'appelait Sofia Molina. Il doit bien y avoir soixante ans de cela et je n'ai pas oublié. C'est pourtant les noms que l'on oublie en premier. Bref, cette fille était un soleil dans un ciel gris. Elle avait la peau blanche, un joli visage de poupée en porcelaine, des yeux comme le miel et de beaux cheveux châtains ondulés. Une fille comme ça, c'était quelque chose d'assez exceptionnel dans mon pays où toutes les filles étaient brunes à la peau toastée ! Et comme tout ce qui est exceptionnel, elle était très prisée. Je la surprenais quelquefois en train de me regarder. Je savais que je ne la laissais pas indifférente. Et je suis persuadé que si j'avais été la voir, on aurait tout de suite parlé, je l'aurais fait rire. J'étais un beau jeune homme à l'époque, je sais que c'est difficile à croire en me voyant ainsi, mais c'est la vérité. J'étais sacrément amoureux de cette fille, et pourtant, je n'ai rien entrepris. J'étais beau, et je savais que je l'étais, c'est la pire des choses. J'étais un jeune con, et les jeunes cons qui se savent beaux ne font jamais le premier pas, ils ne se rabaissent pas à ce genre de choses, ils attendent qu'on les courtise, ils ont beaucoup d'orgueil. On sait que les fruits nous tomberont dans la main sans qu'on ait à tendre le bras, alors on attend qu'ils tombent. Le problème, c'est que pour les filles, c'est la même chose. Les jolies filles n'abordent jamais les jeunes hommes, parce qu'elles pensent de la même manière. Conclusion, nous attendions chacun de notre côté que l'autre tente une approche. Un fruit aussi beau ne serait jamais tombé dans ma main sans en avoir agité la branche avant. Mais j'étais jeune et sans expérience. Et puis un jour, ce garçon laid comme un pou est arrivé et ils sont sortis ensemble. Roberto, il s'appelait. Tu vois, lui non plus je ne l'ai jamais oublié. Il a osé, et il l'a eue. Peut-être parce que c'était le seul qui avait osé. Une aussi jolie fille, ça en imposait. Mais les garçons qui ne sont pas très beaux, et qui le savent, savent aussi que, s'ils n'entreprennent rien, ils n'obtiendront jamais rien. Alors ils tentent. Ils n'ont rien à perdre. Cela a été l'une des plus grandes déceptions de ma vie, un coup de poing dans mon cœur d'enfant, et en même temps, l'une des plus grandes leçons. Cela m'a appris qu'il ne faut jamais attendre que les autres viennent vers toi. Que ce soit dans ta vie amoureuse ou professionnelle. Si tu veux quelque chose, il te faut aller le chercher toi-même. Mais ce n'est pas à toi que je l'apprendrai, monsieur le self-made-man. La gloire de tes croissants ne t'est pas tombée dessus comme cela. Si j'avais su cela à dix-huit ans, je serais sorti avec Sofia… Remarque, je lui ai peut-être rendu service, après tout. Regarde ma tête maintenant…

— Votre théorie n'est pas toujours vraie. Dans mon cas, c'est Kate qui est venue à moi. Pourtant elle est belle. Très belle.

— Il y a toujours des exceptions à la règle. Disons que tu es chanceux. Et puis, elle était soûle, non ? Ça fausse les statistiques !

Il sourit. Des dizaines de sillons se forment à la naissance de ses joues. Je ne peux m'empêcher d'en faire autant.

— Vous avez raison. Elle était soûle.

— Bref, j'aurais dû me lancer. C'est toute ma vie qui aurait changé. La moindre petite décision peut faire toute la différence. Je ne serais pas là où je suis aujourd'hui. Seul à vendre des hot-dogs, dans le froid. Comme toi, tu ne serais pas là aujourd'hui si, un jour, tu n'avais pas voulu envahir le monde avec le sourire contagieux de tes croissants…

Une réponse surprenante

— Bon, je vais vous prendre un petit café pour le dessert.

— Impossible.

— Pardon ?

— Je n'en ai plus, Pierre.

— Pas de problème, mon chauffeur va nous conduire chez votre distributeur.

Animé par une soudaine excitation, je sors mon portable et cherche le numéro de James dans le répertoire.

— Tu ne comprends vraiment rien, Pierre. Quand bien même tu aurais tout l'argent du monde pour payer le voyage, ce dont je ne doute pas un instant, ta belle voiture ne pourrait jamais se frayer un chemin dans l'épaisse jungle qu'il faut traverser et elle ne pourrait pas gravir l'immense montagne au sommet de laquelle poussent ces caféiers. Le voyage doit se faire à pied. Un peu comme un pèlerinage. Or tu n'es pas du genre à te lancer dans ce genre d'aventure… Nu, sans costume, sans chauffeur, ni voiture ni jet privé. C'est l'homme qui doit faire le voyage, pas le multimillionnaire. L'argent ne sert plus à rien là-bas.

Je range mon téléphone dans la poche de mon manteau.

— La jungle ?

— Tu penses que l'on cultive des caféiers à Central Park, peut-être !

La condition

Le vieux souffle un grand coup, se lève et range son tabouret sous le comptoir du chariot comme s'il voulait me faire comprendre que la conversation est parvenue à son terme.

— Je n'ai plus de café, et les réserves que j'avais se sont épuisées. Il me faudrait retourner en chercher mais je n'en ai plus la force. Mes réserves à moi aussi se sont épuisées avec l'âge. Si tu veux ce café, il te faudra aller le chercher toi-même.

Il me montre ses membres frêles à travers son manteau, trop grand pour lui. Il s'appuie sur les poignées de son chariot comme si l'air venait de lui écraser les épaules soudainement. Puis il lève à nouveau les yeux vers moi. Je regarde ce petit homme ratatiné. Je ne l'imagine pas l'échine courbée entre les caféiers sous un soleil de plomb à cultiver des grains.

— Si tu y arrives, le café est à toi. Je ne te réclamerai rien. Les plantations m'appartiennent. J'ai trouvé l'endroit il y a quelques années et me suis lancé dans cette petite exploitation. Je ne produis pas des tonnes de café, tout cela reste au niveau artisanal, et c'est peut-être pour cela que ce café est le meilleur du monde.

Mais libre à toi, après, d'exploiter ces terres comme bon te semble. J'aurais préféré l'offrir à quelqu'un de moins superficiel que toi, mais je ne peux pas laisser passer cette occasion, il ne s'en représentera plus et je suis vieux, comme tu peux le voir. Je n'ai pas envie que ce café se perde à tout jamais. C'est un café magique qui rend les gens heureux. Et si je peux déjà rendre une seule personne heureuse, toi, cela me suffit.

La situation est inespérée. Je me pince discrètement le dos de la main pour vérifier que je ne suis pas en train de rêver.

— Tout cela à une seule condition bien sûr.

Je savais bien que tout ne pouvait pas être si beau.

— Laquelle ?

— Il y a quelque chose que j'ai, ce café, et quelque chose que tu as et que je désire.

Il lève ses yeux vers le haut puis tend le doigt pour accompagner son regard.

— Quoi ? Le ciel ? je demande.

L'homme dit non de la tête et demeure silencieux, le doigt levé au-dessus de lui.

— Les nuages ? Un Boeing 777-200 de la compagnie United Airlines ? Une mouette ?

Je baisse le regard de quelques degrés.

Je me rends compte alors que le vieux marchand de hot-dogs est en train de signaler la gigantesque baie vitrée d'un immeuble. Je mets quelques secondes avant de réaliser qu'il s'agit de mon bureau au trentième étage de *Happy Croissants Ltd.*

— Vous plaisantez ! je m'exclame, tout en ayant bien peur de connaître la réponse.

Madonna

— Tu plaisantes ! s'exclame Madonna, manquant de s'étouffer avec une tartelette aux abricots light qui tombe aussi sec et se brise en mille éclats de pâte feuilletée sur ses talons aiguilles d'apicultrice-joggeuse-chic.

Allan

— Tu plaisantes ! s'exclame Allan, en expulsant son velouté d'algues marines survitaminées par les narines.

M. Okidaiot

— SHI MI MI SHI ! s'exclame M. Dakotia.

— Vous plaisantez ! traduit l'interprète, en ouvrant ses gros yeux pour la première fois.

Le corps est intelligent, l'esprit aussi !

— Comme je t'ai dit, j'ai exercé de nombreuses professions, mais je n'ai jamais été un P-DG multimillionnaire. J'aimerais juste connaître cette expérience au moins une fois dans ma vie. Me sentir un vieil homme accompli, à la tête d'un empire, pendant vingt-quatre heures. Sentir dans mes bras et mes mains ce que l'on appelle le pouvoir, contempler ma ville depuis la baie vitrée de mon bureau, depuis une autre perspective. Ce n'est rien pour toi, ce n'est qu'une journée, mais pour moi, c'est une dernière expérience avant de… Enfin, je ne vivrai pas éternellement.

Je ne sais pas quoi dire.

— Tu te souviens du dessin que j'ai tracé au verso de la serviette en papier ?

Machinalement, je mets la main à la poche pour sortir la petite serviette en papier mais elle n'y est plus. Carmen a dû remettre la main dessus.

— Les deux triangles ?

J'ai failli dire « le soutien-gorge de Madonna ».

— Ce ne sont pas des triangles. C'est le plan pour arriver jusqu'au café.

— Le plan ?

— Le plan, la carte.

— C'est un peu approximatif comme plan, non ?

— Pour l'instant, ce dessin ne te sert à rien, mais quand tu seras parvenu au bout du voyage, tu comprendras. Et puis, il y a la tribu des gens heureux, les gardiens du café. Tu leur montreras le dessin. C'est un code. Ils te guideront jusqu'aux plantations.

La tribu des gens heureux… Mon Dieu, j'ai l'impression d'être tombé dans un épisode de dessin animé des Bisounours.

— Alors, c'est d'accord pour… ?

Le vieux esquisse un immense sourire et signale de son doigt le sommet de mon immeuble.

— Une journée. Une petite journée de rien du tout. Et toi, pendant ce temps, tu me gardes le chariot.

— Pardon ?

— Tu enlèves ta cravate, tu mets des vêtements plus confortables et tu vends des hot-dogs. Tout ce que tu gagnes sera pour toi. Une journée, une petite journée. Disons lundi prochain. Et le café est à toi.

La requête du vieil homme me désarçonne. Toute cette histoire est si irréelle.

— Je comprends que vous vouliez ma place, mais moi, je ne sais pas si j'ai envie de devenir… vous.

Je montre le chariot avec une légère grimace. Ce n'est rien d'autre qu'une grosse caisse en bois posée sur des roues de bicyclette et surmontée de cloches en métal récupérées sur un ancien camion de marchand de glaces.

Alors que je pensais l'avoir vexé, son visage s'illumine.

— Tu sais, tu y gagnes.

— Cela dépend de ce que l'on entend par « gagner »…

— Je t'offre la possibilité d'échanger ta vie de multimillionnaire malheureux contre l'extraordinaire vie d'un marchand ambulant heureux ! À la fin de la journée, je parie tout ce que tu veux que tu ne voudras plus reprendre ta vie de P-DG. Tu seras libre, Pierre, libre !

— Mais, je suis libre !

— Oh non. Tu crois que tu l'es, mais tu ne l'es pas. C'est comme ton bonheur, tu te rappelles ? C'est juste une impression. Le bonheur, c'est de faire ce que l'on veut quand on le veut. Moi, je peux me le permettre. Si je veux, je peux me déshabiller tout de suite, ici même, et chanter nu sous la pluie.

— Il ne pleut pas.

— Ce n'est précisément pas la partie la plus importante de ma phrase. Peux-tu en faire autant ?

— Chanter nu sous la pluie ?

Finalement, à côté de lui, Paulo Coelho, avec ses séances de tir à l'arc spirituel, semble le type le plus banal du monde.

— Ici, maintenant, tout de suite.

— Vous êtes fou ! Devant tous ces gens ? Devant mes propres employés ?

— Tu vois, tu n'es pas libre. Tes responsabilités, ton travail, le regard des gens, tout cela t'enchaîne à une attitude de frustration permanente. Les conventions nous emprisonnent comme une camisole de force. Or, tu ne peux pas être heureux quand tu n'es pas libre. C'est mathématique.

Je me ressers un verre de pomerol pour me donner du courage.

— Il a été prouvé que les personnes qui sortent du placard et dévoilent leur homosexualité sont en meilleure santé que celles qui la cachent. Celles-ci développent plus de cancers. Être soi-même est bon pour la santé ! Tu devrais en faire autant.

— Mais je ne suis pas gay !

— Lundi, tu seras libre, reprend-il, ignorant ma remarque. Tu seras un petit vendeur de hot-dogs libre, anonyme et heureux. Très bien, ce sera tout pour aujourd'hui, à lundi donc, ajoute-t-il sans attendre ma réponse comme un psychologue en fin de séance qui m'annoncerait un nouveau rendez-vous.

Puis il adopte un air occupé en déplaçant toutes sortes d'objets et d'ustensiles sur son comptoir.

Qu'il se prenne pour un psychologue n'est pas ce qui me choque le plus, qu'il veuille me changer non plus, Kate a voulu le faire tant de fois, et échanger sa vie contre la mienne, des milliers de personnes le souhaitent chaque jour. Non, ce sentiment étrange qui persiste dans mon esprit bien après que j'ai quitté le vieillard, c'est que, pour la première fois en dix ans, ce n'est pas moi qui décide de la fin d'un entretien. Et cela me fait sentir l'homme le plus impuissant du monde.

La tête dans le tofu

— Et c'est pour me raconter ça que tu m'as dérangé pendant mon footing ? s'exclame Allan après que je lui ai raconté la teneur de mes rendez-vous quotidiens avec le vieux marchand de café. Des vieux cinglés, tu en trouves un sous toutes les plaques d'égouts de New York !

Mon associé avale par petites gorgées de moineau le contenu inidentifiable de son verre. À cette heure-ci, nous sommes les deux seuls clients du *Bio Shop and Co.*

— C'est quoi ? je demande en désignant avec une grimace la mélasse verte qui dégouline des parois de son verre telle de la vase. On dirait du jus d'orange que l'on aurait laissé pourrir pendant trois siècles.

— Ça ? Un jus de carotte et d'asperge végétal bio multivitaminé. C'est dimanche, alors je m'offre un petit plaisir.

— On n'a pas la même conception du plaisir, dis-je, en croquant dans un donut au chocolat.

Allan déteste deux choses dans la vie, la nourriture pleine de graisse, et qu'on le dérange pendant son jogging dominical. Je réalise que mon donut et mon coup de téléphone soudain sont un affront à son bien-être.

Il m'examine un instant, silencieux. Il a les cheveux en bataille et une immense trace de sueur de la forme de l'Afrique s'étend sur la poitrine de son sweat-shirt.

— Ce que je ne comprends pas, c'est comment toi, Pierre Boulanger, tu as pu te laisser embobiner par un vieux cinglé et passer ton temps à écouter des histoires de manèges, de cailloux, de Post-it et de… recette du bonheur ! Tu sais qu'il n'y a qu'une seule recette qui nous intéresse, la recette de caisses de la journée, les ventes de nos croissants.

— Justement ! Pense à tout l'argent que l'on pourrait gagner si on mettait la main sur son café ! C'est la chose la plus extraordinaire que j'aie jamais bue. Tu ne peux pas t'imaginer. Il n'y a pas de mots pour le décrire. À côté, celui que l'on sert chez *Bernardin*, *Jean-Georges*, au *Eleven Madison Park*, c'est niveau *McDonald's* ! Du jus de chaussette, du pipi de chat ! Du…

Je signale les trente centilitres de boue verte qui stagnent dans son verre.

— Du jus de carotte et d'asperge végétal bio multivitaminé, précise Allan. Et c'est très bon !

Mon associé m'observe un moment sans rien dire, sceptique.

— OK, ce vendeur de hot-dogs vend le meilleur café du monde, et alors ?

Il boit à nouveau trois petites gorgées.

— Et alors, lundi, il vendra les meilleurs croissants du monde.

Le jus de carotte et d'asperge lui en sort par les narines.

— Attends, j'ai manqué un épisode, là ! s'exclame-t-il, secoué comme une friture dans une poêle. Tu as accepté ?

— Pourquoi pas ? Après tout, il a raison, je n'ai rien à perdre. Je prendrai cela comme une journée libre. Ma première journée libre depuis des années ! Vendre des hot-dogs, ça ne doit pas être si compliqué.

— Mais je ne te parle pas de vendre des hot-dogs, Pierre ! Tu vas laisser ton bureau pendant une journée à un vieux clodo sorti de nulle part. T'es aussi givré que tes croissants !

On dirait un caniche qui s'excite contre un gros bouledogue et j'essaye de réprimer un fou rire. Sa tache de sueur a maintenant pris les dimensions des continents africain, européen et asiatique réunis. Il baignera bientôt tout entier dans l'océan Atlantique.

— Tu verras, il est très sympathique. Et puis, il a pour instruction de dire non à tout et de ne toucher à rien. Un vrai enfant sage. Toi, tu fais tout ce qu'il te demande.

— Ne me dis pas que je suis en train d'entendre ce que je suis en train d'entendre, Pierre !

Je hausse les épaules, silencieux.

— Mon Dieu, dit mon associé, avant de s'effondrer tête la première dans la mousse de son tofu multivitaminé comme s'il s'agissait d'un airbag.

Deuxième partie

LE BOULANGER QUI SE RÉVEILLAIT TARD

La métamorphose

Lundi arrive plus tôt que prévu.

La sonnerie de mon alarme me sort d'un rêve dont je ne me souviens déjà plus. Je reste quelques instants sous la couette chaude. Je me dis qu'aujourd'hui aucun camembert, aucun graphique ne viendra gâcher mon bien-être, aucun associé ne viendra me rappeler que le plus important dans la vie est de faire de l'argent, toujours plus d'argent, ou de manger une soupe froide de navets. Et cela va tout de suite mieux. Tout excité, je saute du lit et vais prendre une douche. C'est la première fois depuis des années que je m'y attarde et que je chantonne même, pomme de douche en main. Heureusement que Kate n'est pas là car elle m'aurait encore fait le coup du chien d'explosif.

Je sens l'excitation remonter le long de mon corps. L'excitation de la nouveauté. C'est un sentiment que je n'avais plus ressenti depuis des années. J'ai trouvé un certain confort dans mon métier et je ne prends plus de risques. J'achète de nouvelles usines, j'ouvre de nouvelles pâtisseries, mais je ne fais que développer une activité que je domine déjà. Le confort et la sécurité, c'est rassurant, mais ce petit picotement dans l'estomac, ce mélange d'excitation et de peur qui vous assaille lorsque vous ouvrez une porte sur l'inconnu, c'est peut-être le sentiment le plus jouissif que j'aie jamais éprouvé depuis longtemps. Eleanor Roosevelt pensait que l'on devrait chaque jour faire quelque chose qui nous fasse peur. Je comprends maintenant ce qu'elle voulait dire par là.

Cette sensation enfouie en moi commence à mordre chaque partie de mon corps. Je me sens comme un énorme plat d'épinards en train de se décongeler. Où était donc passé mon côté impulsif et passionné ? Mon côté chien fou ? Il y a cinq ans à peine, juste avant de rencontrer celle avec qui je partage désormais cet insipide quotidien, j'étais capable de suivre une femme durant toute une journée juste parce qu'elle me plaisait. Je pense à cette jeune fille que j'avais courtisée dans un supermarché, au rayon yaourts, et qui avait fini dans mon lit une heure après. Quelque chose en moi lutte pour me dire que je ne suis pas encore mort à quarante-quatre ans, que je peux encore sentir des palpitations sans avoir à m'asseoir sur une machine à laver en marche, ou sans avoir à boire du Coca-Cola, que je peux encore, comme le vieux, sauter d'un manège qui tourne pour changer de monture.

J'enfile un tee-shirt, un sweat-shirt et un jean délavé. Il y a dix siècles que je n'ai pas mis autre chose qu'un costume-cravate un lundi matin. Je regarde ce jeune inconnu dans le miroir de mon dressing et le trouve assez séduisant. C'est fou ce que les vêtements nous conditionnent. Ce ne sont que de vulgaires morceaux de tissu et, pourtant, j'ai l'impression d'être un autre homme. Un homme pour qui tout est à nouveau possible. Pour changer de vie, il suffit parfois tout simplement de changer de vêtements. Oui, c'est aussi simple que cela.

Je déniche au fond de l'armoire une vieille doudoune que je ne mettais plus depuis des lustres. Il émane d'elle des odeurs d'un temps passé que je goûte avec nostalgie.

Bien, me voilà transformé en vrai vendeur de hot-dogs. Si je ne me connaissais pas, je m'achèterais une saucisse sur-le-champ. Satisfait, je me visse une casquette rouge sur la tête pour que l'on ne me reconnaisse pas dans la rue et vais réveiller Hugo. Je ne me rends même pas compte que je n'ai pas retiré ma Rolex à vingt mille dollars.

Le pouvoir magique du premier sourire et du premier bonjour

Je suis en train de me débattre avec les bras récalcitrants de mon fils et sa doudoune orange tentaculaire lorsqu'une jolie jeune femme aux cheveux longs et roux vient plier en deux sa fille comme un Playmobil en position assise à côté de Hugo, me sortant de l'extrême concentration dans laquelle j'étais plongé. Elle a un faux air de Julianne Moore. Sans doute à cause de l'étouffante chaleur qui règne dans la crèche, elle desserre son foulard rouge de ses longs doigts diaphanes et le jette sur son épaule. C'est tout de même mieux ainsi. Le rouge et le roux n'ont jamais fait bon ménage.

Elle m'observe du coin de l'œil sans oser rien dire.

Généralement on ne fait pas très attention à moi. Ou peut-être est-ce moi qui ne me soucie jamais de cela. Je suis d'habitude bien trop occupé pour remarquer ce qui se passe autour de ma personne. Mais ce matin, je ne suis pas le P-DG de *Happy Croissants Ltd.* ni le type coincé sur la couverture du *Time*, je suis un mec cool qui accompagne son fils à la crèche avant d'aller vendre… des hot-dogs.

Je relève la tête pour qu'elle puisse voir mon visage sous la visière de ma casquette.

— Bonjour, dis-je dans un sourire.

Je repense au Facebook analogique du vieux. Un bonjour et un sourire ont le pouvoir d'ouvrir les gens.

— Bonjour, me dit la jeune maman, gênée, avant d'entreprendre d'ôter la veste tire-bouchon de son bébé.

Il me semble la voir rougir. Finalement, le rouge et le roux vont plutôt bien ensemble. Nos enfants se regardent un instant et commencent à jouer. Ils se sont reconnus.

— Vous êtes le papa de Hugo, déclare-t-elle, comme si elle souhaitait m'asséner cette vérité en pleine figure, ou comme si je ne le savais pas encore.

Je considère un instant la possibilité de lui répondre qu'elle fait erreur, que je ne suis pas le père de ce magnifique petit poulpe aux dents de lapin assis en face de moi, mais un kidnappeur sur le point de commettre son méfait. Je me ravise aussitôt. En ces temps de paranoïa sécuritaire, et dans un pays comme les États-Unis, je pourrais me retrouver plaqué au sol par des agents du FBI infiltrés dans la crèche et expulsé vers la France avant d'avoir terminé ma phrase. Je décide alors de reconnaître ouvertement la paternité de mon fils.

— Oui, je suis le papa de Hugo.

— Carmen est malade ?

— Oh, Carmen. Non. Je… Je lui ai donné sa journée. Enfin, je voulais… Je… Oui, elle a attrapé un rhume.

— Ah bon.

Quoi, « Ah bon » ? C'est aussi difficile à croire que cela ?

— Elle est habituée aux pays chauds, vous savez, elle est mexicaine.

La jeune femme me regarde d'un drôle d'air. Est-elle au courant que cela fait trente ans que Carmen vit à New York ?

— Si Carmen n'avait pas été malade, on ne se serait pas rencontrés...

Elle rougit à nouveau. Suis-je en train de la draguer ? Mon Dieu ! Qu'est-ce qui m'arrive ? J'essaye de me rassurer. On peut être agréable sans forcément chercher à séduire, non ?

Mon fils trouve opportun de rompre ce grand moment de romantisme d'un éternuement, me crachant en plein visage une telle quantité d'ectoplasmes que je suis sur le point de composer le numéro de SOS Fantômes. Calmement, je sors un Kleenex de ma poche, m'essuie les joues et tamponne son petit nez retroussé avec le dernier coin propre du mouchoir sous le regard amusé de la jeune femme et de sa fille. Je souris pour ne pas perdre la face, mais intérieurement je bous et maudis la nature pour avoir doté l'humain, et plus particulièrement mon fils, de narines. Bien remplies, de surcroît.

Comme si je ne me sentais pas assez humilié comme ça, la jeune mère réussit l'exploit de retirer l'anorak et les chaussures de sa fille avant moi. Puis elle plie le tout méthodiquement et le range dans un casier sur lequel on a écrit *Heather* d'une écriture tremblante sur un petit nuage blanc autocollant.

— Au fait, c'est vraiment très bien et très beau ce que vous faites.

Je détourne mon regard des petits pieds de mon fils pour lui répondre, mais la jeune femme a déjà pris son enfant dans ses bras et ouvert la porte de la salle de jeux, me laissant seul dans le couloir face à un Hugo souriant qui affiche ses deux magnifiques dents de lapin.

— Il ne faut pas exagérer, j'emmène juste mon fils à la crèche ! dis-je, comme si elle avait encore été là.

Je tire en hâte sur la manche de mon bébé, lui emporte presque le bras et lui dévisse de peu la tête dans le même mouvement, puis fourre la maudite doudoune en vrac dans son casier.

Mon garçon jeté sur l'épaule comme un vulgaire sac de pommes de terre, j'entre, essoufflé et en nage, dans la pièce où a disparu la belle inconnue quelques secondes auparavant. Avec l'effort du combat, et le surchauffage des lieux, j'imagine déjà de belles auréoles se dessiner sur mon sweat. Interdit de lever les bras, même en cas de hold-up. Heureusement que j'ai gardé ma doudoune.

Étrangère à mes petits soucis sudoripares, une jeune assistante hippie en débardeur m'accueille avec un grand sourire. Pour elle aussi, ce sera interdiction de lever les bras en cas de braquage, à moins de vouloir effrayer le voleur avec les deux énormes touffes de poils noirs qu'elle y cultive. Quand je pense que ce sont les Françaises qui, pour les Américains, ont la réputation de ne pas s'épiler.

— Eh ! C'est encore papa aujourd'hui ! s'exclame-t-elle comme une actrice de théâtre qui surjouerait une scène avec un fort accent du Texas. Bonjour Hugo !

Tout le monde se fait un malin plaisir à me balancer à la figure qu'il connaît le nom de mon fils et que, moi, je suis bien incapable d'en faire autant avec ceux qui se soucient de son bien-être. Bravo ! Quel père indigne !

Je souris pour seule réponse et dépose délicatement Hugo sur un pouf multicolore en forme de fleur. Aussitôt lâché, il part comme une fusée à quatre pattes vers un jeu de quilles géant qu'il semble content de retrouver.

— Oui, c'est encore papa aujourd'hui, dis-je avant qu'un petit être chauve de sexe indéterminé ne me rentre dedans.

La jeune puéricultrice n'était pas là vendredi dernier. Quelqu'un a dû lui raconter que j'avais emmené Hugo. Je dois faire l'objet de toutes les conversations du moment. Elle jette un rapide coup d'œil sur ma tenue vestimentaire. Ce n'est peut-être pas celle qu'elle s'imagine pour un P-DG de grande société.

— Carmen est encore malade ? demande-t-elle. Tout le week-end malade. La pauvre…

Qu'est-ce que vous avez tous, avec Carmen ! Qu'y a-t-il de si anormal à ce qu'un père emmène son fils à la crèche ? J'imagine le scoop à la une de tous les journaux américains et des *breaking news* télévisées. CARMEN, MALADE. PIERRE BOULANGER, LE CÉLÈBRE P-DG DE *HAPPY CROISSANTS*, EMMÈNE DÉSORMAIS SON FILS À LA CRÈCHE !

— Vous savez, un hiver à New York, c'est dur pour une… Mexicaine.

La jeune fille agite la tête comme si elle se foutait éperdument de mon jugement sur les Mexicaines.

— Au fait, c'est vraiment très, très beau ce que vous faites, me dit-elle.

— Oh, c'est normal, je ne fais qu'accompagner mon fils à la crèche.

— Oui, ça aussi, c'est très bien !

Ça aussi ? De quoi parle-t-elle, alors ? Et la maman de Heather, de quoi parlait-elle donc ?

Au moment où je vais le lui demander, je ressens une vive douleur aux jambes, comme si quelque chose venait de me rentrer dedans. Je baisse la tête. Là, au-dessous de moi, une dizaine d'enfants marchent d'un pas lourd et maladroit en grognant, les bras tendus en avant, comme une bande de zombies dans un mauvais film de série B. Novices dans l'art d'apprécier les distances, ils se cognent contre tout ce qui se trouve sur leur chemin. Contre moi, en l'occurrence. Pour eux, je suis devenu un OVNI, un Obstacle Vivant Non Identifié. Intrigué, je suis du regard un petit blond boudiné dans un survêtement miniature tout occupé à traîner son tronc jusqu'à ma chaussure gauche. Il s'arrête, observe quelques instants la pointe en cuir marron de ma basket et, la jugeant à son goût, y laisse dégouliner un filet de bave anesthésiante avant de croquer dedans avec ses trois dents.

C'est la goutte de lait qui fait déborder le biberon. Attaqué de toutes parts, je sonne la retraite et recule jusqu'à la sortie sans même dire au revoir à mon fils et à la puéricultrice qui m'ignorent déjà, chacun vaquant à ses activités respectives, lui à la destruction du crâne d'un autre enfant à grands coups de quille en plastique, elle au rangement appliqué des couches et autres bodies sur une petite étagère verte. Sans jamais leur tourner le dos, je me glisse par la porte entrouverte qui mène au couloir de la salvation et la referme aussitôt derrière moi en prenant garde de ne pas guillotiner le bébé qui se traîne à mes pieds.

Là, je m'adosse au mur et souffle. Je regrette presque de ne pas avoir laissé Carmen se charger du petit, comme tous les matins. Mais d'un autre côté, je suis heureux d'avoir pu passer ce moment avec lui.

Ce n'est qu'à cet instant que je repense à la belle inconnue aux cheveux roux. Devant moi, sur le sol plastifié de la crèche, gît son foulard rouge enroulé comme un point d'interrogation.

En sortant, l'air glacial du matin d'hiver new-yorkais me rappelle à la dure réalité, se faufilant entre ma doudoune et mon menton comme un serpent froid et visqueux. Sans arrêter de marcher, je relève le col de ma main libre et le tiens blotti contre ma peau. Avant de me rendre compte de ce que je fais, j'ai noué le foulard rouge de la belle inconnue autour de mon cou. À cet instant précis, je suis loin de m'imaginer que ce geste innocent marquera le départ de ma nouvelle vie.

Le plus vieux P-DG du monde

Le nez écrasé contre la baie vitrée du trentième étage, le vieux marchand de hot-dogs embrasse du regard cette merveilleuse ville qui a été la sienne pendant tant d'années et qu'il ne reconnaît pas. Il n'a jamais vu sa ville d'adoption depuis le dessus. Il admire Central Park et la cime de ses arbres qui, dépourvus de feuilles et semblables à des épouvantails, se couvriront de neige dans quelques jours, pour passer le reste de l'hiver. Il comprend alors le sentiment de toute-puissance qui peut envahir un homme devant pareil spectacle, mais à la différence de Pierre, il sait que ce n'est qu'une illusion. Ce n'est qu'une question de perspectives. Et les perspectives, c'est bien connu, trompent toujours.

Il retourne à ce qui sera « son » bureau pour la journée et s'assoit sur « son » fauteuil en cuir, qui crisse sous son poids. Il se baisse pour enlever ses chaussures et ses chaussettes et pose ses pieds, les orteils en éventail, sur le sous-main en cuir. Il a toujours rêvé de mettre ses pieds sur un bureau. Seuls les hommes les plus haut placés peuvent se permettre cela, car ils n'ont pas peur qu'un supérieur hiérarchique entre dans le bureau et les réprimande. Pris d'un sentiment de tranquillité et de sécurité jamais éprouvé jusque-là, il incline sa tête en arrière et ferme les yeux.

Le téléphone l'arrache à ses pensées. Il fixe du regard le petit appareil gris posé sur un coin de son bureau. Celui-ci s'arrête de sonner. Il sourit. Il ne se connaissait pas ce pouvoir. Soudain, la porte s'ouvre et une femme mince et sportive s'avance, dissimulant ce physique moderne derrière un classicisme démodé qui n'est pas dénué de charme : un chemisier cintré beige avec un col en dentelles et une jupe droite noire qui lui arrive presque aux genoux. Elle a un beau visage au teint olive et aux traits eurasiens. Ses cheveux sont une longue cascade noire qui tombe parfois devant ses yeux, très légèrement bridés. Le vieux la trouve belle, très séduisante.

En voyant l'homme, pieds nus sur le bureau, Mei a un temps d'arrêt, elle grimace (on ne peut pas dire qu'ils soient très propres), puis elle esquisse un sourire. C'est une de ces personnes qui sourient quand elles sont embarrassées. Un pur produit asiatique, pense le vieux vendeur. Elle a un bloc de Post-it jaune fluorescent dans la main, dont le premier est recouvert d'une belle écriture à l'encre noire. Il s'agit sans doute d'un message. Elle s'approche à pas feutrés sans lever les yeux vers l'homme, comme une geisha, et effeuille son bloc jaune pour laisser tomber le morceau de papier au centre même du sous-main.

— Qu'est-ce que c'est ?

— Le service Finances vient d'appeler pour dire qu'il y aura un peu de retard pour le crédit. Cela concerne l'achat de la nouvelle usine à Atlanta.

— Un peu de retard pour le crédit ? Combien exactement ?

— Assez pour compromettre la date de signature d'achat de la nouvelle usine. Vous voulez boire quelque chose, monsieur ?

Le vieillard repense aux paroles de Pierre et à la promesse qu'il lui a faite. Celle de répondre non à tout ce qu'on lui dira ou demandera. Mais il ne pense pas que cela se réfère à ce genre de question.

— Un whisky, s'il te plaît.

Il n'aime pas le whisky mais c'est ce que les grands entrepreneurs se servent dans les films, lorsqu'ils s'enferment dans leur bureau pour profiter de leur solitude de grand entrepreneur, les deux pieds sur la table.

— Et un cigare, aussi.

C'est ce qu'ont l'habitude de prendre les grands entrepreneurs dans les films également. En réalité, la seule expérience qu'il ait eue de ce monde jusque-là lui vient du cinéma. Comment pourrait-il en être autrement ?

— Et que l'on ne me dérange pas.

C'est aussi ce qu'ont l'habitude de dire les grands entrepreneurs à leur secrétaire dans les films.

Il repense aux journalistes de télévision et de presse écrite auxquels il vient d'accorder des interviews exclusives. C'est la première chose qu'il a faite ce matin en arrivant, convoquer la presse pour leur parler de cette incroyable histoire, de cet incroyable accord passé avec le célèbre Français. Ce n'est pas lui qu'il souhaite mettre en vedette, mais Pierre. Car ce que celui-ci a fait mérite d'être remarqué, pense-t-il, même si ses intentions au départ n'étaient que commerciales.

En réalité, au fond de lui, il sent qu'il a réussi à inoculer en Pierre les graines d'une nouvelle attitude envers la vie. Bien évidemment, il s'est bien gardé de dire que le P-DG était en bas, à quelques pas de l'entrée du building, en train de cuisiner des saucisses, parce qu'on l'aurait importuné et celui-ci n'aurait sans doute pas aimé la publicité. Allan, lui, s'est enfermé dans son bureau, désemparé, n'en sortant que pour aller vomir de temps en temps.

Mei se dirige vers une petite commode et en sort un flacon de whisky en cristal qu'elle verse dans un verre. Elle prend un cigare d'une petite boîte en bois et met le tout, accompagné d'un joli briquet, sur un petit plateau argenté. Elle est bien embêtée au moment de poser le plateau car les pieds du vieux prennent toute la place sur le bureau. Celui-ci s'en aperçoit, et les déplace légèrement. Mei sourit à nouveau avant de se diriger vers la porte.

— Oh non, reste.

— Vous venez de me dire que vous ne vouliez pas que l'on vous dérange.

— Je parlais des autres, des journalistes, dit l'homme en examinant le briquet en argent. Toi, tu peux rester.

Puis il allume le cigare et en tire une bouffée, les yeux fermés, en totale extase. Elle hésite un moment mais, après tout, aujourd'hui, elle a pour consigne de se plier aux exigences de cet homme-là et de le satisfaire en tout, comme s'il s'agissait de Pierre Boulanger, même si c'est un peu dur de comparer l'élégant Français à ce vieillard à une seule dent et aux pieds qui ne sentent pas la rose.

— À propos de l'usine d'Atlanta, reprend le vieillard.

— Oui, monsieur ?

— Nous ne l'achetons plus, dit-il en buvant une gorgée de whisky qu'il accompagne d'une bouffée de cigare.

Finalement, le mélange est divin.

Le hamburger à cinq mille dollars

En arrivant sur la 7e Avenue, mes pas me guident instinctivement vers la porte tambour de mon édifice. Après tout, je m'y rends tous les matins depuis des années. Il est difficile de changer les habitudes. De mettre du ketchup sur notre hot-dog, comme dirait le vieux. Au dernier moment, je dévie mon cap et me dirige vers le chariot posté en plein milieu du trottoir. Cela me cause une drôle d'impression de ne pas voir l'homme assis sur sa chaise de camping en train de m'attendre. Et de me dire que je vais prendre sa place.

Je passe en revue tout le matériel ainsi que les réserves de nourriture dont je dispose. Plusieurs saucisses et pains briochés enveloppés dans des sacs transparents conservés dans une espèce de mini-chambre froide et un pot en fer-blanc. J'ouvre ce dernier et trouve quelques grains de café au fond. Les fameux grains de café. J'en pioche un et me le mets sous le nez. Une merveilleuse odeur m'envahit aussitôt les sinus. Un café à un million de dollars… Ma clé pour la réussite. J'en glisse deux, trois dans la poche de ma doudoune dans le but de les faire analyser par mon laboratoire dès que je pourrai.

Un million de dollars pour un café. Je me rappelle avoir payé il y a quelques années cinq mille dollars pour un hamburger au McDonald's de Madison Square Garden, ce qui n'est déjà pas mal. De loin le hamburger le plus cher de ma vie. La pauvre fille était nouvelle et j'étais son premier client. Elle n'était pas encore habituée à la caisse enregistreuse et avait tapé plus de zéros que prévu, du mauvais côté de la virgule bien évidemment. Je m'en étais rendu compte après coup, en épluchant mes factures. C'était du temps où j'épluchais encore moi-même mes factures.

Je prends trois saucisses et les enferme dans le sauna puis j'attends.

Debout.

Assis sur la chaise de camping.

Sautillant sur place pour me réchauffer.

J'attends.

Une demi-heure après, mes bonnes intentions se sont congelées comme autant de petits-fours Picard (je hais Picard, ils vendent des croissants surgelés). Deux vagabonds sont venus taper la causette avec moi. J'ai fini par leur offrir un hot-dog à chacun d'eux pour qu'ils s'en aillent, ce qui n'est pas terrible pour les affaires, quoique avoir deux clodos crasseux accoudés à votre comptoir toute la journée ne doive pas booster les ventes non plus.

Je décide de changer de stratégie. De toute manière, si je reste plus longtemps inactif, je finirai congelé. Quand je pense que le vieux reste toute la journée dans le froid, assis sur sa chaise de camping. Je donnerais tout pour la chaleur de mon bureau et pour le moelleux de mon fauteuil en cuir.

Je soulève le chariot et le fais rouler sur quelques mètres. Si les clients ne viennent pas à moi, j'irai à eux.

Mais autour de moi, je ne vois que des gens pressés qui n'ont même pas le temps de prendre deux minutes pour boire un café. Peut-être le font-ils dans des endroits chauds et confortables et pas dans la rue.

Je ne suis pas loin de mon atelier. Ma boulangerie de la 7e Avenue est de loin ma préférée. D'abord parce que c'est la première que j'ai ouverte, et je lui voue donc une tendresse infinie, ensuite car elle est tout près de ma résidence principale et du siège de *Happy Croissants Ltd.* C'est en quelque sorte mon quartier général, l'endroit où je passe le plus clair de mon temps lorsque je suis à New York. J'y expérimente de nouvelles recettes pendant de longues heures, j'essaye d'améliorer celles déjà existantes, et j'y reçois mes amis célèbres avec lesquels je partage quelques pâtisseries.

C'est donc tout naturellement vers là que mes pas me guident. J'y entrerai par la porte de derrière et y resterai quelques minutes, le temps de me réchauffer, d'aller aux toilettes et de manger un bon croissant chaud. Mais alors que je m'apprête à tourner à l'angle de la rue, mon attention est attirée par un Starbucks Coffee qu'il me semble ne jamais avoir vu auparavant. A-t-il atterri là au milieu de la nuit comme un vaisseau extraterrestre désireux de se mêler à la population humaine sous les traits d'un café à la mode afin de nous étudier de plus près avant de nous détruire ? Sur la vitrine, une grande affiche vante les mérites de leur nouveau croissant bio. Cela avive tout de suite ma curiosité et, avant que je m'en aperçoive, je suis déjà entré.

Les lentilles aux verres arc-en-ciel

— Nous n'achetons plus l'usine ? répète Mei, alors que le regard du vieux se perd dans le pneu de fumée qui vient de s'échapper de son cigare.

— Il va falloir que Pierre commence à savoir faire la différence entre ce qui est important et ce qui ne l'est pas, dit-il de manière mystérieuse.

La secrétaire acquiesce de la tête, pensant que de toute manière, quoi que dise l'homme, demain, son patron reviendra et prendra les décisions qui s'imposent.

— Bien sûr, monsieur.

— Assieds-toi, Mei.

La jeune secrétaire s'exécute. Elle pose ses mains aux doigts longs et fins sur ses genoux joints. Puis elle accroche derrière son oreille une fine cascade de cheveux noirs.

— Il faudra que l'on mette ce bureau contre la baie vitrée, reprend-il, c'est dommage d'être si loin de cette si belle vue.

— Je ferai venir quelqu'un pour cela, répond la secrétaire, docile.

— Tu aimes ton patron ?

La question semble désarçonner la jeune fille.

— Vous ?

— Non, pas moi ! s'exclame le vieux en riant. (Il manque de s'étouffer avec la fumée de son cigare.) Ton vrai patron, Pierre Boulanger.

— À vrai dire, il a toujours le nez dans son ordinateur ou son portable.

Sa voix est froide et tranchante comme la lame d'un katana. Puis aussitôt, elle rougit et redevient cette petite fille soumise. Elle change d'humeur plus rapidement que le temps à Paris.

— Parfois j'ai l'impression d'être… invisible pour lui.

— Ah, l'invisibilité. C'est marrant, quand on demande à quelqu'un le don qu'il aimerait avoir, tout le monde cite l'invisibilité, avant même celui de pouvoir voler. *Le Seigneur des Anneaux*, l'anneau de Gygès, *L'Homme invisible*, notre culture est pleine de références à ce pouvoir-là. Tout le monde rêverait d'être invisible, et à côté de cela, tout le monde est sur Facebook !

Mei sourit.

— Être vu, voilà ce que nous recherchons tous, en définitive. Être vu, c'est exister. Mais rassure-toi, Mei, tu n'es pas invisible. Je n'ai pas pour habitude de parler à des êtres invisibles. Quoique je voie plutôt l'invisibilité comme une qualité et non un défaut…

Ainsi donc, Mei a l'impression d'être invisible aux yeux de Pierre, se dit le vieux marchand de hot-dogs. Elle ne doit pas être habituée à avoir cet effet sur les hommes. Certains sont trop occupés à convoiter le jardin du voisin et ne voient pas les jolies fleurs qui poussent dans le leur. Pierre ne voit pas la jolie fleur qu'il a tous les jours sous les yeux dans son jardin.

— Il vous apprécie beaucoup, ment-il.

Le vieux n'aime pas le mensonge sauf lorsque celui-ci peut contribuer à de meilleures relations entre les êtres humains.

— Ah bon ?

— Il me l'a dit.

— Je vois…

— Ah, et qu'est-ce que tu vois ?

La jeune femme se rend compte de son impertinence et rougit à nouveau. C'est une femme sérieuse et assurée qui vous envoie des piques à la figure et, la seconde d'après, se fond en une petite fille honteuse. Cette schizophrénie est à la fois troublante et irrésistible.

— Excusez-moi, monsieur.

— Non, non. Dis-moi ce que tu vois quand tu me regardes.

Il dessine autour de lui un cercle de la pointe de son cigare qui lui fait comprendre qu'elle doit le décrire, lui.

— Un vendeur de hot-dogs sur un fauteuil à dix mille dollars, avec un cigare et un verre de whisky ? lance-t-elle après quelques secondes d'hésitation, comme si elle avait voulu en dire bien plus mais s'était refrénée au dernier moment.

— J'admire ton sens de l'observation. Et à quoi cela te fait-il penser ?

— Je ne sais pas. À un vendeur de hot-dogs sur un fauteuil à dix mille dollars, avec un cigare et un verre de whisky ? ajoute-t-elle avec une pointe d'ironie dans ses paroles et son regard.

— J'admire ton prosaïsme. Du peu que j'en ai vu, Pierre est entouré de gens qui voient des choses où il n'y a rien à voir et ne voient rien là où ils devraient voir quelque chose. Allan, qui me donne l'impression de ne voir que des problèmes en tout, et Peter, le directeur financier, qui serait tout aussi émerveillé si l'entreprise tombait en faillite. Je me trompe ?

La secrétaire bouge la tête de droite à gauche par prudence. Il y a peut-être des micros et le vieil homme n'est peut-être qu'un stratège du patron pour savoir ce que pensent ses employés de lui.

— J'aime les personnes comme toi, Mei, les gens qui appellent un chat un chat. C'est une denrée rare de nos jours. À propos de chat, sais-tu combien coûte un éléphant dans ton pays ?

Les yeux de la secrétaire ont maintenant pris la forme de deux parasols noirs. Ses sourcils sautillent, telle une actrice mimant la surprise. L'homme se serait mis une casserole sur la tête qu'il ne lui aurait pas causé plus grand effet.

Elle sourit, gênée.

— Je suis née dans le New Jersey, monsieur.

— Oh, pardon. Mais tu as bien un ancêtre avec une cymbale de batterie sur la tête ?

— Mes parents sont laotiens. Ils sont de la province de Phongsaly.

— Très bien, alors sais-tu combien coûte un éléphant dans le pays de tes parents ?

— Non, je ne sais pas.

— Dis un chiffre.

— Cinq mille dollars ?

— Vingt mille.

Mei reste impassible, comme si le vieux vendeur venait de lui annoncer qu'il faut se brosser les dents après chaque fin de repas.

— Tu te demandes sûrement ce que vient faire un éléphant dans notre conversation.

— À vrai dire, même pas…

— Je ne t'apprendrai rien en te disant que les cornacs sont des gens d'une extrême pauvreté qui achètent leur bête pour une petite fortune afin de gagner leur croûte. J'imagine qu'ils s'endettent à vie. Ce qui les condamne à vie à faire les pitres devant les touristes de passage. Je ne sais même pas s'ils rentabilisent leur éléphant un jour… Combien est-ce que Pierre te paye, Mei ? Dis-moi. Vingt-cinq mille dollars à l'année ?

La jeune femme ne répond pas.

— Et tu es heureuse ? Je veux dire, dans ton travail.

— Oui.

— Et pourtant, il ne te paye pas assez. Dans ton pays, enfin, celui de tes parents, en travaillant pour lui toute une année, sans manger, sans te loger, ni aller boire un coup dans un bar, sans t'acheter de quoi t'habiller, bref, en économisant chaque dollar qu'il te donne, tu pourrais à peine t'acheter un éléphant. Alors que *Happy Croissants* fait des bénéfices monstrueux. C'est triste, tu ne crois pas ?

— Un peu, oui. Mais en même temps, je me demande bien ce que je ferais d'un éléphant… ironise-t-elle.

— Tu trouves cela triste, or, tu viens de me dire que tu étais heureuse. Cette retenue me semble plus propre à tes origines asiatiques qu'à tes origines du New Jersey…

Elle sourit.

— Mon bonheur ne dépend heureusement pas de ma feuille de paye. Ma famille a toujours été très modeste et à la fois immensément heureuse.

— Quel est ton secret ?

— Regardez mes yeux.

Le vieil homme fait mine de s'incliner au-dessus de son bureau pour mieux les voir. Les parasols sont devenus de jolies perles noires.

— Ils sont très beaux.

— Oh, ce n'est pas de cela que je parle, se défend-elle, embarrassée. Vous ne voyez rien ?

Peut-être veut-elle qu'il lui dise qu'elle a, comme lui, ces petites rides du bonheur. Mais il n'ose pas. Elle dépense peut-être des fortunes en crèmes de jour.

— J'ai des lentilles, lui explique-t-elle enfin en haussant les épaules, comme s'il avait manqué quelque chose d'évident. Ce sont des lentilles spéciales, aux verres arc-en-ciel. C'est mon grand-père qui me les a offertes pour mes onze ans. Il m'a dit : « Depuis que ta grand-mère est morte, je les porte, et tout va bien dans ma vie. Je peux à nouveau penser à elle en souriant. À travers elles, on s'aperçoit que rien ne vaut la peine de se faire du sang d'encre, de s'énerver et de pleurer, ma chérie, que rien ne vaut la peine de courir ou d'écraser les autres. Que les choses sont ce qu'elles sont et que c'est notre manière de les voir qui les change et les rend compliquées. Les choses sont très simples, en réalité. D'une simplicité enfantine. ». Je me rappelle qu'il a écarté ses paupières avec ses doigts pour me les montrer. Mais je ne voyais rien. Il n'avait pas l'iris aux couleurs de l'arc-en-ciel mais au contraire d'un noir profond, et je ne me suis pas privée de le lui faire remarquer. « Ce qui importe, ce n'est pas comment, toi, tu vois mes yeux, m'a-t-il alors répondu, mais comment moi, je vois le monde au travers de mes lentilles. Et je peux t'assurer que, vu de l'intérieur, le monde et la vie sont pleins de couleurs ! » Et puis il m'a tendu la paume de sa main vide et m'a priée d'accepter son cadeau, une paire de lentilles toutes neuves. « Mets-les chaque fois que tu traverseras des difficultés dans ta vie. » Je ne les avais pas remises jusqu'à ce que j'accepte ce travail…

Le vieil homme dépose ce qu'il reste de son cigare dans le cendrier en argent et se lève, les mains derrière le dos. Il se dirige, pensif, vers l'immense baie vitrée, comme il l'a vu faire dans les films, traînant ses pieds nus sur la moquette. Le ciel ressemble à un gigantesque toit de blancs d'œufs battus en neige.

La secrétaire est assise, les mains toujours posées sur ses genoux. Elle s'est légèrement tournée de trois quarts et le regarde avec un regain d'intérêt.

— Veux-tu dire que travailler pour Pierre est une difficulté dans ta vie ?

— Disons que ce n'est pas tous les jours facile de côtoyer un patron qui n'a jamais pris la peine de lever les yeux sur vous et pour qui vous n'êtes rien de plus qu'un Post-it.

Elle montre le bloc qu'elle tient dans la main. L'essentiel de ses communications avec son patron consiste en effet à lui laisser des notes sur son bureau sans échanger une seule parole.

— J'ai une théorie sur le Post-it. Crois-moi, ne rien être de plus qu'un Post-it est déjà un compliment. Mais tu as raison, cela ne doit pas être toujours facile d'avoir un homme pareil pour patron. Même si, comme je te l'ai dit, il t'apprécie. Il t'apprécie tellement d'ailleurs qu'il m'a dit de t'augmenter de vingt-cinq mille dollars à l'année. C'est-à-dire de gagner le double.

— Vous plaisantez ?

— Pas le moins du monde, ment le vieillard.

Il jette un coup d'œil à cet avion qui vient de décoller et disparaît aussitôt dans les blancs d'œufs. Il se prend à rêver qu'il s'envole vers son pays. Il revient s'asseoir à son bureau et repose ses pieds dessus. Il semble voir une saleté et glisse son index entre deux orteils pour l'enlever. Puis il ferme les yeux comme s'il allait s'assoupir.

Mei, croyant la conversation achevée, se lève et se dirige vers la porte.

— Dis au directeur des ressources humaines que je veux le voir dès qu'il est disponible. Cinquante mille dollars par an, cela te va, n'est-ce pas ?

— Je pensais que c'était une blague…

— Après tout, je suis le patron jusqu'à 18 heures ! Je fais ce que je veux.

La gêne occasionnée par la proposition du vieux vendeur de hot-dogs fait onduler un instant la longue chevelure noire de la secrétaire comme une crème au chocolat onctueuse qui tomberait dans un saladier. Devant l'air déterminé de l'homme, elle ne peut que se résigner à accepter. De toute façon, elle sait qu'elle ne verra jamais cet argent. Lorsque Pierre Boulanger reviendra, il s'empressera de rétablir la situation.

Elle ouvre la porte.

— Avec cinquante mille dollars, je pourrai m'acheter deux éléphants ! s'exclame-t-elle en se retournant à nouveau vers lui. Il faudra que je prenne un appartement plus grand !

Un éclair de malice vient illuminer son visage.

— À propos, monsieur, ajoute-t-elle d'un air enjoué, en parlant d'éléphants, vous avez une réunion avec des Japonais dans dix minutes, cela vous intéresse ? Ou je dis à M. Cook d'y aller tout seul ?

— M. Cook ?

— Allan.

— J'irai à la réunion. Ce jeune homme n'est pas doué pour les affaires, crois-moi. Je l'ai tout de suite vu.

— N'oubliez pas de remettre vos chaussures…

Pourquoi devrait-il remettre ses chaussures ?

Les croissants bio

La chaleur de l'endroit m'accueille aussitôt dans ses bras avenants, cajolant mes oreilles d'une chanson rythmée de Beyoncé. L'endroit sent bon le café. Si c'est un spray de parfum chimique, il n'est pas trop mal réussi.

Je commande un thé et un de ces croissants bio tout en m'assurant que la vendeuse ne me les encaisse pas au prix d'une Rolex, puis vais m'asseoir dans un coin. Il fait aussi chaud qu'à la crèche. Je desserre mon col et mes doigts tombent sur le foulard rouge de la maman de Heather que j'ai noué autour de mon cou. Je le prends dans mes mains et l'examine pour la première fois. Il est fait d'une matière vaporeuse, comme de la gaze. J'y plonge mon nez. Une odeur de parfum sucrée m'enivre aussitôt. Il y a quelque chose de l'arôme d'une barbe à papa dans cela et je retourne aussitôt en enfance.

Je pose le foulard sur le dossier de ma chaise et m'intéresse au croissant. C'est une réalité, j'éprouve toujours une grande curiosité, et attirance, envers tout ce qui pourrait me porter préjudice. C'est peut-être pour cette raison que je me suis marié avec Kate. Et bien qu'une petite voix dans mon esprit me chuchote que les croissants de Pierre Boulanger n'ont rien à craindre de ceux du Starbucks, je préfère m'en rendre compte par moi-même. Cela fait longtemps que je n'ai pas ressenti un tel manque de confiance en moi. Peut-être ma tenue vestimentaire en est-elle la cause.

L'aspect n'est pas aussi doré et feuilleté que les miens, et puis il n'a pas cette courbure caractéristique que je donne à mes *Happy Croissants*. Il ne sourit pas. C'est un croissant triste. Je jette un œil à la décoration des lieux, je le serais aussi à sa place. J'arrache une des deux pattes comme s'il s'agissait d'une pince de crabe. Son goût est aussi terne et plat que sa forme. Je la laisse retomber dans mon assiette. La mention « bio » a sûrement été choisie par une trentaine de conseillers en marketing dans une liste de mots tout aussi vains pour attirer des clients comme Allan. En quoi un croissant peut-il être bio ? Je souris. Un nouveau concurrent qui ne me fera pas d'ombre. Mais en ai-je douté une seule seconde ?

Je lève les yeux et regarde autour de moi.

J'éprouve un sentiment de totale liberté à me trouver là, à ne rien faire, à 11 heures du matin, alors que le reste du monde est en train de travailler telles des fourmis bienveillantes. Un sentiment de liberté totale m'envahit comme les jours où je donne sa journée à James et conduis la voiture moi-même. Cela arrive rarement désormais. Pourquoi ai-je laissé ces petits plaisirs dans les mains des autres ? Pourquoi, dès que l'on gagne de l'argent, se croit-on obligé de confier nos enfants à des gouvernantes et à mettre tout un tas de gens sous notre toit ?

Je me prélasse sur ma chaise. Il y a un avantage certain à être son propre patron. Et quel patron ! À Paris, je n'étais qu'un simple boulanger. Ici, je suis devenu *le* boulanger français à la mode. La liste de mes clients ressemble à s'y méprendre à la liste des nommés pour les Oscars ou les Grammy Awards, et ma boulangerie de la 7e aux marches du Festival de Cannes, les marches casse-gueule et le tapis rouge en moins. Spielberg, Leonardo DiCaprio, Depardieu, Cameron Diaz, Shakira mangent mes croissants. Si Elvis et Marilyn Monroe étaient encore là, ils mangeraient mes croissants. Le monde entier a besoin de croissants souriants.

Le vieux avait raison, il se pourrait bien que j'apprécie bien plus cette journée que je ne le pensais. Je me demande bien ce qu'il est en train de faire en ce moment. Je serais prêt à parier qu'il est claustré dans mon bureau, le nez contre la baie vitrée, se faisant petit et n'osant pas déranger. Le pauvre.

Le juke-box et les machines à sous

— Nous vendons ! s'exclame le vieillard en entrant dans la salle de réunion.

Il prend un air nonchalant comme il a vu faire les entrepreneurs milliardaires dans les films. Il tire une bouffée de son cigare, expulse l'air et regarde le petit rond s'envoler tout droit vers le détecteur d'incendie.

Allan, qui préside une longue table entourée d'hommes en cravates de différentes couleurs, se tourne vers lui, les sourcils en forme de chapeau chinois, comme s'il avait mal compris. Il ne s'imaginait pas une seconde que l'homme aurait le toupet de sortir de son bureau et viendrait se pavaner dans une réunion de cette importance. Les yeux bridés du vendeur, assortis à ceux des autres invités, semblent deux fentes de juke-box dans lesquelles il a presque envie de glisser un dollar pour voir s'il joue sa musique préférée. Un requiem, pour l'occasion.

— Nous vendons, répète le vieux Mexicain.

— Vous rigolez ?

— Je suis très sérieux.

Allan examine le nouveau venu de la tête aux pieds. Comment peut-on prendre au sérieux un homme qui entre pieds nus dans une réunion où se trouve le géant du sushi japonais ?

Le beau et le clochard

Dans un coin du café, un téléviseur à écran plat branché sur une chaîne d'information permanente diffuse un reportage sur le sauvetage d'un pétrolier au large des côtes canadiennes. *Breaking News* apparaît en grosses lettres jaunes sur un fond représentant le monde tournant à vive allure.

Soudain, ma tête apparaît en gros plan. Je reconnais aussitôt la photo du type constipé sur la couverture du *Time*. Puis le visage froissé du vieux marchand de hot-dogs vient envahir l'écran. On ne voit que sa dent. Il est assis dans le fauteuil de mon bureau, les doigts de pied crasseux en éventail. Allan, en arrière-plan, est en train de vomir dans le pot de la plante verte géante. « Le beau et le clochard », sous-titre la chaîne, parodiant de la sorte un célèbre dessin animé de Disney. Je n'ai jamais autant haï les dessins animés qu'en cet instant précis. Voilà ce dont parlaient la maman de Heather, ce matin, et la puéricultrice. Je les revois me dire : « C'est bien ce que vous faites. »

Le vieux fou a médiatisé notre accord, notre échange de vie pendant vingt-quatre heures. Sur le coup, je me sens trahi. Je sors mon téléphone portable et recherche d'un doigt tremblant le numéro d'Allan dans mon répertoire lorsqu'un homme lève le poing en l'air.

— Bien ! crie-t-il.

— Si tous les P-DG faisaient cela, dit une femme, en dodelinant de la tête d'un air rêveur.

— Tous les grands magnats du pétrole, les riches, les chefs des multinationales, les politiciens devraient prendre exemple sur lui, dit un autre. Partager un peu de leur temps, de leur argent avec ceux qui n'ont rien.

Une vague de rumeurs s'élève aussitôt dans le café et tout le monde y va de son petit commentaire. Qui ne sont pas tous positifs, d'ailleurs.

— Un coup de pub ! dit un vieux grincheux à la table d'à côté.

— Qu'est-ce qu'ils disent ? demande sa femme, qui semble sourde.

— Un grand homme d'affaires qui a laissé son bureau à un pauvre vendeur de hot-dogs le temps d'une journée.

— C'est une nouvelle télé-réalité ?

— Non, c'est juste la vie.

— Connais pas cette émission…

Je remets le téléphone dans ma poche sans appeler mon associé et visse un peu plus ma casquette sur mon visage. Après tout, on dirait que la majorité de l'opinion publique penche pour moi. Un serveur qui était en train de ramasser des gobelets vides à quelques tables de moi me fait un signe. M'a-t-il reconnu ? Si c'est le cas, cela va être la cohue dans quelques secondes. Je suis sur le point de me lever pour quitter les lieux lorsque je réalise qu'il est en train d'indiquer quelque chose à mes pieds.

Je me baisse et trouve le foulard rouge sur le sol. Il a dû glisser du dossier de ma chaise. Je le ramasse et l'agite dans la direction du jeune serveur avec un petit sourire en marque de remerciement. C'est à peu près à ce moment-là que la belle inconnue, invitée par mon geste innocent, m'aborde.

Une rencontre inattendue

— Bonjour.

Je crois reconnaître la douce voix de la maman de Heather.

Mais là où je pense trouver une femme à la crinière rousse se tient une jeune fille avec un bonnet en laine noire avec un pompon sur la tête. Elle ne doit pas avoir plus de vingt ans. De longs cheveux châtains tombent sur son visage de poupée comme une cascade de miel. Ses yeux, de la même couleur, projettent, à la lumière du soleil, de petits halos dorés sur toutes les choses qui l'entourent. Elle illumine tout autour d'elle, comme au travers de vitraux orange, transformant le café en une cathédrale un matin ensoleillé. Elle porte un grand manteau de couleur verte garni d'épaulettes et de gros boutons dorés, un pantalon en velours et des bottes en cuir brun qui lui donnent les airs d'un petit général russe.

— Tu es William612 ?

Le son de sa voix est aussi doux qu'une caresse. Une sensation de bien-être m'envahit, provoquant un petit picotement dans mon estomac. Jamais personne ne m'a caressé de sa voix.

— William612 ?

— Je suis Marilyn323.

Je souris, pensant à une blague.

— Tu es bien William612, pas vrai ?

William612 ? Quelle classe de nom est-ce là ? Je pourrais tout de suite répondre que non, qu'elle fait erreur, il n'est pas encore trop tard. Et puis elle repartira attendre son William un peu plus loin. Elle repartira, je terminerai mon café et je retournerai vendre des hot-dogs, enfin, je retournerai ne pas vendre des hot-dogs. Mais la curiosité est plus forte. Le désir, aussi, d'être abordé par une jolie jeune fille. La situation a quelque chose d'excitant. Le picotement dans mon estomac s'intensifie, se frayant un chemin vers mon bas-ventre, qui prend aussitôt feu. Pourquoi m'a-t-elle abordé, moi, et pas un autre ? Par exemple, ce jeune homme seul, à la table d'à côté, et qui m'observe du coin de l'œil, curieux de savoir ce que je vais répondre.

Je la regarde et n'ose la contredire.

— Qu'est-ce qui te fait penser que je suis William ? je lance, en prenant un air mystérieux.

— Le foulard rouge, rétorque-t-elle, comme si c'était une évidence, en désignant de sa main gantée le morceau de tissu écarlate.

La réponse égratigne quelque peu mon amour-propre. J'aurais préféré qu'elle me dise que c'est parce que je lui plais, pour mes yeux bleus, mon charme, n'importe quoi. Mais ces manifestations impromptues de désir n'existent que dans les films porno ou les livres de Barbara Cartland. Je ne suis qu'un vieux pour elle.

— Tu as le foulard rouge, moi, j'ai…

Elle tapote de ses doigts gantés de velours la couverture rouge d'un livre qu'elle tient contre sa jeune poitrine.

— Le libraire n'avait plus de fleurs alors j'ai pris un livre… Et puis la rose pour un rendez-vous, ça faisait un peu trop cliché… Alors j'ai choisi *Le Nom de la rose.*

La rose et l'écharpe rouge. Il n'y a plus de doute. J'ai affaire à une fan de François Mitterrand.

Marilyn, je doute que ce soit là son vrai prénom, range le livre dans le petit sac marron qu'elle porte en bandoulière comme la cartouchière d'un soldat mexicain, entre deux petits seins pointus.

Les seins pointus. Je me remémore le dessin du vieux, les deux petits triangles orientés vers le haut et les paroles de ma femme. Mon destin est-il de terminer entre les seins de cette jeune fille ? Si c'est le cas, pourquoi s'opposer au destin ?…

— Tu veux un café ?

Elle regarde ma tasse vide dont le fond est maculé d'un peu de liquide orange.

— On ne dirait pas du café, dit-elle, intriguée.

— Oh, ça, non ! C'est du thé. J'ai arrêté le café… depuis quelques jours. J'ai bu le café d'un marchand de hot-dogs et… enfin…

— Ça t'a dégoûté à vie.

— Oui, ça m'a dégoûté à vie, comme tu dis, mais des autres cafés.

Elle n'a pas l'air de comprendre.

— Je prendrai un chocolat au lait.

Je me lève et je vais commander sa boisson. Cela fait, je m'assois à nouveau et pose le gobelet en face d'elle. Je remarque qu'il est propre. Ici, ils ont l'air de vraiment jeter leurs gobelets jetables après usage.

La jeune fille écarte d'un geste brusque la mèche qui vient de tomber de son bonnet et la replace derrière son oreille droite, puis elle enlève délicatement ses gants, doigt par doigt, comme dans les films, avant de les poser sur la table. Chacun de ses gestes est adorable. On dirait qu'elle cherche à me séduire. Ou peut-être est-ce moi qui me fais des idées. Si je ne savais pas Kate au Groenland, je serais mort de peur qu'elle nous surprenne, même si son buffet d'avocats n'est pas dans le quartier et que cela ne lui viendrait jamais à l'idée d'entrer dans un Starbucks. Enfin, j'espère.

— Cela ne te déçoit pas que je boive un cacao, enfin, que je ne boive pas de café ?

— Oh non. Pourquoi cela devrait-il me décevoir ?

— Parce que les gens pensent qu'il n'y a que les enfants qui boivent du cacao, que les adultes doivent boire du café. Or, tu sais, je ne suis pas une enfant, mais je n'aime pas le café, c'est tout. Question de goût, pas d'âge.

Mais tu es une enfant, me dis-je.

— Ne te justifie pas. Tu sais, dans ma famille, je suis le seul à boire du café. Mon père et mon grand-père n'en ont jamais bu une seule tasse de leur vie. Un jour que je prenais mon petit déjeuner avec mon grand-père, je lui ai demandé pourquoi il buvait du chocolat comme moi et pas du café comme tous les autres adultes. Il m'a répondu que cette boisson, que les Aztèques réalisaient à partir des grains de cacao, était un cadeau du dieu Quetzalcóatl, le serpent à plumes, qu'elle était source de sagesse spirituelle et d'énergie. Elle était donc réservée à l'élite. Les Aztèques l'appelaient même *l'or liquide*, car ils en utilisaient les grains comme de la monnaie. Avec quatre grains, ils pouvaient acheter un lapin, me disait-il, et avec dix, la compagnie d'une dame pour une soirée, ajoutait-il entre deux clins d'œil. C'est la boisson des grands hommes. Je n'avais que dix ans, et j'avais l'impression d'être déjà un grand homme.

— Excuse-moi, mais c'est drôle, je ne t'imaginais pas comme ça. Je veux dire, de nos conversations sur le réseau.

— Euh, moi non plus…

Elle paraît étonnée. Puis elle esquisse un sourire entendu qu'il m'est impossible de déchiffrer, si ce n'est qu'il ressemble étrangement à celui de Kate lorsqu'elle se met en mode chien détecteur d'explosifs.

La légitimité de la vieillesse

Voilà cinq minutes que tout le monde se regarde sans rien dire. M. Taikoda et ses deux associés ont le regard rivé sur le vieux.

Ils sont en train de se demander pourquoi l'homme qui leur a vendu un hot-dog vendredi dernier sur le trottoir se trouve devant eux, dans cette salle de réunion, pieds nus. Pensant que c'est là un signe de courtoisie à leur égard, les trois Japonais se lèvent et se déchaussent. Puis ils enlèvent leurs chaussettes. Allan les regarde, bouche bée. Bientôt tout le monde est pieds nus sauf lui. Il se sent comme un baigneur en maillot de bain qui traverserait une plage nudiste. Gêné, il imite les autres.

Le vieillard est assis dans le fauteuil présidentiel. Étant donné son grand âge, les Nippons en déduisent qu'il est bien le patron de l'entreprise, qu'il n'assiste qu'aux entretiens vraiment très importants, et que le jeune qu'ils avaient vu lors de la dernière réunion n'était qu'un substitut. M. Tikadao se frotte les mains. C'est bon signe. Si le P-DG s'est déplacé en personne, c'est que leur proposition l'intéresse. Mais pourquoi vend-il des hot-dogs dans la rue ? Cette question taraude l'homme d'affaires. Il pose la question à son associé (Japonais numéro 1).

— Certains grands entrepreneurs ne veulent pas perdre le contact avec la rue et leurs clients, lui répond-il. Si les Américains le font, nous devrions le faire !

— Bien, dès notre retour, je mettrai à ta disposition un chariot de sushis dans le centre de Tokyo.

L'idée n'a pas l'air de ravir Japonais numéro 1, qui perd son regard dans les bulles de son verre d'eau gazeuse.

Le chef d'entreprise japonais se tourne vers son homologue américain, dont il ignore qu'il est mexicain. Il a le plus profond respect pour lui. Pas seulement parce qu'il a les yeux bridés, comme lui, mais parce que la perte de toutes ses dents témoigne d'une grande expérience dans son domaine. Les émanations de poudre de sucre qui entrent quotidiennement en contact avec les voies respiratoires de l'artisan boulanger attaquent les dents et provoquent d'horribles caries. L'homme en est si fier que, malgré toute sa fortune, il ne porte ni dentier ni implants. Il est naturel. Et c'est une valeur qu'aime le géant du sushi. Se montrer tel que l'on est. S'accepter soi-même, c'est accepter les autres

Le vieux, l'associé anorexique et l'interprète se plongent alors dans une conversation mouvementée. Le Japonais ne comprend pas ce qui se dit, mais, partant du principe qu'un chiffre vaut mieux que cent mille mots, il dégaine une énorme calculatrice dernier cri de sa poche, tape sur quelques touches à la vitesse d'un greffier de tribunal et la tend à l'anorexique Allan. Les yeux de celui-ci manquent de lui en tomber. Le Nippon glisse quelques *shi mi mi shi* dans l'oreille de son interprète.

— M. Taikoda me recommande de vous dire qu'il ne reviendra pas une troisième fois et que son avion part demain. Son offre est à prendre ou à laisser.

— C'est plus de cent dollars ? demande le vieux à Allan.

La question peut sembler ridicule, mais cent dollars, c'est la plus grande somme qu'ait jamais gagnée le vieux marchand en une journée avec son café et ses hot-dogs.

— Plus de cent dollars ? répète Allan avec une grimace. Vous venez d'une autre planète ou quoi ?

— Je vous préviens, nous ne vendrons qu'à une seule condition, dit le vieux Mexicain à l'interprète, que l'offre soit supérieure à cent dollars.

L'homme à lunettes se tourne vers ses compatriotes mais est arrêté à temps par Allan.

— Eh, eh ! Ne traduisez pas cela, malheureux ! s'exclame-t-il avant de s'adresser au vieux. Dites donc, vous êtes un vrai génie de la négociation, vous ! Vous voulez tout saboter ?

— Ils offrent moins de cent dollars, c'est ça ? Fais voir, dit le génie en question en lui arrachant la calculatrice des mains.

Le vieux marchand de hot-dogs jette un coup d'œil à l'écran. Il n'a jamais vu une telle quantité de zéros. Il sourit, satisfait de lui. À moins que ce ne soit des pesos mexicains, onze chiffres, ça doit forcément représenter plus de cent dollars. Mais à quoi bon si, après tout, une telle somme ne rentre pas dans les poches d'un manteau ?

La chaîne des regards embarrassés

Voilà cinq minutes que je marche dans des sables mouvants.

Et alors que le visage de poupée de Marilyn disparaît derrière son gobelet de lait au chocolat, je jette de furtifs coups d'œil autour de nous, plus précisément vers l'entrée du café, afin de m'assurer que je suis bien le seul homme à porter un foulard rouge. Si le vrai William me voyait avec ce signe distinctif autour du cou, attablé avec la jeune fille dont il a reçu la photo, il se poserait des questions et n'hésiterait pas à nous rejoindre pour tirer tout cela au clair. C'est ce que je ferais si j'étais à sa place. Après deux, trois questions bien ciblées à chacun de nous, Marilyn aurait tôt fait de démasquer l'usurpateur. Je me sens honteux mais je ne veux pas quitter le jeu maintenant. Le mystère m'excite. Je dispose le foulard sur mes genoux, à l'abri des regards.

— C'est marrant, cet accent. Tu ne m'avais pas dit que tu étais français.

— Oh, je ne pensais pas que c'était important.

Elle avale son verre par petites gorgées, comme Allan, sans me perdre du regard.

— Sans vouloir t'offenser, continue-t-elle, tu sembles avoir un peu menti sur ton âge. Mais j'aime les hommes plus âgés…

Elle enlève son manteau, révélant un tee-shirt noir à manches longues plutôt classique. Puis elle se lève pour aller aux toilettes. Débarrassée de ce grand manteau de général soviétique, je me délecte à la vue de son petit corps frêle et mince. De ses belles fesses rebondies moulées dans le pantalon en velours. Elle a la silhouette d'un mannequin russe. À ma grande surprise, je l'imagine nue, son sexe de jeune fille légèrement rosé comme un morceau de viande tendre, soigneusement rasé, humide. J'imagine la trace imperceptible d'une culotte et d'un soutien-gorge dessinée sur sa peau hâlée. Je sens mon sexe se gonfler dans mon pantalon, mettant l'élastique de mon caleçon à rude épreuve. La jeune fille a disparu derrière une porte sur laquelle est écrit *Toilettes*, et moi, j'ai une érection en pensant à elle. La vieillesse, c'est quand tu vois une jolie jeune fille et que ton pacemaker ouvre la porte du garage, m'a un jour dit un ami. La formule m'a amusé. Je comprends aujourd'hui ce qu'il voulait dire.

Ma bonne conscience me souffle de profiter de l'absence de la jeune fille pour déguerpir. Pour retrouver ma vie. Le jeu n'a que trop duré. Mais au moment où je fais mine de me lever, elle revient. Je suis tombé sur la fille qui fait pipi le plus vite du monde.

— Tu t'en vas ? me demande-t-elle, surprise.

— Oh, non, j'allais me chercher un autre jus d'orange.

— Ah, soupire-t-elle en s'asseyant avec un sourire.

Je vais vers les caisses tout en me maudissant. Me voilà maintenant attrapé dans une spirale infernale de mensonges dont il me sera difficile d'échapper. Lorsque je reviens, elle est en train d'enlever son tee-shirt, révélant un petit justaucorps blanc qui moule ses seins. Par transparence, je peux voir ses tétons bruns. Ils semblent vouloir le transpercer. Cherche-t-elle à me séduire ? Si c'est le cas, elle s'y prend à merveille.

J'attends que le sang absorbé par mon sexe caverneux revienne irriguer mon cerveau avant de reprendre la parole. Je pourrais dire une bêtise. Pendant ce temps, j'esquisse un petit sourire stupide.

— Qu'est-ce qui te fait sourire ?

— Rien, je pensais à quelque chose d'amusant.

— À quoi ?

Je ne peux tout de même pas lui raconter la blague du pacemaker et de la porte de garage. Je décide d'abréger.

— Le garage.

— Quoi, le garage ?

— J'ai laissé la porte du garage ouverte.

Elle sourit à son tour.

— C'est vrai que c'est amusant, dit-elle sur un ton sincère.

Si elle savait que je paye un mec deux mille dollars par mois pour en ouvrir et refermer la porte…

— Je voulais te remercier pour ce que tu as fait, me dit-elle en posant sa main sur la mienne.

Mes doigts tressaillent. Sa peau est douce et chaude.

— Qu'est-ce que j'ai fait ?

— Tu es modeste, William. Tu m'as sauvé la vie.

— Oh, ça…

Je n'ai jamais maintenu une conversation à l'aveugle. Je ne me suis jamais laissé porter par des événements que je ne contrôlais pas. Si je suis parvenu où j'en suis, c'est bien parce que j'ai toujours essayé de contrôler au maximum ce qui m'arrivait. Je pense à ce personnage de William que je ne domine pas. J'avance à tâtons dans cette grande mascarade au gré des miettes d'indices que Marilyn veut bien me jeter de temps en temps comme si j'étais un pigeon dans un parc municipal. J'ai la désagréable sensation de monter un puzzle de dix-huit mille pièces sans pouvoir jeter un seul coup d'œil au modèle.

Qu'est-ce qui m'a poussé à accompagner mon fils à la crèche ce matin, à ramasser le foulard d'une inconnue, à entrer dans ce café ? Je ne suis pas croyant, je suis même un athée farouche, mais, durant un court instant, je considère l'éventualité que quelque chose qui me dépasse m'a peut-être entraîné à faire toutes ces choses insensées et inhabituelles dans le seul objectif de me mettre sur le chemin de Marilyn.

— Comme tu le sais, j'avais décidé d'en finir vendredi dernier (j'acquiesce de la tête), m'explique-t-elle. Je ne savais pas trop comment j'allais m'y prendre mais je savais que je ne passerais pas une nuit de plus sur la Terre. Et puis il y a eu cette rencontre avec le clown et ensuite notre conversation sur le forum de jemesuicide.com un peu plus tard dans la soirée. Tu m'as fait énormément de bien.

— Le clown ?

Alors que mon cerveau essaye de comprendre la situation (un clown, jemesuicide.com), une nappe de violons résonne au fond de la poche de mon pantalon. Je sors mon portable, m'excuse auprès de Marilyn et décroche d'un doigt fébrile.

La voix d'Allan résonne dans ma boîte à messages vocaux. Je n'ai pas dû entendre son appel. Je colle l'écouteur à mon oreille pour que la jeune fille n'entende pas. Mon associé me demande de l'appeler le plus rapidement possible. Il ne dit pas pourquoi, mais ajoute que c'est urgent.

Une affaire de toute urgence ? Moi, je ne pense qu'à une seule chose, cette petite voix qui me caresse. Je fixe les yeux couleur miel de la jeune fille. Après tout, Allan est un alarmiste. Il est ce genre de gars pour qui tout va toujours mal, surtout quand il n'a plus de quinoa à se mettre sous la dent. La présence du vieux dans mon bureau doit le rendre nerveux. Il s'y fera. Demain, ce ne sera plus qu'un mauvais souvenir pour lui. J'efface le message et raccroche. Le pire n'est pas le plus probable, disait toujours mon père. Jusqu'à ce qu'il décède d'un infarctus foudroyant.

Un homme libre

— Il ne répond pas, dit Allan en raccrochant. Je vais aller le voir en bas.

— S'il a écouté un tant soit peu ce que je lui ai raconté, il ne devrait plus y être.

— Comment ça ?

— C'est un homme libre aujourd'hui.

— Vous parlez de lui comme d'un esclave que l'on viendrait d'affranchir.

— C'est un peu le cas. Nous sommes tous esclaves de quelque chose. Mais souvent, nous ne nous en apercevons pas. Heureusement que les autres sont là pour nous le rappeler. Pierre est esclave du temps, esclave du travail. Toi, tu es esclave des carottes et des navets.

Le vieux vendeur de hot-dogs signale la carotte crue que tient Allan dans son poing. Celui-ci la porte alors à sa bouche et mord dedans en haussant les épaules.

Le destin s'invite à la table du Starbucks

— De quel clown parles-tu ?

— Eh bien, le clown ! répond-elle comme si cela était une évidence. Tu crois au destin ?

La question n'est pas si je crois au destin mais si William, lui, y croit.

— Je te demande ça parce que, moi, j'y crois maintenant.

Elle plonge une main dans la poche de son pantalon et en sort une boulette de papier qu'elle déplie devant moi.

En voyant ce qu'il y a écrit dessus, l'air me manque comme si je venais d'escalader l'Himalaya à la recherche d'un peu d'eau de source pour les *Happy Mady* de Madonna.

Une piste grande comme une montagne

Ce n'est pas possible ! Je ne savais plus où elle était passée et voilà qu'elle réapparaît dans les mains d'une inconnue dont je viens de faire la connaissance. Sur la table repose la serviette en papier graisseuse que m'a donnée le vieux vendeur de hot-dogs.

TON TRÉSOR SE TROUVE LÀ !

— Lorsque quelqu'un me l'a donnée, je me suis d'abord demandé ce que cela signifiait. Et puis, je n'y ai plus pensé. Le soir, je me suis connectée une dernière fois pour dire au revoir au monde. J'avais décidé d'avaler des médicaments avec de l'alcool et de me mettre la tête dans un sac plastique. Et puis je suis tombée sur toi, sur le forum. Tu m'as écrit, je t'ai répondu, tu m'as fait rire, on a chatté pendant une heure. J'avais la serviette en papier sur le bureau, tournée dans l'autre sens. Je l'ai tout de suite vu comme une évidence. W…

Elle retourne le bout de papier et les deux pics en forme de *M* dessinent maintenant un *W*.

— W. Mon trésor se trouve là. Dans cette lettre. William… Tu crois aux signes ? Moi, j'y crois.

Les signes ? Lorsqu'on n'y croit pas, on n'en voit nulle part ; lorsqu'on commence à y croire, on en voit partout.

— Tu as été ma deuxième chance, reprend-elle. J'ai décidé de continuer à vivre et puis, nous voilà… Là…

— Je peux ? dis-je en lui prenant la serviette et en l'examinant de plus près.

Il n'y a pas de doute, c'est bien la mienne.

— Je ne sais pas ce qu'il y a écrit au dos, dit-elle, lorsque je retourne le papier.

— « Guéris le monde, je récite, fais-en un endroit meilleur pour toi et pour moi et pour l'humanité tout entière. »

Elle se penche et observe de plus près. Puis elle relève la tête vers moi et me regarde, perplexe.

— Ah oui, tu as raison. Dis donc, tu aurais dû être archéologue ! Tu es vachement doué pour déchiffrer les hiéroglyphes ! C'est pas de Michael Jackson, ça ?

— Confucius.

— Connais pas. C'est un rappeur européen ?

— Marilyn, lui dis-je, je ne sais pas ce que cette serviette en papier fait dans tes mains, mais tout cela m'effraye un peu.

— Pourquoi ?

— Parce que cette serviette en papier est à moi et que ce message m'est destiné…

Ses sourcils sursautent.

— À toi ?

— Oui, à moi. Je l'avais perdue, et voilà qu'elle revient à moi, à travers toi, comme un boomerang.

— Ce W, c'était pour toi, alors ? s'exclame-t-elle, déçue.

— À vrai dire, je ne l'ai jamais vu comme un W. Ni comme une lettre. C'est le plan pour trouver une plantation de café. Et pas n'importe quel café. Le meilleur du monde.

— Un peu limite pour un plan, non ?

Je range la serviette dans la poche de ma doudoune et ma main rencontre les quelques grains de café que j'y ai gardés.

— C'est une montagne sans doute, dit-elle en continuant à jouer aux devinettes, une montagne au Pérou ou en Colombie. Le Machu Picchu peut-être, ajoute-t-elle sans rien connaître au monde du café.

— Le Machu Picchu… je répète, pensif.

Je sors à nouveau la serviette, la pose sur la table et y dispose les grains noirs.

— Le Machu Picchu, mais c'est bien sûr ! je m'écrie en sautant de ma chaise.

Elle me regarde sans trop comprendre. Elle doit penser que je suis devenu fou.

— Ça va, William ?

— Je ne m'appelle pas William. Mais toi, tu es formidable ! Je suis sûr que vous serez heureux, je veux dire, toi et William. Même si ce bout de serviette n'était pas pour toi. Fonce, dis-lui que tu l'aimes et aimez-vous toute la vie ! Je suis heureux que tu ne te sois pas suicidée !

— Tu n'es pas William ? répète-t-elle, horrifiée.

Je lui donne un baiser sur la joue et me précipite vers la porte d'entrée, comme Archimède sortit un jour de sa baignoire et courut nu dans les rues de Syracuse en répétant « Eurêka ! » comme un fou.

La disparition

Allan se faufile dans la porte tambour et fait quelques pas sur le trottoir. Le chariot au parasol Coca-Cola n'est plus là. Perplexe, il entreprend de faire le tour du pâté de maisons. Vingt minutes après, il le trouve, garé devant un Starbucks Coffee qu'il ne connaissait pas. Pas de Pierre en vue. Il pouffe de rire en voyant l'affiche vantant les mérites des nouveaux croissants bio de leur concurrent. Peut-être que son patron s'est réfugié dans l'établissement. Il fait atrocement froid. Et puis, il le connaît. Pierre serait du genre à entrer là-dedans ne serait-ce que pour les goûter. Des croissants bio ? Voilà qui attise sa curiosité.

Alors qu'il pousse la porte en verre, un homme d'une trentaine d'années avec un gros foulard rouge noué autour du cou et une jeune fille portant un bonnet en laine sortent du café en le bousculant, débordant de joie de vivre, comme deux êtres qui viennent de se rencontrer et veulent dévorer le monde et la vie ensemble. Ils s'excusent en riant à pleines dents et disparaissent bientôt au coin de la rue bras dessus bras dessous.

Allan inspecte les lieux mais aucune trace de Pierre.

Et comme à l'impossible nul n'est tenu, il revient au bureau.

Les bienfaits du *feng shui*

Deux ouvriers musclés soulèvent le bureau en cerisier massif et le portent jusqu'à la grande baie vitrée.

— Ici ?

— Attendez, dit le vieillard.

Il pose ses pieds crasseux sur le bureau.

— Encore un peu.

Les deux hommes poussent le bureau jusqu'à ce que les orteils du vieux touchent la vitre et y impriment une empreinte de sueur.

— Parfait ! s'exclame-t-il en se délectant de la sensation de fraîcheur que le contact avec le verre froid lui procure.

Perplexes, les deux hommes quittent la pièce en se demandant si ce P-DG a encore toute sa tête. À ce moment-là, Allan entre dans le bureau.

— J'aime bien la nouvelle disposition, dit-il en lançant un regard autour de lui. On sent de bonnes vibrations. Vous êtes adepte du *feng shui* ?

— Je ne suis adepte de personne, répond le vieux vendeur de hot-dogs.

— Bien, dit Allan en tapant dans ses mains comme pour changer de sujet. Vous aviez raison, Pierre a disparu.

— Tu m'en vois ravi.

— J'aurai tout essayé. Vous voulez vendre, alors vendons…

— Je peux dire ce que je veux puisque je n'ai aucun pouvoir.

— Vous n'avez peut-être aucun pouvoir, mais moi oui, rétorque Allan, accompagnant ses paroles d'un clin d'œil malicieux. Je suis directeur adjoint. Les absents ont toujours tort.

Il pense à la Porsche 911 décapotable et aux tonnes de quinoa équitable importé de Bolivie qu'il va pouvoir s'acheter avec tout cet argent. Et puis, il a toujours adoré les sushis. Ils sont bien plus sains que ces croissants au beurre. Il est temps de changer. Le changement fait toujours du bien. Au moral. Et au porte-monnaie, songe-t-il en se remémorant la méga-offre des Japonais. Voilà l'opportunité dont il a toujours rêvé. Il est aux commandes de *Happy Croissants Ltd.* pour vingt-quatre heures. Et il compte bien en profiter. Quelles qu'en soient les conséquences.

Il revient dans la grande pièce où l'attendent sagement les hommes d'affaires asiatiques.

— C'est OK, on vend, dit-il à l'interprète, dans un grand sourire.

Et un sentiment de toute-puissance l'envahit. Il n'a jamais ressenti cela auparavant. Et alors que l'homme à lunettes se lance dans une suite interminable de sons japonisés, Allan se retourne et, en cachette, arrache, vainqueur, la tête d'une carotte crue d'un violent coup de dents.

Le clown qui n'a jamais fait rire personne

Trois jours plus tôt

Aminata ouvre la porte avec l'une des clés de son énorme trousseau et pousse son chariot à l'intérieur du bureau, tout en écoutant le dernier morceau de Rihanna qui résonne dans les écouteurs de son iPod. C'est juste un peu de bruit pour détourner son esprit de ce qui importe vraiment. Car voilà quelques jours qu'elle est en proie à un terrible dilemme dont elle devra se défaire aujourd'hui, quelle qu'en soit l'issue. Elle s'incline au-dessus de la poubelle et en inspecte le contenu, de manière machinale. Elle est vide à l'exception d'un petit morceau de papier. Estimant que cela ne vaut pas la peine d'en changer le sac, elle plonge sa main gantée et en retire la petite boule de papier graisseuse sur laquelle le président de la société semble avoir griffonné quelques mots au stylo. Elle la fait rouler un instant dans sa main. Elle peut deviner les émotions des gens rien qu'en regardant comment ils jettent leurs feuilles de papier usagées. Intactes, pliées en deux par la moitié, pliées en quatre, déchirées en deux, déchirées en confettis, roulées en boule avec indifférence, roulées en boule avec rage. Elles n'ont aucun secret pour elle. Or, il n'y a pas de doute, celle-là est une boule de papier froissée avec rage. Ce qui attise sa curiosité.

Elle remarque qu'il ne s'agit pas de l'écriture de son patron, ni de celle de sa secrétaire. Elle les connaît par cœur. Non, celle-ci est tremblante et presque illisible, un peu comme celle des personnes âgées. Sa grand-mère, restée au Sénégal, lui envoie des lettres écrites de la sorte. Elle défroisse la serviette. Le mot *Guéris*, perdu entre les plis du papier, est le premier à lui sauter aux yeux.

Animée d'une nervosité soudaine, elle se lance dans le déchiffrage de la note. *Guéris le monde, fais-en un endroit meilleur pour toi et pour moi et pour l'humanité tout entière.* Aminata sourit. On dirait bien un message pour elle, après tout. Les mots dansent dans son esprit au rythme de *Diamonds*. Elle sent son cœur, dans sa poitrine, prêt à exploser. Ses tempes bourdonnent. Mais elle sait que ce n'est pas dû à la musique.

Par transparence, elle voit qu'il y a quelque chose d'écrit au dos. Elle retourne le mot. *Ton trésor se trouve là*, lit-elle. Intriguée, elle regarde les deux petits triangles qui surmontent cette mystérieuse phrase et qui lui rappellent étrangement les deux dunes de sable du désert qui composent le logo de l'ONG *Infirmiers pour un Monde Meilleur*. Aminata fait des ménages pour payer sa dernière année d'études d'infirmière et voilà deux mois qu'elle se pose la question de savoir si elle doit accepter la mission humanitaire en Éthiopie qu'on lui a proposée. Cela supposerait perdre son travail chez *Happy Croissants Ltd.*, ne pas gagner d'argent pendant tout le temps de la mission, à savoir six mois, et manquer les cours de la faculté, ce qui pourrait entraîner l'impossibilité de se présenter aux examens cette année. Mais en même temps, cela signifierait gagner de l'expérience et aider les autres. Et puis il y a ce garçon qu'elle souhaite oublier. Et quoi de mieux que de partir à l'autre bout du monde pour oublier quelqu'un ? La date limite pour donner sa réponse est ce jour même.

Elle se pose la question depuis des semaines et voilà que Dieu accède enfin à sa prière sous la forme d'une petite serviette en papier recouverte de taches de café et de graisse. Guéris le monde, se dit-elle. Et un élan de bien-être la parcourt.

Croyant entendre du bruit, elle glisse la feuille dans la poche de sa blouse bleue. Elle se sent ridicule d'éprouver de la crainte. Elle ne fait rien de mal. Elle n'est pas en train de voler. Récupérer quelque chose d'une poubelle n'est pas du vol. Le recyclage est même un devoir civique. Et puis, ce message semble avoir été écrit pour elle.

Avant de sortir du bureau, elle jette un dernier coup d'œil à la grande baie vitrée qui s'étale devant elle comme un gigantesque aquarium. À ses pieds, New York se réveille lentement. Le simple fait de se trouver là, à surplomber la ville, lui confère un sentiment de toute-puissance. Elle imagine ce que son patron doit éprouver. Elle s'imagine un instant à la tête de son entreprise et d'une fortune indécente. Elle, elle ne traiterait pas aussi mal le petit personnel. Ce sont eux qui font le bien d'une entreprise, après tout. Combien de fois Boulanger l'a ignorée ou lui a mal parlé ? Il ne dit jamais bonjour. Et ne répond jamais quand on le salue.

Elle sourit, puis sort du bureau en poussant son chariot et en balançant ses fesses dodues comme elle l'a vu faire dans les clips de Rihanna.

Deux heures plus tard, les écouteurs toujours vissés dans les oreilles, Aminata quitte le grand building. Elle a troqué sa blouse bleue contre un jean et une épaisse veste matelassée en cuir marron clair. Elle est fatiguée mais ne pense qu'à une seule chose, préparer ses valises et appeler l'ONG pour leur dire qu'elle a pris sa décision, avant de se glisser tout entière sous sa couette pour en sortir à 13 heures, heure à laquelle elle mangera, se préparera pour aller à la fac, avant de repartir au travail cette nuit.

Le froid de la rue l'assaille. En cherchant ses gants dans ses poches, ses doigts tombent sur la petite serviette en papier qu'elle a transvasée de la poche de sa blouse de travail à celle de sa veste. Guéris le monde, se dit-elle à nouveau. Forte de ce message, elle lève les yeux au ciel, remercie Dieu, embrasse la serviette et la jette dans la première poubelle venue. Puis elle court jusqu'à l'arrêt de bus le plus proche.

*

Un jeune sans emploi, avec une perruque jaune et de grands haillons qui étaient autrefois un costume de clown, marche sur le trottoir d'un pas assuré. Son visage, maquillé à grands coups de peinture blanche, rouge et verte, dissimule le passage des années dans la misère, les stigmates que l'alcool laisse sur la peau. C'est un clown triste, qui n'a jamais souri. Et qui n'a jamais fait rire personne. Sa bouche ressemble à un croissant à l'envers.

Il fait toutes les poubelles de la 7e Avenue, l'une après l'autre, consciencieusement. C'est fou le nombre de choses que les gens jettent. Des hamburgers à moitié mangés, des stylos qui fonctionnent encore, de vieux portefeuilles, dont une des poches contient encore quelquefois un petit billet d'un dollar.

Il plonge sa main dans la poubelle et, à la manière d'une pelle excavatrice, en sort bientôt un gros tas de déchets. Il les trie aussitôt et remet ce dont il ne veut pas dans le grand panier en métal. Son regard est attiré par une petite serviette en papier froissée sur laquelle est écrit le mot *trésor*. Il la déplie et se met à déchiffrer ce qui est inscrit dessus.

TON TRÉSOR SE TROUVE LÀ !

Ton trésor se trouve là, se dit-il à lui-même.

En quarante ans de pêche à la poubelle, il n'est jamais tombé sur une carte au trésor. Il la regarde, les yeux émerveillés, se demandant ce que ces deux triangles peuvent bien représenter. Il décide de suivre la direction qu'elles indiquent et lève les yeux au ciel, comme s'il pensait y trouver la réponse. Il a bien fait, car elle est juste là, au-dessus de lui. Comment n'y a-t-il pas pensé plus tôt ? Pour la première fois, le clown sourit. Il a compris le message divin que l'on vient de lui envoyer. Mais s'il veut changer radicalement sa vie, il lui faudra quelques dollars. Remonté comme une pile, il décide d'élire résidence sur ce bout de trottoir. Il pose son sac et ses cartons, s'assoit sur son petit tabouret et brandit devant lui une canne à pêche au bout de laquelle pend un gobelet contenant quelques pièces de monnaie sans valeur. Il semble heureux, comme s'il était un dimanche matin devant le lac Ontario.

*

Lundi matin

Elle se laisse tomber sur le grand lit et fait défiler les images. Une jeune fille portant un manteau de général russe et un bonnet en laine noir sur la tête passe devant ce drôle de clown qui fait la manche avec une canne à pêche. Il sourit et arbore une mine joyeuse, alors qu'il n'a sans doute rien mangé depuis des jours, alors qu'il a froid, alors que son lit n'est qu'un amas de cartons et de papier journal, plus rudimentaire qu'une litière pour chat, alors qu'il ne possède rien. C'est un clown, et pourtant, il ne fait rire personne, et cela la touche. Elle cherche une pièce dans la poche de son pantalon. Elle n'a jamais donné aux clochards. Est-ce cette proximité avec sa mort qui la rend meilleure ? Lorsqu'elle se retrouvera devant son Créateur, sera-t-il plus indulgent avec elle si elle s'en va sur une bonne action ? Elle n'a pas de pièce sur elle, mais elle réalise qu'elle a bien mieux. Elle pense à tout cet argent sur son compte. De l'argent qui, bientôt, ne lui servira plus à rien. De l'argent que la banque ou l'État garderont pour eux aussitôt qu'ils seront avisés de son décès. Elle a un bien meilleur destin pour lui. Elle se dirige vers le premier distributeur qu'elle aperçoit et retire tout son solde, soit cinq cents dollars. Toutes les économies d'une courte vie. Elle rejoint bientôt le mendiant et glisse les billets dans son gobelet. Cela lui décroche un sourire, et un regard incrédule. Il n'en revient pas. Cinq cents dollars. Pour elle, ce n'est presque rien. Pour lui, cela doit être extraordinaire. Il n'a sans doute jamais eu, de sa vie, autant d'argent dans les mains. Un vrai trésor.

Par curiosité, elle lui demande ce qu'il compte en faire. À sa grande surprise, il lui répond qu'il va se payer un bon repas pour ce soir, puis il passera la nuit dans un hôtel. Il se lavera, il se rasera, il achètera un costume, et demain, il ira chercher un emploi. Elle n'en croit pas ses oreilles. Chercher un emploi ? Il lui signale les deux tours au-dessus d'eux sur lesquelles s'étendent les immenses lettres rouges et jaunes de *Toys and Co*. Il hausse les épaules. Les grands magasins ont toujours besoin d'un coup de main pour les inventaires de début d'année. Il lui demande si elle croit aux signes. Puis il sort de sa poche une serviette en papier graisseuse. Il lui affirme que c'est une carte au trésor, qu'elle a changé sa vie et qu'elle changera peut-être la sienne. C'est son bien le plus précieux. Il la lui donne. Dubitative, la jeune fille s'éloigne en jetant un coup d'œil au papier.

TON TRÉSOR SE TROUVE LÀ !

Sur le coup, elle ne comprend pas ce que cela signifie et ignore encore que ce simple dessin lui sauvera la vie le soir même, lorsqu'elle se connectera une dernière fois à Internet et rencontrera son nouvel ami W.

Retour aux sources

En arrivant devant le siège de *Happy Croissants Ltd.*, je baisse la visière de ma casquette et remonte le col de ma doudoune afin de passer inaperçu. J'ai remarqué à travers la grande baie vitrée une poignée de journalistes et des opérateurs caméra en train de faire le pied de grue dans le hall d'entrée. Je pousse la porte tambour, entre en baissant la tête et me dirige vers les ascenseurs d'un pas rapide et décidé.

Alors que j'attends que les portes métalliques s'ouvrent et déversent devant moi leur lot quotidien d'employés à cravate et en tailleur, j'aperçois du coin de l'œil un agent de sécurité auquel mon look n'a pas échappé. Je suis aussi visible qu'un abricot dans une boîte de petits pois. J'appuie à nouveau sur le bouton comme si l'ascenseur allait venir plus vite. Bientôt, les portes s'ouvrent et une cohue me bouscule.

— Hé vous ! dit une grosse voix derrière moi.

Au moment où je vais entrer dans la cabine, une main se pose sur mon épaule et me retient. Une force prodigieuse cloue mes pieds au sol et m'empêche d'avancer.

— Vous allez où comme ça ?

Autour de moi, les gens se pressent tout en me dévisageant du coin de l'œil avec une petite grimace sur le visage. Je me retourne vers le gardien qui me regarde d'un air sévère et lève discrètement ma casquette.

— Vous allez où comme ça ? répète-t-il en élevant la voix.

Je jette un coup d'œil vers les journalistes, craignant que le chahut ne les alerte. Ils se sont retournés vers nous. Le vigile, de son côté, n'a pas l'air de me reconnaître. C'est le genre de moment où tu regrettes de ne pas être ce directeur qui, dans les films d'Hollywood ou les comédies musicales, dit bonjour à tout le monde en arrivant au travail et est ami avec tous ses employés. « Hey Phil, ça roule ? Comment va ta mère ? » « Bonjour, Linda, vous avez une mine resplendissante aujourd'hui, votre petit Léo vous a laissée dormir à ce que je vois ! »

— Hey Bob ! Ça va ? dis-je en lisant le nom de Robert sur le badge de l'homme.

Il fronce les sourcils. Cette soudaine intimité n'a pas l'air de trop lui plaire. Je me promets de le saluer dorénavant et de lui adresser un sourire chaque fois que j'entrerai dans ce building. Je me promets de m'intéresser un peu plus à la vie de ceux qui m'entourent.

— C'est moi, Pierre Boulanger, dis-je en baissant la voix et en levant un peu plus ma casquette.

— Qui ça ? hurle-t-il. Boulan... ?

Alors que je suis sur le point de lui fourrer ma casquette dans la bouche, son visage s'illumine soudain.

— Oh, c'est vous, monsieur Bou...

— Chut ! lui dis-je. Je suis là incognito.

— Tout le monde vous cherche.

— Je sais. Ce sera notre petit secret.

Je vois une blonde tenant un micro à la main venir vers nous en fronçant les sourcils. Le gardien me lâche, j'entre dans l'ascenseur et, avant qu'elle ne nous atteigne, les portes se referment.

J'entends Bob dire : « C'est rien, juste un livreur de pizza », et la journaliste : « Un livreur de pizza sans pizza ? », puis Bob : « Un livreur de mini-pizzas. — Et elles sont tellement *mini* qu'on ne les voit pas ! — C'est exactement ça ! — Vous ne vous foutez pas un peu de moi, non ? » Bientôt les voix s'estompent et je m'élève vers les hauteurs, soulagé.

S'il suffit de peu pour être heureux, de combien de peu suffit-il précisément ?

Durant l'ascension, un air de violons s'élève majestueusement du fond de mon pantalon et m'arrache au doux bercement de la cabine. Quand je pense que mon entreprise a dépensé des milliers de dollars pour avoir de la couverture wi-fi dans les ascenseurs !

Le visage de ma femme apparaît sur l'écran. J'aurais encore préféré que ce soit Allan. J'ai peur que le détecteur de mensonges de Kate ne fonctionne, même à distance. Je décroche, en étouffant mes paroles dans le creux de ma main pour que les quelques personnes qui sont autour de moi ne suivent pas ma conversation. J'ai horreur de raconter ma vie privée en public. Je bénis les portables de ne pas avoir une caméra automatique. Si elle voyait mon allure, la casquette, la doudoune, elle croirait qu'un voyou m'a volé mon téléphone.

— Allô, ma puce ?

En entendant un petit hoquet étouffé à l'autre bout du fil, je réalise que cela fait des lustres que je ne l'appelle plus ainsi.

— Ta puce ? Ça fait des lustres que tu ne m'appelles plus ainsi, me dit-elle. Mais c'est toujours agréable…

— Oui, je… enfin, ça va ?

— Pourquoi tu parles à voix basse ?

Par simple réflexe, je regarde ma montre. Il n'est évidemment pas 18 heures. Elle m'appelle à cette heure-ci pour me prouver que, en dépit de ce dont nous sommes convenus, elle peut s'immiscer dans ma vie quand bon lui semble. Au début, il me suffisait d'entendre le son de sa voix pour être heureux. On dit qu'il suffit de peu pour être heureux, mais de combien de peu suffit-il précisément ? C'est une appréciation subjective que l'on ne peut estimer avec un doseur en verre, comme de la farine quand on cuisine des crêpes. Ce serait tellement plus pratique si l'amour était aussi prévisible que la pâtisserie. Mon peu à moi, c'était une note de sa voix. Même si la sienne ne me caressait pas, à proprement parler, comme celle de Marilyn. Or, à présent, même sa voix ne me suffit plus pour être heureux. Je m'y suis habitué. Il me faut augmenter la dose, comme un toxicomane doit s'injecter le double de drogue qu'auparavant pour ressentir les mêmes sensations.

— Il y a du monde. Mais vas-y, raconte.

— Il neige. Il fait froid. La valise qu'ils m'ont perdue à Kennedy n'est toujours pas arrivée. J'ai dû racheter des affaires. Dans ce patelin, il n'y a que des fringues énormes, en duvet. Heureusement que tu ne me vois pas, je suis habillée comme un sac à patates, j'ai le bout du nez rouge, la peau du visage sèche, les mains rêches et crevassées. On ne peut pas être belle dans les pays froids. Enfin, et toi, qu'est-ce que tu fais ?

Sa question me glace le sang. C'est idiot. Après tout, je suis dans l'ascenseur de mon building. Quoi de plus normal ? Pourtant, je mens.

— J'aide Steven à pétrir, dis-je.

Je ne sais pas pourquoi j'ai dit cela. L'homme qui est à côté de moi lève les yeux de son journal et m'examine en esquissant un petit sourire complice.

— Tu as l'air bizarre !

— C'est Steven qui me fait des signes.

Une femme debout contre moi me regarde bizarrement. J'ai la désagréable sensation que toute la cabine écoute ma conversation.

— C'est la pâte. Elle ne prend pas. Trop humide. On l'a préparée avec une nouvelle farine et on a plein de problèmes.

J'ai oublié l'hypersensibilité de Kate à mes mensonges. Le sixième sens féminin. Mais elle me répond :

— Tu es un pro. Tout ira bien.

Elle a dit cela sur un air enjoué. Elle semble ne pas avoir de soupçons. C'est plutôt agréable de savoir que ma femme pense que je suis un pro qui fait bien son travail.

— J'ai croisé un chameau ce matin ! s'écrit-elle. On se croirait à Marrakech sous la neige !

— Un chameau ?

L'homme au journal prend un air amusé.

— Je me serais plus attendu à ce que tu me parles d'un ours polaire.

— Il y en a aussi.

— Prends des photos !

— Au fait, tu sais ce que signifie Groenland ? « Terre verte ». La grosse blague. Depuis que je suis là, le seul vert que j'ai vu, c'est celui de la moquette de ma chambre ! J'ai appris que celui qui a découvert cette île l'a appelée ainsi pour attirer les autres colons, alors que c'était une terre glaciale qui ne donnait pas trop envie de venir y faire un tour.

— Il ne manquait pas d'humour !

— Il était plutôt désespéré, tu veux dire ! La réunion commence demain matin. Mais tu sais, ça va encore être du vent, tout ça. Et du vent au Groenland, ça risque d'être glacial…

— Tu as toujours voulu changer le monde. Et les gens.

J'ai failli ajouter que c'est ce qui m'a plu chez elle la première fois que je l'ai rencontrée, mais elle me coupe dans mon élan.

— Tu dis ça pour toi ? Tu veux dire que j'ai voulu te changer ?

— Non, non !

— Ah bon. Parce que je ne crois pas que ce soit le cas. Je t'ai toujours accepté comme tu étais.

— Tu m'as toujours accepté comme je suis… Dans ta bouche, on dirait que c'est un reproche. Que je ne suis pas suffisamment bien pour toi.

J'ai l'impression d'être revenu cinq ans en arrière, quand nous nous querellions pour un rien au début de notre relation, parce que je cherchais toujours à savoir ce qu'elle pensait de moi. Toute l'assurance que j'avais dans mon travail disparaissait dès que je parlais avec elle. Tu me plais, me disait-elle. On est bien ensemble. On ne va pas en faire tout un plat ! Elle n'était pas assez romantique à mon goût, elle était déjà froide. J'en souffrais mais je me faisais une raison. Parce que, au contraire, jamais je n'aurais supporté d'être avec une fille trop douce et trop mielleuse. Ai-je des tendances sadomasochistes ?

— Au fait, tout va bien avec Hugo ?

— Ah, Hugo, oui.

Toute ma vie me semble du passé, ou pire, la vie d'un autre. Ma femme, mon fils. Ils ne font plus partie de cette journée. De cette étrange journée.

— Je l'ai emmené à la crèche ce matin.

— Encore ? Dis donc, ça devient une habitude. Il n'a pas pleuré ?

— Non, il avait l'air même plutôt content de défoncer le crâne de son petit copain à coups de quille quand je l'ai laissé.

Kate rigole. Cela fait longtemps que je ne l'ai pas entendue rire au téléphone.

— On dirait que mon absence te fait plutôt du bien, dit-elle. Tu es plus marrant en tout cas.

— C'est toi qui as l'air plus heureuse ! Tu ris !

Prise en flagrant délit, elle arrête aussi sec.

Je meurs d'envie de lui dire ce qui est en train de m'arriver. La rousse et son foulard, Marilyn et son rendez-vous galant raté. Je meurs d'envie de le partager avec elle, comme quand nous partagions tout, avant. Quand nous étions encore un couple complice, mais j'ai peur qu'elle ne soit jalouse, qu'elle ne comprenne pas. Qu'y a-t-il à comprendre, d'ailleurs ? Que je suis affublé des vêtements d'un autre, que je me cache de la presse et que j'ai laissé mon bureau à un clochard ?

Je ne lui ai même pas parlé du vieux et de son café. De cette rencontre qui m'a fait voir les choses d'une autre manière. Je meurs d'envie de lui dire que je revis parce que je me suis fait passer pour un autre aux yeux d'une jeune fille. Et qu'en usurpant l'identité d'un autre, je suis un peu redevenu moi-même. Mais cela me prendrait trop de temps de lui expliquer tout cela par téléphone. Et surtout pas aux oreilles de tous ces gens qui m'écoutent dans l'ascenseur.

— Bon, à demain. Bonne chance ! je lance pour clore la conversation.

La cabine s'arrête et se vide un peu plus.

— À demain ? On ne se rappelle pas ce soir, à 20 heures ? 18 heures pour toi.

— Oui, oui, bien sûr, dis-je sans trop savoir ce que l'on pourra se dire de nouveau ce soir. Faut que je te laisse.

L'ascenseur parvient au trentième étage.

J'ai un petit pincement au cœur. Pourquoi est-ce que je culpabilise autant ? En raccrochant, je me dis qu'il est important de se contenter de ce que l'on a. Je repense aux paroles du vieux. Le bonheur, c'est de continuer de désirer ce que l'on possède déjà. C'est vrai. Kate. Bon Dieu, qu'est-ce que j'ai été amoureux de cette fille ! On peut toujours désirer autre chose. Autre chose ou une autre femme. Dans le désir, ces détails ne comptent pas. Quelquefois, transporté par un accès de romantisme, je m'arrête devant Zara et pense, en regardant un mannequin en vitrine, que je me marierai avec la femme dont les fesses entreront dans ce jeans slim fit ou cette robe XXS. Quand on est marié avec une brune, on ne pense plus qu'à partir avec une blonde. Quand on est avec une blonde, ce sont les brunes qui retiennent alors toute notre attention. Si notre femme est grosse, on en veut une mince, et vice versa. Le rouage infernal des désirs. Alors que quand on est satisfait de ce que l'on a, on n'a plus besoin de rien et la machine infernale s'arrête.

Oui, le vieux a raison, le bonheur, c'est de continuer de désirer ce que l'on possède. Surtout quand on possède déjà le meilleur.

L'impatience des chats

Kate raccroche, pensive.

À ce moment-là, quelqu'un frappe à la porte.

Elle ouvre et découvre un groom avec sa grosse valise en cuir à la main. Alléluia ! L'homme lui explique qu'ils viennent de la recevoir par courrier privé. Kate le remercie, cherche un billet de cinquante couronnes danoises dans son portefeuille et le lui tend. En réalité, le Groenland, c'est le Danemark. Elle n'arrive pas à s'y faire.

Une fois seule, elle pose sa valise sur le grand lit de la chambre et l'ouvre pour en sortir ses affaires. Pierre s'est comporté d'une manière assez étrange au téléphone. Ce *Allô, ma puce* ressurgi du passé l'a transportée, telle une madeleine de Proust, jusqu'aux premiers mois de leur relation. C'est cela qu'elle a aimé en lui au début, sa délicatesse, son romantisme, sa poésie. Ses petits mots attentionnés. C'était il y a cinq ans. Et l'année suivante, elle l'épousait. Cinq ans, dans une vie, c'est à la fois beaucoup, et à la fois si peu.

Elle soulève un petit tas de tee-shirts et le met sur les draps. Par automatisme, elle secoue les manches à la recherche d'un billet doux dissimulé dans un pli.

Des jolies phrases sur des morceaux de papier, un ou deux par jour d'absence. Pierre lui laissait ces petits mots pour avoir l'impression d'être avec elle quand elle les lisait. Pour qu'ils passent un peu plus de temps ensemble, malgré la distance. Il les cachait dans des endroits stratégiques de sa valise quand elle voyageait, ou dans l'appartement quand c'était lui qui partait. Dans le paquet de café (avant qu'ils aient la De'Longhi), s'il voulait qu'elle le trouve au petit déjeuner, sous le réveil électrique pour qu'elle le lise avant de se coucher. Il lui disait de ne pas faire comme les chats à qui on laisse assez de nourriture dans la gamelle pour les jours où l'on s'absente et qui mangent tout dès qu'on a fermé la porte et meurent de faim ensuite. Il lui disait : « Si tu trouves tous les messages le premier soir, ne les lis pas, répartis-les pour les jours où je ne suis pas là. » Mais elle faisait comme les chats et lisait tout dès qu'il partait. Quand c'était elle qui s'absentait, elle se lançait dans une chasse aux petits mots à peine ses bagages ouverts. Car à part tout manger d'un coup, que pouvaient bien faire les chats quand on les laissait seuls ?

Elle souffle, déçue. Aucun morceau de papier ne tombe des manches de ses chemisiers. Elle imagine qu'il en est de même pour le reste de ses affaires. Cette fois-ci, aucun petit mot gentil ne viendra lui décrocher un sourire.

Pierre n'est plus l'homme qu'il était.

Elle pense avec horreur à cette nouvelle usine qu'il va acheter dans un mois à Atlanta. Il n'en aura donc jamais assez ? Veut-il produire à lui seul tous les croissants du monde entier ? Si c'est le cas, alors cette course n'est pas près de s'arrêter. Cette ambition, cette fureur de vivre, c'est ce qui l'avait séduite au début. C'est maintenant ce qui l'éloigne d'elle. Quelle ironie ! S'il lui disait qu'il arrêtait tout pour partir en voyage ensemble, elle lui dirait oui sans hésiter. S'il lui disait qu'il arrêtait tout pour aller vivre avec elle et Hugo sur une île déserte, elle dirait oui sans hésiter. Elle claquerait la porte du cabinet d'avocats le plus prestigieux du monde pour une telle proposition. Ce job, elle n'en a plus besoin depuis longtemps pour vivre, c'est juste pour le fuir, pour s'occuper, pour ne pas se sentir seule. Elle et Pierre ont assez d'argent pour vivre heureux le reste de leur existence. Mais cela n'arrivera jamais. Alors, depuis le jour où elle a compris que Pierre arrêtera de travailler seulement le jour où il mourra, elle meuble sa vie le plus possible. Elle accepte tous les dossiers qu'elle peut pour ne plus avoir une minute à elle, pour ne plus avoir une minute pour penser à cette vie dont elle ne veut plus, telle une Bovary américaine des temps modernes.

Elle regarde la neige tomber par la fenêtre. Que fait-elle ici ? Que fait-elle au Groenland ? Elle prend son visage dans ses mains chaudes et commence à pleurer.

Non, Pierre n'est plus le même homme mais elle ne peut s'empêcher de repenser au matin de son départ. Cette envie soudaine d'accompagner Hugo à la crèche, alors que Carmen s'en charge tous les jours. À quoi cela rime-t-il donc ? En dix mois, il ne s'est offert de l'accompagner qu'une seule fois. C'est un peu comme si on lui avait changé son mari d'occasion pendant la nuit contre un tout neuf. Elle repense au baiser qu'elle lui a donné. Cela l'émoustille. Elle ne l'embrasse plus depuis des mois et il ne s'en est même pas rendu compte, trop occupé qu'il est à acheter de nouvelles usines à croissants. Elle en est venue à haïr les croissants, elle qui les adorait au début de leur relation. Chaque fois qu'elle en voit un, dans un hôtel, dans une vitrine, elle pense à la femme malheureuse de l'homme qui les fabrique. Elle ne peut plus en manger un seul.

Alors qu'elle s'apprête à enlever un tailleur de la valise, elle suspend son geste en l'air. Se peut-il qu'il ait une maîtresse ? Cet excès soudain de gentillesse et d'intérêt pour elle ne peut masquer, dans le fond, derrière le rideau des beaux sentiments, que cette univoque et vile culpabilité masculine. Il la trompe. Il ment comme un boulanger. Dit-on mentir comme un boulanger ? Ou est-ce comme un dentiste ?

Cela fait plusieurs mois que Pierre se comporte comme un vieux con. D'ailleurs, pour son dernier anniversaire, elle lui a acheté une paire de charentaises à carreaux. Pour le clin d'œil. Un coup de fouet pour qu'il se ressaisisse. Mais son mari n'a rien remarqué. Le message n'est pas arrivé jusqu'au cerveau. Il a souri, tout content, et l'a remerciée d'un baiser sur la joue. Un bisou sur la joue. C'est donc tout ce qu'elle mérite après quatre ans de mariage ? Il est vrai que depuis qu'elle a eu Hugo, elle ne désire plus Pierre. Leur sexualité ressemble à ce paysage enneigé qui s'étale derrière la fenêtre de sa chambre. Si sa libido se mesurait sur un thermomètre, elle serait au niveau du réservoir de mercure. L'équivalent de Mourmansk ou de Toronto en janvier.

Ses pantoufles de vieux, se répète-t-elle à elle-même, je suis sûre qu'il les a aimées. Il est peut-être devenu un vieux con, après tout.

Kate se rend dans la salle de bains et renverse délicatement sa trousse de toilette pour en disposer le contenu tout autour du lavabo. Un rituel immuable.

Elle sourit lorsqu'elle voit tomber un petit bout de papier plié en quatre. Tout n'est pas perdu, se dit-elle. Il n'a pas oublié. Il y a écrit *I love you* de son écriture de boulanger. Son sourire s'accentue.

Rassurée, elle se fait couler un bain et retourne dans la chambre. Elle allume la télévision pour ne plus avoir à écouter le silence. Non, il ne peut pas la tromper. Ce n'est pas seulement le petit mot qui lui fait penser ça, même si cela la réconforte un peu quand même. Mais elle n'a remarqué aucun changement en lui. Il rentre du travail à la même heure, il ne prend pas son portable avec lui dans la salle de bains quand il va se doucher, et il s'habille toujours avec ses vieux caleçons et ses chaussettes trouées. Ils amassent à eux deux des fortunes et il n'est pas capable de changer ses vieux caleçons et ses chaussettes trouées. Pas plus de parfum que d'habitude. Pas de traces de rouge à lèvres sur ses cols de chemise, pas de préservatifs dans les poches (à moins qu'il n'en mette pas, ce qui serait pire !), rien.

Kate souffle, soulagée.

Elle se rend à la salle de bains pour vérifier où en est son bain. Elle plonge la main dans l'eau chaude. Température parfaite. Elle se déshabille, se regarde quelques instants nue dans le miroir avant de se glisser dans la baignoire. À quarante ans, elle est encore une femme tout à fait désirable, même si elle a un peu pris, avec l'âge et sa récente grossesse, la forme d'une bouteille de Perrier. Quelques kilos en trop dont elle ne pourra plus jamais se débarrasser maintenant, malgré toutes les leçons de Pilates. Mais même Pierre n'est plus l'homme svelte qu'elle a connu. C'est beau de vieillir ensemble, de changer ensemble. Lui est resté mince mais a pris un peu d'embonpoint par-ci par-là.

Il n'en reste pas moins séduisant. Grand, brun, les yeux bleus et le bronzage de George Clooney après que sa Nespresso lui a explosé au visage. Elle a de la chance d'avoir un homme si beau. Même s'il est devenu un vieux con. Mais de quoi se plaint-elle ? Beaucoup de femmes sont mariées à des vieux cons et pas très beaux de surcroît.

Allongée dans son bain, Kate examine ces gants blancs, aériens, que la mousse lui brode sur les mains. Aussi aériens que la chantilly de Pierre.

Elle prend sur le bord de la baignoire le livre qu'elle a acheté à Kennedy avant de partir. *Chameaux au Groenland, mythe ou réalité ?*, d'une certaine Dr McKenzie. Elle adore lire dans un bon bain chaud, à l'étranger, loin de tout. L'espace d'un instant, elle n'a plus de mari, elle n'a plus d'enfant. Elle est seule, tranquille, elle vit pour elle-même. Elle est libre de pouvoir faire ce qu'elle désire sans devoir rendre comptes à personne. Elle peut se prélasser sans rien faire. Cesser d'exister. Un simple coup de fil à la réception, et on lui apportera un bon repas qu'elle dégustera sous la couette. Elle a tout l'après-midi pour elle, et la soirée aussi. Sa réunion ne commence que le lendemain matin et elle est bien décidée à en profiter. Elle pourrait sortir visiter la ville, mais elle préfère se reposer et reprendre des forces pour son retour à la maison, dans quelques jours. De toute façon, que pourrait-elle visiter ? Tout est blanc dehors. Du blanc, du blanc, encore du blanc. Et puis la nuit commence déjà à poindre dans cette partie du monde. Changeant le blanc en gris, puis en noir. Et puis, elle aura tout le temps de visiter Nuuk demain soir, ou après-demain. Elle est là pour deux semaines. Après tout, ce n'est pas une obligation de visiter la ville dans laquelle on vous envoie pour le travail. Si Pierre avait été là, elle sait qu'elle l'aurait harcelé pour qu'ils sortent visiter plein de choses. Mais voir ces choses sans lui, c'est un peu comme ne rien voir.

Elle est seule, tranquille. Cependant, si Pierre était apparu à ce moment-là dans sa chambre, elle aurait été la femme la plus heureuse du monde. Elle se rappelle qu'il l'a déjà fait pendant une convention à Las Vegas, et de nombreuses fois aussi à la maison, lorsque tant de kilomètres les séparaient, lui à New York, elle à Los Angeles. Il lui disait : « Ce week-end, je ne peux pas venir, j'inaugure une nouvelle boulangerie. » Il l'appelait de l'aéroport en faisant croire qu'il était dans son atelier. Il couvrait le combiné de son portable chaque fois que l'annonce d'un vol résonnait dans le terminal. Quelques heures après, il frappait à sa porte avec un bouquet de fleurs, fatigué par ces heures d'avion qui se dressaient entre eux comme une barrière que l'on explose d'un simple coup de cœur. Fatigué, mais pas assez pour ne pas faire l'amour toute la nuit.

Aujourd'hui, cependant, il n'apparaîtra pas à Nuuk. Il ne lui inventera pas l'un de ces tendres mensonges. Il est à New York, dans son atelier de la 7ᵉ Avenue. Il n'y a pas de doute à avoir. Il n'est pas assis dans un bateau ou dans un avion en ce moment pour la rejoindre. Et puis il y a Hugo. C'est plus difficile.

Elle se prend à rêver qu'il lui ment à nouveau. Elle sourit. Quelle femme peut en faire autant ? Lorsque certains hommes mentent à leur épouse pour les tromper dans les bras d'une autre, Pierre, lui, avait inventé des histoires pour être avec elle. Elle se sent privilégiée. Et même s'il ne le refera plus jamais, elle peut dire qu'elle a connu cela. Combien de femmes ont connu cela ?

Kate ouvre le livre en faisant attention de bien garder les coudes au-dessus du niveau de l'eau pour ne pas le mouiller. Puis elle retire le marque-page et le remplace par le petit bout de papier plié qu'elle vient de trouver dans sa trousse de toilette. *I love you.* « Moi aussi », dit-elle à voix basse, sans se souvenir que ce billet doux date d'au moins trois ans.

Machu Picchu

— Un coup de *feng shui* d'Allan ?

Ma voix fait sursauter le vieux Mexicain. Il a les pieds sur mon bureau, contre la baie vitrée mais ne se dérange pas pour les enlever. À ce moment-là, j'ignore qu'ils ont vendu l'entreprise aux Japonais, que presque plus rien ici n'est à moi. Ni ce bureau ni cette vue imprenable sur New York. Que ma vie a déjà changé. Qu'elle a pris la déviation, la sortie d'autoroute qui me mène à la petite route en bord de mer.

— On a une meilleure perspective, dit-il.

— C'est vrai, je remarque en m'approchant de la vitre.

J'enlève ma casquette.

— Je ne t'avais pas reconnu. Tu sembles un autre homme avec cet accoutrement.

— Je suis un peu un autre homme.

— Alors, ces hot-dogs ?

— J'en ai vendu un. Et offert deux autres. Je ne pense pas être fait pour cela. Le commerce à petite échelle, ce n'est pas pour moi.

— Quand on veut, on peut. Tu n'as pas voulu, c'est tout.

— Peut-être, dis-je sans détourner mon regard de Central Park. Peut-être suis-je fait pour autre chose. Ça, par exemple…

J'ai sorti la serviette en papier de ma poche et je l'ai posée sur le bureau.

— Tu es toujours intéressé ? demande-t-il, piqué par la curiosité.

— Plus que jamais.

— Penses-tu que tu pourrais te lancer dans cette aventure ?

— Oui, réponds-je d'un air convaincu. C'est l'homme qui vous parle, pas le millionnaire.

— Tu as retenu la leçon.

— Dites, c'est le Machu Picchu ?

Ses yeux se débrident. Il dodeline de la tête, visiblement impressionné. Puis il tourne son regard vers les cimes des immeubles new-yorkais. Il semble y voir quelque chose que je ne vois pas. Il enlève les pieds de mon bureau, se chausse et me regarde dans les yeux.

— Tu connais le plus grand mystère de l'Histoire, Pierre ?

— Le plus grand mystère de l'Histoire ?

— Oui, le plus grand mystère de l'Histoire de l'humanité, répète-t-il.

— À part le trou de la Sécu, je ne vois pas.

Mais je réalise que seul un Français peut comprendre cette blague.

— Le Machu Picchu, la cité perdue inca. On ignore à ce jour comment les Incas ont pu l'édifier. Les pierres qui ont servi à construire les deux cents maisons, temples et autres observatoires du site ne proviennent pas de la montagne, ni d'aucune autre aux alentours. Plusieurs tonnes de pierres dont personne ne s'explique la présence, et encore moins comment de petits êtres comme les Incas ont pu les transporter jusque-là. Ils ne pouvaient pas faire rouler les pierres sur des troncs d'arbres puisqu'il n'y avait pas d'arbre sur cette montagne, et puis, ils ne connaissaient pas la roue. Mais ce qui est plus étrange encore, c'est que ses habitants ont abandonné la ville alors même qu'ils n'avaient pas fini de la construire, vers l'an 1400. Personne ne sait pourquoi. Ce ne pouvait être à cause des conquistadores espagnols, pour la simple et bonne raison qu'ils ne l'ont jamais trouvée et ont toujours pensé que cette ville n'était qu'un mythe. Tout comme les Incas ne semblent jamais avoir été au courant de l'invasion espagnole qui sévissait sur les côtes, à quelques centaines de kilomètres de là. Perchés dans leurs nuages, ils étaient complètement coupés du reste du monde. Ils avaient tout pour être heureux, là, au milieu des montagnes, au-dessus des nuages. Le motif du soudain dépeuplement du Machu Picchu est un mystère. À moins que…

Il brandit un doigt devant lui.

— À moins que… je répète, sans trop savoir ce qu'il va dire.

— À moins que la légende ne soit vraie. L'autre légende. Celle de mon café… Ce café prend racine, vit et meurt au Pérou. Il pousse dans un endroit très spécial. Le Machu Picchu et sa région sont vastes. Ce serait comme rechercher une aiguille dans une meule de foin. Il faut des indications très précises pour y arriver. Bref, là se trouvent les caféiers qui produisent cet extraordinaire nectar qui apporte bonheur et amour et qui ont été plantés par les habitants du Machu Picchu eux-mêmes. Travailler dans la plantation était un privilège réservé à peu d'entre eux, tout comme ce café, qui ne finissait que sur les tables des familles au rang le plus élevé. On raconte qu'un Inca de caste inférieure qui travaillait dans les caféiers serait rentré de sa journée de travail avec les quelques grains qu'il aurait réussi à dissimuler dans un pli de ses vêtements. De retour chez lui, il les aurait moulus et fait infuser. En buvant le breuvage, il aurait eu cette vision. Un rêve dans lequel il se serait vu en plein combat contre des hommes vêtus d'habits en dentelles, montés sur d'étranges animaux à quatre pattes et armés de longs bâtons desquels sortait de la fumée, qui détruisaient et pillaient les villages de la côte puis de la vallée. Il avait vu son futur, ou plus exactement la vie pour laquelle il était né. C'était un homme insignifiant, oisif, sans aucune ambition, qui ne vivait que pour lui. Et pourtant, son destin était de se battre pour sauver son peuple, devenir un grand homme. Il était passé à côté de sa vie, comme toi. Il aurait alors raconté son rêve aux chefs du village, qui auraient pris la décision de quitter la cité sacrée le jour suivant. C'est une des hypothèses évoquées pour expliquer la soudaine fuite des Incas. Ce qui est plus étrange encore, c'est que, avant de partir, ils ont planté de nouveaux caféiers, y mettant leurs dernières forces et tout leur amour. Pourquoi ? Cela ne leur servait plus à rien puisqu'ils n'allaient jamais pouvoir tirer le fruit de leur travail.

Le vieux baisse la tête et reprend sa respiration. Comme si ce long discours ou les images de dizaines de femmes et enfants incas assassinés l'avaient épuisé. Puis il lève à nouveau les yeux vers moi.

— Peut-être pensaient-ils qu'ils reviendraient, dis-je en toute logique. Peut-être fuyaient-ils un danger immédiat mais ils pensaient qu'une fois ce danger passé, ils pourraient revenir chez eux. Voilà tout.

— Croire cela revient à croire que les gens ne font des choses que pour eux-mêmes. Tu ne fais des choses que pour toi-même, *señor* ? Je suis peut-être un vieux fou, mais je crois que, dans le monde, il y a plus de personnes que tu n'imagines qui font de belles choses pour les autres. Les gens qui luttent contre le réchauffement climatique, le déboisement des forêts, les gens qui se battent contre le cancer, le sida, ne le font pas pour eux. Car ils n'en verront jamais le résultat. Ils le font pour les générations futures, pour les enfants de leurs enfants, pour que ceux-ci aient une vie meilleure, dans un monde plus beau. C'est de l'altruisme au sens pur du terme. Je vais te dire, moi, pourquoi les Incas de Machu Picchu ont fait cela. Parce qu'ils savaient qu'ils allaient mourir, qu'ils seraient détruits, annihilés par les Espagnols. Ils croyaient à la vision du buveur de café clandestin, à l'avancée des envahisseurs, des meurtres et des pillages dont ils étaient à l'origine dans les autres parties du nouveau continent. Ils avaient construit une cité merveilleuse de leurs mains et savaient que, bien qu'étant au-dessus des nuages et invisibles depuis la vallée, les intrus finiraient par les trouver. Alors ils ont décidé d'abandonner leur ville, de descendre dans les terres, de se sacrifier, en quelque sorte, eux, pour que leurs enfants vivent, et pour ne pas que les Espagnols tombent sur leur belle cité et la détruisent. Ils ont planté ce café avec amour en sachant qu'ils n'en boiraient jamais une seule tasse. Ils ont enterré, avec les grains, leurs rires, leurs sourires, leurs histoires d'amour, leurs secrets, leur joie. Ils ont arrosé le tout, puis ils sont partis se faire tuer. Ils espéraient que deux ou trois d'entre eux survivraient et que les enfants de leurs enfants pourraient un jour retourner à la belle cité vivre en paix et ramasser le fruit de ces caféiers, pour enfin écouter, l'oreille collée à la terre, les secrets, les rires, les sourires et les histoires d'amour de leurs ancêtres.

Le vieil homme se lève à nouveau en pointant un doigt accusateur vers ma poitrine :

— Et toi, avec tout ton argent, que fais-tu pour les autres ?

Je cherche pendant quelques secondes quoi répondre. Et puis, je me rends à l'évidence. Je ne fais jamais rien pour les autres.

— Bien, tu sais maintenant où il te faut chercher.

Puis il prend un papier à en-tête de ma compagnie et y écrit quelques indications.

La liberté, c'est de pouvoir partir sans valise, sur un coup de tête

Je sors de mon bureau, remets ma casquette et file, tête baissée, vers le département technique.

Michael, mon laborantin, en blouse blanche immaculée, comme un spécialiste dans une publicité de lessive, me reconnaît immédiatement malgré mon déguisement.

— Mister Boulanger ? dit-il en se mettant au garde-à-vous comme un soldat.

— Rompez, je lui ordonne, en sortant de la poche de ma doudoune les grains de café que j'ai pris dans le chariot du vieux. Vous avez devant vous le meilleur café du monde, Michael. Je veux tout savoir sur lui.

L'homme examine la pépite brune au bout de son doigt comme l'on observe un diamant.

— Très bien, monsieur. Pour quand ?

— Comme toujours, pour hier…

— Vous nous quittez déjà ?

— Je pars chercher ce café. La jungle m'attend.

— La jungle, monsieur ?

— Michael, vous ne croyez tout de même pas que l'on plante des caféiers à Central Park !

Le réveil du boulanger

— Voilà, tu connais toute l'histoire. Je suis sorti par le parking sous-terrain afin d'éviter les journalistes et je suis venu me réfugier ici. Je ne pensais pas te trouver là.

— Une envie soudaine de *Happy Mady* ! me lance Madonna en prenant un air gourmand. Et alors ? Qu'est-ce que tu comptes faire à présent ?

— Je vais appeler James pour qu'il me conduise à l'aéroport et je vais me lancer dans cette aventure. Tu sais, ça peut te sembler ridicule, et ça l'est sûrement, mais le café du vieux m'a, en quelque sorte, réveillé.

— Généralement, c'est l'effet recherché… dit la chanteuse en haussant les épaules.

— Non, je veux dire qu'il m'a réveillé au sens spirituel du terme. Ça a été comme une prise de conscience, un électrochoc, comme si je m'étais enfin réveillé de la longue léthargie dans laquelle j'étais plongé jusqu'à maintenant.

— Dis donc, je ne savais pas que l'on pouvait devenir aussi mystique en buvant un café ! Surtout toi !

— Moi non plus. On croit que l'on se connaît et puis, un jour, on boit un café et on voit tout différemment. On se redécouvre. À quarante-quatre ans.

— Tu te réveilles un peu tard pour un boulanger !

— C'est vrai. Mais mieux vaut tard que jamais, non ? Tu te bats toute ta vie pour avoir une bonne situation, pour gagner beaucoup d'argent et ne manquer de rien, et puis un jour tu rencontres un petit vieux dans la rue qui sort de nulle part avec son chariot et qui te dit qu'il te manque le plus important, que tout ce que tu as accompli ne sert à rien, que tu t'es trompé de priorités. Tu apprends que toute la fortune que tu as amassée n'est rien d'autre que de l'argent de Monopoly, qu'il n'achète rien, ne sert à rien. Que ce n'est que du papier. Que tout est faux !

La chanteuse se lève de son tabouret. Puis elle remet son chapeau et ses lunettes de soleil pour redevenir cette drôle d'apicultrice qui est entrée dans mon atelier il y a de cela vingt minutes. Et Madonna, serait-elle plus heureuse si elle était restée la petite fille solitaire et inconnue de Bay City ? Est-elle plus heureuse maintenant qu'elle est obligée de se déguiser en sapin de Noël pour pouvoir se promener tranquillement dans la rue ?

— En tout cas, je suis heureuse de voir que tu es sur la bonne voie…

Elle laisse flotter ses paroles un instant autour d'elle comme les relents d'un parfum cher alors que je la raccompagne jusqu'à la porte de derrière. Je tire sur la poignée et la vie bruyante de New York s'engouffre dans mon atelier, aspirée comme une huître. Postés dehors, le col levé et soufflant de l'air chaud dans le creux de leurs grosses mains comme s'ils jouaient de l'harmonica, les deux gardes du corps jettent un coup d'œil vers nous avant que l'un d'eux se décide à aller avertir d'un pas rapide le chauffeur de la berline de luxe noire garée sur le trottoir.

— Pas assez pour prendre des cours de tir à l'arc spirituel avec Paulo Coelho, dis-je avec une pointe de sarcasme dans la voix.

— Ça, on ne sait jamais…

Puis, sans attendre de réponse, elle m'embrasse sur la joue, tourne les talons et disparaît vers sa voiture en roulant des fesses.

Le grand départ

De retour à l'intérieur de l'atelier, je sors mon portable et appelle James.

Au bout du fil, il a l'air affolé. « Tout le monde vous cherche, monsieur ! », ne cesse-t-il de me répéter. Je lui réponds de ne pas s'inquiéter et de me rejoindre immédiatement derrière la boulangerie. Je lui donne pour instructions de faire deux fois le tour du pâté de maisons et de vérifier qu'on ne le suit pas. Je lui décris mon apparence vestimentaire, ce qui ne manque pas de l'étonner. « Je n'y comprends rien », me dit-il avant de raccrocher.

Je jette un œil sur les indications que le vieux marchand de hot-dogs m'a notées. Sa plantation se trouve au sommet de la montagne qui fait face au Machu Picchu. Ce ne peut pas être plus simple. Et à la fois plus compliqué.

J'ouvre Internet. Se rendre jusqu'à la montagne sacrée n'est pas une mince affaire. Sur un bout de papier, ce sont deux triangles dessinés à la va-vite, et quelques indications au stylo Bic, mais dans la vraie vie, ce sont d'abord sept heures d'avion de New York à Lima, puis un autre vol d'une heure pour Cuzco, et ensuite quatre heures de train, avant d'escalader la montagne. Je consulte les horaires. Il y a un avion pour la capitale péruvienne dans deux heures. Comme je doute que je serai revenu d'ici ce soir, j'envoie un SMS à Carmen pour lui dire d'aller chercher Hugo à la crèche, de lui préparer le dîner et de le coucher. Je fais une vague allusion à un problème de dernière minute que je dois régler et je termine mon message en disant que je passerai la nuit à l'atelier. Cela m'arrive quelquefois. Elle ne sera donc pas trop surprise.

La liberté, c'est de pouvoir partir comme ça, sans valise, au Pérou sur un coup de tête. Je me sens libre et ce sentiment m'enivre comme une bouffée d'oxygène pur.

J'ouvre la porte et jette un œil à l'extérieur.

J'aperçois ma Chrysler noire garée à quelques mètres. Je grimpe dedans, conscient que je suis en train de sauter dans une nouvelle vie.

Troisième partie

À LA RECHERCHE DES PLANTATIONS DE BONHEUR

L'homme sur la montagne

Sur le sommet de la montagne, l'homme, debout, en chemise hawaïenne rouge, un bob vert sur la tête, regarde le jour qui se couche à l'horizon. Il sort de sa poche un téléphone portable, l'observe un moment puis le jette de toutes ses forces loin devant lui. L'appareil décrit une parabole avant de tomber dans le vide. Il disparaît bientôt dans une jungle épaisse.

À ce moment-là, de l'autre côté de la Terre, un homme reçoit quelque chose sur la tête.

La leçon de sagesse du steward

— Aïe !

Une valise en plastique renforcé me tombe sur le crâne alors que je suis en train de ranger ma doudoune matelassée dans le compartiment de l'avion. Je replace la mallette et pousse la veste au fond avant de m'asseoir.

J'étends mes longues jambes et lance ma tête en arrière. Sa course est arrêtée par un coussin moelleux.

Je me suis toujours efforcé d'être premier en tout. À commencer par ma place dans l'avion. Premier rang, première classe. Premier entré, premier servi, premier sorti. Premier à mourir aussi, puisque c'est l'endroit le plus mortel en cas de crash. En définitive, on paye des milliers d'euros pour avoir le droit de mourir avant les autres. C'est ça, le privilège du riche.

Alors que l'avion s'apprête à entrer en piste pour décoller, le steward, un homme de mon âge, les cheveux grisonnants, vient s'asseoir en face de moi, sur son siège escamotable. Il met sa ceinture de sécurité, qui ressemble à un harnais de pilote de Formule 1, puis me lance un grand sourire que je lui retourne.

— Tourisme ? me demande-t-il.

— Affaires, réponds-je avant de me rendre compte que ma tenue vestimentaire n'est pas en adéquation avec mes propos.

Quel genre de travail pensera-t-il que j'exerce ? Passeur de drogue ? Non, en général, c'est dans l'autre sens.

— Je suis dans les croissants, dis-je.

— Oh. Français ?

J'acquiesce.

— On produit du bon café au Pérou ?

— Ce n'est généralement pas le genre de choses que l'on me demande, réplique-t-il, un petit sourire amusé aux lèvres. C'est plutôt : « Un Coca Zéro, s'il vous plaît. Auriez-vous une couverture ? Pourriez-vous dire à la personne assise devant moi qu'elle n'incline pas son siège ? »

Il lève les yeux en l'air comme si la réponse était inscrite à côté du signal EXIT et qu'elle clignotait au-dessus de nous.

— Le café est merveilleux, comme tout ce que l'on produit. Vous connaissez le Pérou ? C'est un pays formidable, continue-t-il sans attendre ma réponse. Cela fait trois mois que je suis sur cette ligne et je ne m'en lasse pas… Avant, je faisais New York-Paris.

Miguel m'informe que la majorité des touristes vont visiter le Machu Picchu et sa célèbre cité inca perchée en son sommet. Que c'est un lieu légendaire, incontournable, mais que lui connaît un endroit bien plus préservé qui n'apparaît dans aucun guide. Un lieu magique qui se mérite.

— Voyez-vous ça, un lieu magique, dis-je en souriant.

— Je ne sais pas si l'on y trouve du café, mais on y trouve le bonheur.

L'homme m'explique qu'il revient d'un pèlerinage de quelques jours. Il faut gravir dix mille marches pour avoir une chance de pouvoir s'adresser à un sage qui posséderait la recette du bonheur éternel et ne la partagerait qu'avec quelques élus.

— Comment les choisit-il ?

— Un mystérieux jeu. Une énigme.

— Et alors ? En êtes-vous revenu heureux ?

Je sens l'avion quitter le sol sous nos pieds.

— Je n'ai pas répondu correctement, dit l'homme en affichant une petite moue. C'était assez compliqué.

— Monter dix mille marches pour se faire rabrouer une fois arrivé au but doit être difficile à vivre.

— L'escalier n'est pas ce qui me rebute, et si je pouvais je repartirais, mais on n'a droit qu'à une seule tentative dans sa vie.

— Puis-je connaître la devinette ?

— Je suis désolé. On m'a interdit d'en parler. Pour cela, il faudra que vous vous y rendiez vous-même. Cela fait partie du jeu… Mais ne vous inquiétez pas pour moi. Je n'ai pas besoin de sa recette. Je suis un homme foncièrement heureux.

— Dans ce cas-là, pourquoi y être monté ?

— Pour me surpasser, pour vivre cette aventure. Un peu comme ceux qui font le chemin de Compostelle. Ils savent pertinemment ce qu'ils vont y trouver au bout, une vieille cathédrale et un coquillage. Or, l'important n'est pas la destination mais le voyage, non ?

— C'est ce qu'on dit.

— J'ai beaucoup de chance. Je suis toujours heureux ! Il faut bien. On passe tous par des moments difficiles, et j'en ai connu un il n'y a pas très longtemps, mais la vie continue.

— Toujours heureux ?

— Toujours.

— Même dans les périodes compliquées ?

— Surtout dans ces moments. Car c'est justement là qu'il faut faire preuve du plus grand optimisme.

Le steward pose son index sur le hublot et me montre quelque chose tout en bas.

— Quand l'avion décolle, ajoute-t-il, tout devient plus petit. On prend de la distance avec les choses, littéralement d'abord, parce qu'on vole à dix kilomètres d'altitude, et au sens figuré, ensuite. Cela aide à relativiser, à se dire que finalement, ce qui nous paraît énorme et insurmontable à la surface de la Terre, n'est plus qu'un minuscule petit point vu d'ici. Les problèmes les plus gros deviennent minuscules vus d'en haut.

— Vous voulez dire que, quand on est tout en haut, les problèmes perdent de leur importance ?

— Oui, les choses restent ce qu'elles sont, sur la Terre, mais notre perception les transforme. Regardez cette coupe de champagne, dit-il en signalant celle que je tiens entre mes doigts. Je peux dire que c'est une coupe en verre. C'est ce qu'elle est après tout. Mais on peut également la considérer comme une œuvre d'art du savoir-faire humain. C'est un bel objet, fait à la main dans une matière noble. Imaginez tout le travail que cela demande. Des heures. Et de la précision. C'est toute la vie du souffleur qu'il y a dans ce cristal. Et quand bien même ce ne serait qu'une coupe industrielle produite en chaîne, ce n'en serait pas moins un bijou de la technologie moderne. Il faut admirer les choses quotidiennes, car elles sont déjà, en soi, extraordinaires.

Cela me rappelle le discours du vieux qui disait être fasciné par la moindre petite chose. Comme un enfant.

— Cette même coupe de champagne pourrait être une œuvre d'art si elle avait été conçue par un grand artiste, continue le steward. Ou si c'était une coupe de champagne dans laquelle aurait bu Marilyn Monroe et qui conserverait encore la trace de ses lèvres rouges. Elle ne servirait plus à boire, mais à être contemplée dans un musée. Elle se vendrait pour des millions de dollars aux enchères, elle prendrait de la valeur. On ne la considérerait pas de la même manière que cette coupe de première classe. Et pourtant, rien ne pourrait la distinguer de l'autre.

— Si ce n'est le rouge à lèvres de Marilyn Monroe…

Je me perds dans la contemplation de mon verre.

— Imaginez maintenant que vous marchiez dans le désert depuis des jours sans boire une seule goutte d'eau. Au bord de la déshydratation, vous tombez sur cette coupe remplie de champagne. Elle représente alors la vie, votre salut.

Je sursaute à l'écoute de ses paroles. C'est avec ces mêmes mots que le vieux vendeur de hot-dogs m'a apostrophé le jour de notre rencontre.

— Ces coupes sont un seul et même objet, conclut-il, et pourtant elles ne seront pas considérées de la même façon selon les événements. Il en est de même pour toutes les choses de la vie. Lorsque vous vous heurtez à un problème, dites-vous que la solution est dans le regard que vous portez sur lui. Imaginez un cube et dites-vous que vous n'êtes pas en train de regarder la bonne face. Prenez de la hauteur, changez de perspective. C'est exactement ce que je fais quand je monte dans un avion. Et lorsque j'en redescends, je vois les choses autrement. Généralement, mon problème est résolu.

C'est la première fois que j'entends un steward dire quelque chose d'intéressant, autre que « dans quelques instants, nous allons passer dans la cabine avec notre gamme de parfums à des prix défiant toute concurrence ».

— Regardez, dit-il.

Je tourne la tête vers le hublot. Le paysage est merveilleux. Un ciel bleu éclatant et immaculé s'étend à perte de vue. Juste au-dessous de nous, un matelas de nuages blancs forme un gigantesque parterre de coton sur lequel on aurait envie de sauter pour rebondir.

— Au-dessus des nuages, il fait toujours soleil. Le peuple du Machu Picchu l'avait bien compris. C'est ce qu'il faut se dire quand il pleut dans notre vie. Depuis en bas, il faut essayer de regarder les nuages, de les traverser du regard, et aller chercher le soleil qui se cache derrière. Vous voyez celui-là ?

Il me montre une espèce de grand chou-fleur vaporeux à droite de l'avion.

— C'est un cumulonimbus, un nuage à développement vertical. Vu du dessous, c'est un ciel noir, une tempête, qui déverse pluie, grêle, ou neige. Vu d'ici, cependant, c'est un gros nuage inoffensif, calme, serein, que l'on contourne facilement. D'ici nous ne voyons que sa face lumineuse, en quelque sorte. Cherchez la face lumineuse des choses... il y en a toujours une... et vous serez toujours heureux. Comme moi...

— C'est une bien belle théorie, dit mon voisin de droite désireux de participer à la conversation. Il fait toujours soleil au-dessus des nuages, j'ai bien compris, mais on ne vit pas au-dessus des nuages… On vit sous la pluie, comme vous disiez, sous le cumulonimbus, sous la grêle et la neige. Quand vous attrapez une saloperie, prenons le cancer pour être original, une saloperie comme ça, dont on meurt vite, dans le meilleur des cas, cela me fait une belle jambe de savoir qu'il fait toujours beau au-dessus des nuages si, moi, je suis en dessous et que dans ma vie il n'y a plus de soleil, plus de lumière, il n'y a plus rien…

Les paroles de l'homme ont jeté un froid.

— Monsieur, dis-je, je ne pense pas que le steward voulait…

— Laissez, il a raison, coupe l'homme à l'uniforme en baissant la tête.

Une profonde tristesse lui fait courber les épaules. On dirait un robot que l'on vient de débrancher. Puis il relève les yeux vers nous, comme s'il venait de puiser dans ses dernières forces.

— S'il fallait trouver de la lumière quelque part dans le cancer, et je vous le dis parce que j'ai dû en trouver quand ma femme a attrapé cette saloperie, en trouver pour lui en donner car dans sa vie il n'y en avait plus, s'il fallait trouver un peu de lumière, disais-je, quelque chose de positif à cette calamité, c'est qu'elle vous donne envie de vivre et de vous battre comme rien d'autre au monde, qu'elle sort des forces de vos tripes que vous n'auriez jamais imaginé avoir. Le grand paradoxe de l'existence, c'est que c'est la mort qui nous fait apprécier la vie. C'est triste, vous ne pensez pas ? Que l'on ait besoin de cela pour apprécier ce que l'on a, quand il est déjà trop tard. Et plus la mort est proche, plus on apprécie la vie. Et plus elle est loin, ou plus on la croit lointaine, plus on se permet de la gâcher, parce qu'on peut se le permettre. Gâcher sa vie à faire des choses vaines, râler pour tout, ne pas regarder les belles choses qui nous entourent. Alors que si l'on sait que l'on va mourir, et quand on va mourir, la vie devient enivrante, exaltante. On a envie de profiter de chaque seconde, de repousser un peu plus le moment fatidique. Tout devient beau, tout devient magique. On aime tout le monde, on comprend que rien ne vaut la peine de se plaindre. Si l'on savait qu'on va tous mourir dans un jour, une semaine, il n'y aurait plus de guerres, je peux vous l'assurer. On en profiterait pour vivre de beaux moments tous ensemble.

— J'espère que votre femme va mieux, dit mon voisin.

Le steward avale sa salive, comme si ce simple geste pouvait réprimer des larmes trop longtemps contenues.

— Elle est décédée il y a six mois. Mais le bon côté des choses, enfin, le côté lumineux de la chose, pour reprendre mon expression, c'est que quand on sait que l'on va mourir, on possède un avantage incontestable sur le reste des gens, qui vivent inconscients de cela. On peut « s'organiser », on n'est pas pris au dépourvu. Ce n'est pas comme si un camion vous écrasait alors que vous traversez la rue. On a le temps de s'habituer, de se préparer, de faire sa valise... De dire au revoir à la femme que l'on aime. Qu'elle dise au revoir à nos enfants.

Il force un sourire, s'excuse puis s'éclipse vers les galleys disposés à l'avant de l'avion pour réchauffer les plateaux-repas. Cet homme a perdu la femme qu'il aimait, mais il doit continuer à faire chauffer des repas et à servir des cannettes de Coca-Cola à des passagers capricieux. Parce que la vie continue. Pour lui, et pour les autres.

Je sais maintenant que chercher la face lumineuse des choses nous aide à vivre mieux les situations difficiles. Et que j'aime ma femme et mon fils plus que tout au monde.

Burger groenlandais

Kate sort de la salle de bains en peignoir. Elle se laisse tomber sur le grand lit et allume la télévision. Puis elle fait défiler les chaînes jusqu'à ce qu'elle en trouve une américaine. Elle prend le menu du room-service déposé sur sa table de nuit et le feuillette. Elle opte pour un burger au fromage. Elle décroche le téléphone et compose le numéro du service de restauration en chambre.

Au moment où une élégante petite voix résonne à l'autre bout du fil, le visage de Pierre apparaît en grand sur l'écran du téléviseur.

Le combiné lui en tombe des mains.

Une nuit à Lima

Le steward est assis en face de moi et me sourit.

— Vous avez bien dormi… Nous allons atterrir. Veuillez attacher votre ceinture de sécurité.

Lorsque l'avion se pose, je repense aux paroles du vieux et j'applaudis. Je suis le seul et les autres passagers me regardent avec compassion, un peu comme l'on regarde un débile mental. Un débile mental heureux d'être vivant.

— Bonnes affaires, alors ! me dit le steward avant que je sorte de l'appareil, et nous nous serrons la main. Au fait, si vous cherchez un bon hôtel à Lima, il y a le *Quinoa Spa*. Un peu cher mais magnifique. Et la cuisinière fait de la cuisine française.

Pourquoi pas ? Après tout, je n'ai pas d'adresse.

Le *Quinoa Spa* (un nom qui aurait sans doute plu à Allan) est un 5 étoiles qui se trouve à quelques kilomètres seulement de l'aéroport, ce qui est une qualité non négligeable sachant que je reprends l'avion tôt demain matin pour Cuzco.

Une fois seul dans ma chambre, j'ouvre le minibar et me sers un verre de whisky. Pour une fois, je n'ai pas de valise à défaire. Je n'ai aucun effet personnel, si ce n'est les vêtements que je porte. Des habits bien trop chauds pour ce pays. Je me sens un peu comme un vagabond dans un hôtel de luxe. Il est temps de troquer la doudoune contre un tee-shirt. Après tout, dans un palace, on n'a plus besoin de rien. Un coup de téléphone résout le moindre problème, le moindre manque, le moindre oubli.

Je m'allonge sur le lit et consulte mon portable. J'ai un appel en absence de Kate. Je me souviens alors que l'on devait s'appeler à l'heure habituelle. Un cas de force majeure, me dis-je, j'étais dans l'avion. Elle n'a pas laissé de message. Je préfère. Je ne sais pas si j'aurais supporté de l'entendre triste à l'autre bout du fil. Elle doit me détester à l'heure qu'il est. Elle doit se dire que je l'ai oubliée. Un peu plus encore. Complètement, maintenant. Mais impossible de l'appeler, il est bien trop tard pour elle.

Avant de m'endormir, je planifie mentalement la journée de demain. Je prendrai le premier vol pour Cuzco à 6 heures du matin, puis le train qui me laissera au pied de la montagne sacrée.

La leçon de sagesse de la cuisinière

Comme je n'arrive plus à dormir, je me lève, je me douche et je descends déjeuner. Bien sûr, à 4 heures du matin, le restaurant n'est pas encore ouvert, mais dans un hôtel de ce standing, obtenir un café et un paquet de biscuits ne doit pas être très compliqué.

En traversant la bibliothèque, bien fournie, je laisse glisser mon doigt sur le dos lisse des ouvrages. Un titre m'interpelle. *Chameaux au Groenland, mythe ou réalité ?* Je souris. On dirait que, finalement, j'avais bien compris ce dont me parlait Kate. Je le sors de son étagère et le feuillette. Mon regard s'arrête sur quelques plaquettes photographiques en noir et blanc sur lesquelles on peut voir des chameaux ruminant de la paille sur la neige. Leur présence en ces lieux est assez insolite. Je survole la préface qui parle d'expériences sur le diabète (n'est-ce pas ce dont m'a parlé Kate ?), une maladie fuyant les pays froids. Il y aurait plus de personnes atteintes en Italie qu'en Allemagne, et plus en Allemagne qu'en Scandinavie. Le lait de chamelle étant un des meilleurs produits à donner aux personnes souffrant de diabète, des chercheurs auraient eu l'idée saugrenue d'élever ces animaux dans les pays les plus froids afin de traiter les malades des pays les plus chauds. Cela ne me dit toujours pas ce que mon épouse est allée y défendre. Les producteurs de lait ? Les diabétiques ? Les chameaux ?

Bref, beaucoup de livres mais aucune trace de nourriture. Je repose l'ouvrage et reprends mon chemin.

Alors que je m'apprête à aller demander au réceptionniste où je peux trouver quelque chose à manger, une lueur sous une porte attire mon attention. Une plaque dorée sur laquelle est écrit COCINA m'indique qu'il s'agit de la cuisine. C'est l'endroit d'une maison que je préfère, et plus encore celle d'un hôtel. Il n'y a rien de plus beau dans la vie que la cuisine d'un hôtel 5 étoiles grand luxe, si ce n'est peut-être celle de notre propre mère. Ou de notre propre père, en l'occurrence, car dans ma famille, ce sont les hommes qui cuisinaient.

Je frappe doucement et comme personne ne répond, je prends la liberté d'entrer. Je m'approche d'une grande casserole et en soulève le couvercle. C'est une base de viande en sauce qui sent divinement bon.

— Si vous cherchez les toilettes, c'est l'autre porte, dit une voix derrière moi.

— Je savais bien qu'il ne s'agissait pas d'un urinoir, réponds-je sur le ton de la plaisanterie en me retournant.

Une femme âgée, que je n'avais pas vue en entrant, est en train de préparer une pâte dans un coin de la cuisine. Une longue natte châtaine s'échappe de sa toque et lui divise le dos en deux. Elle a le visage clair comme une poupée de porcelaine, un phénotype rare dans cette contrée. À en juger par les ingrédients, elle cuisine une omelette.

— La fameuse tortilla péruvienne ?

La femme suspend son geste et se tourne vers moi.

— Des crêpes bretonnes, dit-elle.

— Oh. Moi aussi, je mets de la carotte dans les crêpes, dis-je en la voyant râper le légume orange.

— Alors cela signifie que vous vous y connaissez, assène-t-elle dans un sourire.

— Un peu, oui, dis-je avec modestie.

— Vous êtes français ?

— Oui.

Elle m'explique alors qu'elle parle très bien français.

— À propos, que cherchiez-vous en entrant ici ? me lance-t-elle dans ma langue, avec un accent plus que correct.

— Le... bonheur ?

Elle sourit et continue à fouetter sa gamelle en cuivre en rythme. Si je fermais les yeux, je pourrais me croire devant l'*Auberge de la Mère Poulard*, au Mont-Saint-Michel, où l'on bat l'omelette sur la mesure du jazz.

— Vous avez cherché au bon endroit, alors. Le bonheur est toujours dans la cuisine. Ne dit-on pas qu'Untel ou Untel connaît la recette du bonheur ? Mais qui la connaît vraiment ? se demande-t-elle en plongeant le doigt dans l'épaisse masse orange pastel.

Elle le porte à ses lèvres et laisse échapper un petit soupir de plaisir.

— Le bonheur, c'est comme la cuisine, reprend-elle. C'est un peu comme si l'on vous donnait à votre naissance tous les ingrédients dont vous avez besoin pour être heureux, mais qu'on omettait de vous donner la recette. Vous devez la trouver par vous-même. C'est beaucoup plus amusant. On essaye des choses avec plus ou moins de succès, et puis à force d'expérience, ou de chance, un jour on réussit le plat. Certains n'y parviennent jamais. Peut-être parce qu'ils ne cherchent pas vraiment, parce qu'ils essayent toujours la même recette qui ne marche pas. Ils n'essayent pas de la changer. Quelquefois on y arrive par erreur, comme la tarte Tatin. Et ce n'en est pas moins merveilleux.

— La pâtisserie est une science exacte. Il faut connaître les doses, sinon ça loupe.

Je pense aux cinquante paramètres à maîtriser pour faire un bon croissant. La qualité de la farine et du beurre utilisés, les proportions, le temps de fermentation de la pâte, la façon d'incorporer le beurre, de façonner le croissant, la chaleur du four, la durée de cuisson. Un seul de ces facteurs manque ou n'est pas tel qu'il devrait l'être et c'est toute la recette qui rate.

Elle trempe une cuillère en bois dans la pâte à crêpes et me la met sous le nez. Un parfum de citron, d'orange et de beurre salé envahit ma bouche, me projetant, telle la madeleine de Proust, dans la cuisine de la maison familiale où j'avais l'habitude de regarder papa cuisiner. Elle est merveilleuse. C'est un peu de Bretagne au Pérou.

— On dirait que vous avez trouvé la recette, lui dis-je en léchant mon doigt. Celle du bonheur. Et des crêpes, accessoirement.

— J'ai appris dans une école française. Dans un petit village, en Bretagne.

— D'où votre si bon accent.

— Je m'appelle Sofia, dit-elle en me tendant la main. Sofia Molina.

Ce nom me dit quelque chose. Je tombe des nues.

— Sofia Molina ?

Je ne suis pas sans savoir que cela doit être un nom commun. Mais ce visage de poupée en porcelaine, cette beauté… Ressurgit en moi l'histoire que m'a racontée le vieux vendeur de hot-dogs. Sa théorie. Pourquoi les jolies filles finissent toujours avec des moches.

— Je connais…

Je réalise que je ne sais même pas le nom du responsable de ma présence en ces lieux.

— Un ami d'école, du Mexique, qui était très amoureux de vous mais qui ne vous l'a jamais dit. Eh bien, il l'est encore ! C'est fou, non ?

Alors que je m'attends à ce qu'elle me dise : « Vous savez, il y en a eu tellement, des garçons amoureux de moi », son expression change. Ses yeux se couvrent d'étoiles et ses lèvres s'ouvrent. Sa respiration se fait plus profonde. Son tablier frémit au rythme des battements de son cœur, qui s'est accéléré. La cuillère en bois est tombée sur le plan de travail, l'éclaboussant d'écume orange. Et là, je me dis que c'est bien *la* Sofia Molina.

— Oscar…

— Oscar ?

— Comment est-ce possible ?

Elle en a le souffle coupé. La voyant chanceler, j'approche une chaise d'elle pour qu'elle puisse s'asseoir.

— Oscar, répète-t-elle. J'ai attendu. Il ne m'a jamais adressé la parole. Il me regardait de loin, me souriait quelquefois. Et puis Roberto est venu. Il m'a parlé, m'a fait rire. Je suis sortie avec lui. Nous nous sommes mariés. Il est mort l'année dernière. J'ai passé toute ma vie avec un homme en pensant à un autre. Jamais je n'ai cessé de penser à Oscar. Je ne l'ai plus revu.

Elle baisse la tête et une larme illumine le coin de son œil.

— C'est fou… Il est toujours aussi beau ?

La question me prend de court.

— Intérieurement, il est très beau… Dommage que je ne puisse pas les goûter, dis-je en montrant la pâte afin de changer de sujet. Je pars dans une heure à l'aéroport et le restaurant n'aura pas encore ouvert.

— Dans ce cas… me dit-elle en frottant ses yeux du revers de son tablier, en se levant et en allumant le gaz.

Elle pose une poêle sur un des brûleurs, frotte sur sa surface un bout de papier de cuisine imbibé de beurre et verse un peu de pâte à crêpes. Ses gestes sont professionnels et coordonnés mais je vois bien que son esprit est ailleurs.

— Les premiers seront les derniers, murmure-t-elle. Dieu a sûrement inventé cela un jour où il faisait des crêpes… Les premières cuisinées sont les dernières mangées puisqu'elles se retrouvent en dessous du tas. Tout comme les premières amours seront les dernières, laisse-t-elle planer.

Elle retire une crêpe de la poêle, la plie en quatre avec sa spatule et me la tend.

— Sofia, puis-je vous faire une proposition ? Je ne sais pas si vous allez accepter.

Je croque dans la pâte fine. Un enivrant goût de beurre envahit mon palais.

— Dites toujours.

J'étais descendu pour des biscuits et un peu de café et, quelques minutes plus tard, je remonte dans ma chambre avec la plus belle idée de cadeau que j'aie jamais eue.

Les habits arc-en-ciel

Arrivé à l'aéroport de Cuzco, j'achète une petite valise et quelques vêtements plus adaptés au climat péruvien. Alors que New York est quasiment sous la neige, il fait une chaleur de mille démons ici. Il n'y a guère le choix dans ma taille et mes goûts. Ma connaissance du stylisme péruvien se résume au poncho et au chapeau melon. J'opte donc pour une chemise hawaïenne rouge et blanche, un short commando jaune avec des centaines de poches, un bob vert et de bonnes chaussures de montagne. Je n'en suis pas pour autant moins ridicule.

Tu as l'air d'un arc-en-ciel ! me dis-je en regardant mon reflet dans le miroir du magasin. Après tout, être déguisé en arc-en-ciel n'est-il pas la meilleure façon de trouver le bonheur ?

La leçon de sagesse du physicien

Le train que j'emprunte est tenu par une société privée. Perurail. Je suis assis dans un joli wagon bleu décoré de dorures. Autour de moi, aucun autochtone, du moins identifiable, mais beaucoup de Blancs, de touristes. Depuis longtemps, le Machu Picchu a su exploiter commercialement l'admiration magique qu'il suscite. Des marchands de colliers et de chapeaux qui entrent dans le train à chaque arrêt aux spectacles de danse typique que l'on donne en bordure de la voie ferrée lorsque l'on ralentit, le commerce est partout.

Alors que je me lève pour aller acheter une boisson, un gros bonhomme aux traits sud-américains s'arrête devant moi. Il a une coupe de champagne vide dans la main. Il attend, le regard fixé dans le mien.

— Oui ? je lui demande.

— Oh, pardon, pardon ! dit-il en feignant la surprise, je pensais que vous étiez un feu rouge ! La chemise rouge, le short jaune, le bob vert.

Il éclate de rire.

— Excusez-moi, c'est une blague de très mauvais goût, ajoute-t-il dans un anglais impeccable.

Je perçois même un léger accent du Nord-Est américain.

— Je m'appelle Mario Quitapenas. Cela signifie « qui efface toutes les peines » en espagnol.

— Joli nom. Pierre Boulanger. Cela signifie « boulanger » en français.

Nous nous serrons la main.

— Oh, vous êtes français ?

J'acquiesce.

— Est-ce vrai ? j'interroge.

— Quoi donc ?

— Que vous effacez toutes les peines.

— Oh, si notre nom nous caractérisait, alors… vous seriez boulanger ! répond-il en éclatant de rire.

— Je le suis.

— Touché ! s'exclame l'homme dans ma langue. Alors disons que je m'efforce déjà d'effacer mes propres peines ! Champagne ?

Il montre son verre vide. J'acquiesce de la tête et nous nous dirigeons vers le wagon-bar.

— Première fois au Machu Picchu ?

— Première fois.

— Vous allez adorer.

— À vrai dire, je ne vais pas exactement au Machu Picchu.

Il fronce les sourcils.

— Dans ce cas, vous vous êtes trompé de train !

Il demande deux coupes de champagne en espagnol.

— Alors qu'est-ce qui vous amène ici ? Si ce n'est pas trop indiscret.

— Je suis à la recherche d'une plantation de café. Et du bonheur.

— Quel programme !

— Il y a des plantations de café dans le coin ?

L'homme réfléchit un instant.

— Je ne sais pas. Mais bon, je ne suis pas d'ici. Je suis de Lima. Et je travaille aux États-Unis. Je suis professeur de physique à Yale.

— Oh.

— Vous savez, Einstein avait découvert le véritable secret du bonheur. Il l'a dissimulé dans une de ses célèbres théories, pensant que seuls les plus intelligents, et donc ceux méritant pleinement le bonheur, pourraient la déchiffrer. La théorie sur la relativité générale, cela vous dit quelque chose ?

— Le truc sur la gravité ?

— Selon lui, l'espace et le temps forment une seule et même entité. La vitesse de la lumière dans le vide est invariable. L'espace-temps se courbe d'autant plus que la masse à proximité est grande et la gravité influence l'écoulement du temps. Santé !

Il me tend une coupe de champagne et nous trinquons.

— Je n'ai pas trop suivi.

— Bref, la formule tient dans le titre : la théorie de la relativité. Relativiser, c'est se comparer aux autres et se dire qu'il y a toujours pire.

— Mon père disait toujours : « Le pire n'est pas le plus probable. »

— C'est vrai, mais ça, c'est de l'optimisme, pas du relativisme. Relativiser, c'est penser qu'à côté, c'est pire. Si votre avion est annulé, pensez qu'un dangereux terroriste aurait pu le faire sauter en plein vol ou que vous auriez pu vous écraser à cause d'une panne de moteur. Si vous êtes malade, dites-vous qu'il y a des gens bien plus malades que vous. Cela aide. Si vous vous trouvez vieux, pensez qu'il y a toujours plus vieux que vous, con, qu'il y a plus con que vous, moche, qu'il y a plus moche que vous. Il y a toujours plus que vous, en bien et en mauvais.

— Je comprends. S'il y a des nuages, il faut s'estimer heureux qu'il ne pleuve pas.

— S'il pleut, qu'il n'y ait pas un orage. S'il y a un orage, qu'il n'y ait pas une tornade, etc. On peut aller très loin comme ça.

— Vous pensez vraiment que c'est ce qu'Einstein voulait démontrer avec sa théorie de la relativité ?

— Je ne pense pas, me dit le gros bonhomme en me faisant un clin d'œil. Mais c'est ce que j'ai toujours voulu y voir. Cela m'a toujours aidé. Einstein, c'était un peu mon Dieu à moi. Regardez-moi, dur d'être heureux quand vous êtes comme moi.

— Vous êtes comment ?

— Je suis gros ! s'exclame-t-il comme si ce n'était pas assez évident.

Puis il boit une gorgée de champagne.

— Mais vous savez quoi ? Je n'en souffre plus depuis que je connais Einstein.

— La théorie de la relativité ?

— Exactement. Einstein a sauvé ma vie. Sa théorie, je l'applique à mon obésité. J'ai une méthode infaillible pour me sentir moins gros que je ne le suis : m'entourer de plus gros que moi !

Disant cela, il m'indique une femme assise à l'autre bout du wagon qui mange des *tortitas* de maïs, une nappe étendue sur les deux immenses bosses de ses cuisses.

— Ma femme. On a beau être gros, on le devient bien moins si on se compare à plus gros que soit !

C'est ça, le régime miracle. Asseyez-vous à côté de quelqu'un qui pèse cinquante kilos de plus que vous et vous maigrirez instantanément ! Plus je vous regarde et plus je me dis que c'est vous qui n'êtes pas normal, vous êtes bien maigre !

— Vous devriez donner des cours de bonheur.

— Des cours de bonheur ?

— Oui. Partager tout ce savoir avec vos étudiants. On devrait apprendre aux enfants à être heureux dans la vie, avant de leur enseigner les mathématiques, qui ne servent à rien.

L'homme dodeline de la tête. On dirait qu'il n'a jamais considéré cette possibilité. Or le propre d'un physicien n'est-il pas de déterminer toutes les possibilités d'une équation ?

La bonne montagne

Lorsque le train crache son lot de touristes quotidien, je salue Mario Quitapenas et m'apprête à partir à l'opposé de tout le monde.

— Bonne chance ! me lance-t-il. Relativisez !

Puis il me montre discrètement sa grosse femme en me faisant un clin d'œil. Je regarde avec tendresse ce couple uni de trois cents kilos s'éloigner main dans la main pour fêter leur vingtième anniversaire de mariage au sommet de la montagne où ils se sont rencontrés vingt-cinq ans auparavant, puis je sors de la poche de mon short les instructions du vieux marchand. Je lève la tête et jette un coup d'œil à toutes ces montagnes qui me dominent. Ce sont de gigantesques reliefs sur lesquels une famille de géants semble avoir posé de la moquette verte. On pourrait s'attendre à ce qu'ils passent un coup d'aspirateur d'un moment à l'autre.

La plus haute montagne, a dit le vieux. Mais vues d'ici, elles semblent toutes de la même hauteur. Je regarde d'un côté de la route et je vois les groupes de touristes s'engager sur un chemin pendant que d'autres, moins courageux, montent dans les bus qui desservent le Machu Picchu. La cité secrète des Incas est paradoxalement devenue aujourd'hui l'un des endroits les plus célèbres du monde. Je regarde de l'autre côté et ne vois qu'une masse de végétation luxuriante. Une végétation à couper à la machette, un versant impraticable. Avec le temps, l'ombre et l'oubli ont recouvert ces champs de café que le monde ne connaît plus, ou ne connaît pas encore.

L'ascension de la montagne

Après avoir marché pendant plusieurs minutes au milieu de la dense végétation, mes pieds rencontrent la surface dure d'un mince chemin de pierres. Là, en pleine jungle. Une grande satisfaction m'inonde. Je sais que je suis sur la bonne voie.

J'écrase sur ma joue un moustique et regarde la pulpe de mes doigts, elle est rouge comme si je l'avais trempée dans de la confiture de mûres. Je réalise que je n'ai pas acheté d'insecticide ni de crème. Le voyage promet d'être douloureux. Surtout pour ma première nuit.

J'arrive bientôt devant des escaliers et commence l'ascension. Au début, je suis armé de bonne volonté. Au bout d'une heure, je halète comme un cochon. Mes cuisses brûlent et mon dos me fait horriblement souffrir. Je m'arrête, essuie mon front avec le bob, bois une gorgée de ma bouteille d'eau et regarde vers le haut. Dix mille marches, je n'ai aucune idée de ce que cela peut représenter. Je ne vois pas la fin des escaliers mais j'aperçois quelqu'un qui en descend. Bientôt, une vieille dame apparaît, aidée par une jeune fille qui lui ressemble. La dame n'a plus d'âge. Parvenu à ce stade d'une vie, on ne compte plus les années. Je suis essoufflé. Elle, elle sourit. J'ai l'air si ridicule.

— C'est encore haut ? je demande en anglais.

Mais aucune des deux ne semble parler cette langue. Elles me sourient poliment et prennent congé de moi en continuant leur descente d'un pas léger. Le mien devient de plus en plus lourd. Je n'ai plus aucun repère. Toujours les mêmes arbres des deux côtés du chemin, toujours autant de marches devant moi, comme si je faisais du surplace sur un tapis de salle de sport. Le désespoir commence à m'envahir. Ce n'est pas possible que la vieille dame ait pu descendre tout cela. Ce n'est pas possible qu'elle ait pu monter tout cela avant. Mais c'est une belle leçon d'humilité. Lorsque je consulte ma montre une deuxième fois, deux heures ont passé et je n'en vois toujours pas la fin.

Je n'ai plus d'eau dans ma bouteille. Ma bouche est sèche. Je ne sens plus mes cuisses ni mes mollets et la sueur de mon front me pique les yeux. Je ne sais pas combien de temps je pourrai encore tenir. Je pense à ce que les marathoniens appellent le second souffle, un état proche du nirvana. On souffre tellement que l'on en vient à jouir. La douleur se change en plaisir. Comme l'eau froide finit par brûler. Mais pour l'instant, je suis loin de jouir.

Je sors de ma poche les indications du vieux. Monter la montagne, a-t-il écrit. Monter la montagne, c'est tout. Sans dire combien de marches je devrai escalader ou combien de temps cela me prendra. Monter la montagne. Cela paraît si simple sur un bout de papier.

La seule chose qui m'aide à continuer est le café qui se trouve au bout. La plantation secrète. Ce café merveilleux qui m'a fait me réveiller, qui m'a fait prendre conscience que ma vie n'était peut-être pas la meilleure voie. Ou du moins, qu'il y en avait d'autres.

Le soir tombe, puis la nuit. La jungle verte devient grise, le chemin de pierres devient noir. Et moi, je ne jouis toujours pas. De peur de tomber ou de me fouler une cheville, je m'arrête. Je m'allonge à cheval sur quatre marches, le regard vers le ciel et les étoiles. Je n'ai pour victuailles qu'une barre chocolatée. Je ne pensais pas que le chemin durerait autant. Je la mange lentement. Elle me donne encore plus soif. La douleur qui assaille ma gorge est insoutenable. Ironie du sort, je suis seul sans rien alors qu'à quelques centaines de mètres seulement se pressent des centaines de touristes dans leur bus pour rejoindre leur bel hôtel où ils prendront une douche, mangeront au restaurant et se coucheront dans un bon lit moelleux. Oui, je mourrai peut-être cette nuit à quelques pas de mes sauveteurs, ma carte de crédit pleine dans mon portefeuille. Je m'aperçois que j'ai oublié mes anxiolytiques mais que, bizarrement, je n'en ai plus besoin. Mes migraines ont disparu depuis que je suis sorti de l'avion. Est-ce l'air du Pérou ou le fait que mes responsabilités et mes soucis d'homme d'affaires me semblent déjà bien loin ?

Je regarde la lune. Avant, quand je l'admirais, je ne voyais qu'un croissant. Maintenant, je vois un astre magnifique, entouré d'une douce lumière…

Bientôt, la fatigue prend le dessus et je m'assoupis.

C'est ainsi que je passe ma première nuit dans la jungle.

Au petit matin

Au petit matin, un cri strident d'oiseau me réveille. J'ai troqué mon réveil électrique contre celui de la nature. J'ai le dos cassé. Il a pris la forme des marches. Je m'éveille avec la même soif qui me tenaillait en m'endormant. La rosée a déposé sur les feuilles des arbres de minuscules perles d'eau que je commence à cueillir avec ma bouteille. Je sors du chemin de pierres et m'aventure de quelques pas dans la végétation luxuriante. Je porte le goulot à mes lèvres et bois, lentement, ce fond de bouteille afin de faire durer le plaisir. Mon corps semble reprendre vie. La machine se remet en route. Je reviens sur le chemin et reprends l'interminable ascension. Face à la monotonie du voyage, mon esprit vagabonde.

Il y a tellement longtemps que je n'ai pas profité d'un moment avec moi-même, d'un moment dans la nature, à ne penser à rien, à ne pas regarder le téléphone, à vivre pour vivre. Je repense à ces jours que je passais à travailler. Et maintenant, je me demande si je n'ai pas autant travaillé par dépit, si je n'ai pas autant travaillé parce qu'il ne me restait plus rien d'autre à côté. Dans un mois, je vais ouvrir ma prochaine usine à Atlanta. Dix mille mètres carrés, quatre cents emplois. Ma vie ne se résume plus qu'à des chiffres. Kate m'a d'ailleurs reproché ce nouvel investissement. Elle aimerait que je prenne plus de vacances. Elle me dit que je ne suis qu'un enfant avec plein de jouets et qui ne pense qu'à en avoir plus. Quand elle me dit ça, cela me met hors de moi, parce que je sais qu'elle a raison. Quelquefois, j'ai envie de l'écouter, de tout plaquer et de partir vivre sur une île déserte avec elle et Hugo. De vivre de notre pêche, de notre chasse, de notre cueillette. J'ai envie d'aller vivre sur une planète loin d'ici, où tout le monde se fout des croissants et tout recommencer de zéro. Vivre tranquillement et être heureux du peu que je possède. Mais il est trop tard. Je suis allé trop loin. Des milliers de familles dépendent de moi maintenant. Et puis je ne sais faire que ça. J'ai tellement cela dans la peau que même sur Mars je finirais par ouvrir une chaîne de boulangeries de luxe. Je serais capable de faire bouffer des croissants à un extraterrestre. À moins que je ne vende l'affaire. Ce serait peut-être la solution. *Happy Croissants Ltd.* est toujours en plein essor. Je n'aurais aucun problème à trouver un acheteur. Peut-être que l'option des Japonais est la meilleure. Mais là aussi, il est trop tard.

— Il n'est jamais trop tard, me dit le vieux, dont le visage vient d'apparaître devant moi. Tant que tu es vivant, il n'est jamais trop tard.

La jungle jaune

— Je repensais à quelque chose.

— Oui ? me dit le vieux en reprenant sa place sur la chaise de camping au milieu du trottoir.

— Vous m'avez dit que les grandes histoires commençaient toutes par un petit bonjour, n'est-ce pas ? Ce n'est pas toujours le cas.

Je parle au marchand comme s'il était mon compagnon de marche. Il n'a pas l'air trop affecté par cet escalier qui n'en finit pas de défiler sous nos pas.

— Ah bon ?

— Une fois, dans un aéroport, je ne sais plus où, je suis tombé amoureux d'une femme, comme ça. J'attendais ma valise sur le tapis. Face à moi, il y avait cette femme qui en faisait tout autant. Une jolie brune, le visage harmonieux, la taille fine. J'ai ressenti une attirance immédiate pour elle. Un amour, à première vue. Elle me souriait et me regardait de ses beaux yeux noirs. J'ai craqué. Je me suis fait violence pour m'approcher d'elle. Je lui ai dit bonjour du bout des lèvres. Elle m'a répondu. Mais au moment où j'allais l'aborder, une poussette est passée sur le tapis. Elle s'est penchée pour la ramasser. Elle l'a dépliée, sa bouche dans la main mais ne sait pas quoi en faire. Ne sait pas quoi regarder. Ne sait pas quoi en déduire. Pendant ce temps, j'attrape la fameuse thermos et verse un peu de café fumant dans un gobelet. Je le porte à mes lèvres.

— Mon Dieu ! je m'exclame.

— Qu'y a-t-il, Pierre ? s'empresse-t-elle, de plus en plus affolée.

Je m'appuie de tout mon corps sur le chariot, vidé de mes forces.

— Ce café ne vaut rien !

— Ce n'est pas votre meilleur café du monde ?

— J'ai bien peur que si.

À ce moment-là, un homme s'approche de moi. Je reconnais aussitôt Michael, mon laborantin. Il porte un manteau sur sa blouse blanche.

— Monsieur, nous avons essayé de vous joindre plusieurs fois sans succès. Le café…

Je me rappelle lui en avoir laissé quelques grains pour les analyser.

— Je sais, dis-je en lui montrant l'emballage en plastique.

— Oui, ajoute-t-il en dodelinant de la tête. Rien d'exceptionnel. Du café commun, voire de piètre qualité, d'Équateur.

— Je ne comprends rien à tout cela, je lui confie.

— J'ai mené ma petite enquête. Allan ne comprenait pas pourquoi vous trouviez ce café spécialement bon. Cela m'a mis la puce à l'oreille. Mei m'a procuré ces anxiolytiques que vous prenez pour vos douleurs de crâne. Et bingo ! Ils provoquent des troubles du goût. Une exacerbation des saveurs par l'altération des papilles… Ils agissent comme le ribonucléotide encore des tours puis je trébuche et je tombe, miné par la fatigue et la chaleur qui commence à peser sur mes épaules.

Alors que je me relève, je m'aperçois que mes mains sont jaunes. Je m'essuie sur mon short jaune et réalise que, dans ma chute, je me suis rattrapé aux branches qui longent le chemin et que ce qui imbibe la paume de mes mains n'est autre que de la peinture.

— De la peinture ! je m'exclame. Quel est le con qui a peint toute la forêt en jaune fluo ?

Et comme s'il s'était reconnu, il sort d'entre les feuilles.

La tribu qui ne souriait jamais

De petits hommes au corps entièrement peinturluré de pigments rouges, et ne portant qu'un pagne entre les jambes, s'avancent vers moi, méfiants. Trois d'entre eux me tiennent en joue avec des arcs artisanaux. Les autres ont de grands coupe-coupe. Je n'ai pas envie de me demander ce qui est le plus dangereux. S'ils n'avaient pas de longs cheveux lisses et les yeux bridés, on pourrait les prendre pour des Pygmées. Quand on les voit, on comprend tout de suite que le détroit de Béring a permis aux Asiatiques de passer et de se mélanger à la population des Amériques. Ils sont en quelque sorte le chaînon manquant entre les Chinois et les Péruviens.

Ils ont sur le visage, de chaque côté du nez, de longues lignes noires qui atteignent leurs joues et font penser aux fines moustaches d'un chat ou d'un tigre. L'absence de pilosité et leur peau élastique les font ressembler à des enfants.

Un des hommes s'avance vers moi et pose sa main sur mon épaule.

— Mapacho, dit-il.

Puis il se tape la poitrine et crache par terre.

L'homme ne cesse de répéter *mapacho, mapacho* en se tapant la poitrine et en crachant par terre, comme un gorille mâle alpha voulant en impressionner un autre. J'en déduis que c'est son nom, ou celui de sa tribu. Je ne peux réprimer un sourire, car chaque fois qu'il dit *mapacho*, j'ai l'impression d'entendre *Muppet Show*.

Mon sourire les désarçonne. Méfiants, ils bandent un peu plus leur arc. Les cordes tremblent de la tension qu'ils exercent dessus.

— Muppet Show, dis-je en pointant mon index dans la direction de celui que je prends pour le chef.

Il acquiesce.

— Pierre Boulanger, j'ajoute, en posant le plat de ma main sur ma poitrine.

— *Piébolandgé*, répète l'indigène.

Je souris. Même les Muppet Show du Pérou prononcent mon nom mieux que les Américains.

Une nouvelle fois, à la vue de mon sourire, les hommes redoublent d'agressivité à mon égard. Je fais le signe de la paix, paume (jaune) ouverte en avant. Puis je mets ma main devant la bouche, comme si je mangeais afin de leur faire comprendre que j'ai faim. Je n'ai rien avalé depuis la barre chocolatée d'hier. Avec tout ce que je me dépense, je n'ai presque plus de forces.

Un des hommes a compris et sort de la petite bourse qui pend à sa ceinture des baies sauvages qu'il me tend. Je les dévore aussitôt en courbant l'échine, en signe de reconnaissance.

La nature vous ramène à votre juste valeur et niveau. Ici, ma carte de crédit et tout mon argent ne servent à rien. Ils sont aussi inutiles qu'un portable sans batterie. Je suis un millionnaire qui récupère l'eau que la rosée dépose sur des feuilles d'arbres, je suis un millionnaire qui se jette sur une poignée de baies. Je ne suis rien de plus qu'un homme.

Je leur souris pour les remercier de leur aide et une fois de plus leur visage se crispe.

Je pose mon doigt sur mes lèvres afin d'illustrer mes propos.

— On sourit quand on est content. Quand on est heureux.

Ils ne disent rien.

— Vous êtes la tribu des gens heureux ?

Les hommes me dévisagent avec leur tête d'enterrement.

Je sors la serviette et leur montre le dessin.

— Vous êtes les gardiens de la plantation de café ? Voici le code pour me guider jusqu'à elle.

Pas plus d'effet.

Je sors de mon portefeuille une de mes cartes de visite. Je la montre à celui qui semble le chef et désigne le logo de *Happy Croissants Ltd.*, un croissant en forme de sourire.

L'homme fronce les sourcils et s'approche.

— Cro-ssa, articule-t-il.

J'ai l'impression qu'il dit « croissant ». Mon cœur se met à battre fort. Se peut-il que ces sauvages connaissent les croissants ?

— Oui. Croissant, dis-je avec exaltation. Croissant.

Je souris. Les visages se font plus menaçants. Tout ce que je gagne en confiance, je le perds dès que je souris. On dirait que pour eux, c'est un signe d'agressivité.

— Cro-ssa.

— Je fabrique des croissants. Moi fabriquer des croissants, dis-je en mimant les gestes de quelqu'un qui trempe un croissant dans son café avant de le porter à la bouche.

Les hommes sont fascinés par mon petit numéro.

— Je suis venu chercher ce café, pour le vendre avec mes croissants. Ce café, c'est le bonheur.

Comment puis-je mimer le bonheur ?

Comment pourrais-je être heureux ici, au beau milieu de nulle part, transpirant, affamé et assoiffé, menacé par les arcs de ces sauvages ? Pourtant, je me sens libre, sans contrainte, sans souci. Je n'ai pas peur. Ni d'eux ni de rien.

Je sors de mon short un grain de café du vieux marchand ambulant. Les yeux des hommes s'ouvrent en grand. On dirait qu'ils observent un diamant. À part cela, ils ont l'air de ne rien comprendre à mon message.

— Est-ce encore loin ? je demande en pointant mon doigt en direction du sommet des escaliers qui se perdent dans la végétation.

Les hommes me regardent en hochant la tête.

— La plantation de café.

Je mime une végétation luxuriante de caféiers.

— Il n'y a pas de plantation de café ici, dit une voix d'un ton sec.

Un homme vient de sortir des arbres jaunes. Il est en tout point identique aux autres sauf qu'il a les cheveux blancs et qu'il parle anglais.

— Il n'y a pas de plantation de café ici, répète-t-il d'un air menaçant.

Il n'y a pas de plantation ? Soit l'homme est sincère et il ignore tout, soit il veut garder l'endroit secret. Un tel café, je comprends que l'on tienne à le garder pour soi.

— Je suis un ami de… l'homme édenté qui vend du café au croisement de 7e Avenue et de la 58e Rue à New… Oscar…

Je m'arrête, réalisant soudain que cette description est stupide. Ces hommes ne connaissent du monde que leur jungle.

— Ce café apporte le bonheur et l'amour… dis-je. Il a été planté par les habitants du Machu Picchu.

L'homme pointe alors son doigt vers le haut du chemin.

— Je vous répète, *señor*, au bout de ces escaliers vous ne trouverez pas de plantation de café. Par contre, si c'est le bonheur que vous cherchez, alors nous connaissons un raccourci.

L'homme lance un cri tribal aux autres et leur fait signe de le suivre puis il disparaît à nouveau entre les arbres. Je pénètre la jungle dense, entouré de ses pairs qui ont baissé leur arc et se comportent de manière plus amicale avec moi. Nous nous frayons un chemin dans la végétation, qui dessine des traînées ocre sur mes bras.

Une drôle de tribu

Alors que nous nous frayons un chemin dans la jungle, j'aperçois un des indigènes absorbé dans la contemplation de mon portable accroché à ma ceinture.

— C'est un téléphone, lui dis-je en sortant l'appareil de son étui, une petite boîte qui permet de parler à quelqu'un qui se trouve très loin.

Il baragouine quelques mots incompréhensibles que le chef me traduit aussitôt.

— Ça, un téléphone ? *Ça*, c'est un téléphone !

Et à ma grande surprise, le vieux sort un iPhone dernier cri de sous son pagne.

— Vous êtes riche mais votre portable est préhistorique ! dit le vieillard.

Le commentaire est assez limite venant d'un homme se baladant à moitié nu dans la jungle avec un arc dans le dos…

— Riche, moi ? (Je pouffe de rire.) J'aimerais bien. Je ne suis qu'un simple… vendeur de café et de hot-dogs ambulant… dis-je.

— Vous mentez, vous êtes riche.

— Qu'est-ce qui vous fait dire cela ?

— Vous avez l'arrogance des gens riches, cette expression dans les yeux des gens qui ne croient en rien… et accessoirement vous portez une Rolex à plusieurs milliers de dollars au poignet.

J'ai l'impression d'avoir déjà entendu cela quelque part.

— C'est une fausse.

Il vaut mieux être prudent. Je n'ai pas envie qu'il me réduise la tête avant de finir ma vie dans un bocal de confiture.

— Quel est le code de ta Carte bleue ?

— Pardon ?

— Le code !

Le visage de l'homme s'assombrit lorsqu'il me voit sourire. Devant sa mine patibulaire, je le lui donne, sans prendre la peine d'en inventer un, sachant que de toute manière il aura bien du mal à dégoter un distributeur automatique dans le coin.

Nous continuons à marcher sans nous arrêter. Quelquefois, des hommes de la tribu placés en arrière remontent et relayent ceux qui ouvrent le chemin. J'en vois même un avec un tee-shirt I LOVE VEGANS. Je note de lui demander où je peux trouver le même, pour Allan, en même temps que je souffle, soulagé de ne pas avoir affaire à des cannibales. C'est bien la première fois que je suis si heureux d'être entouré de végétariens.

Le chemin vers le sage

Nous débouchons bientôt dans une clairière et le bruit de la jungle, des oiseaux, des animaux sauvages laisse place à celui d'une rumeur humaine. Devant nous se dresse une petite maison en bois et torchis à la porte de laquelle se pressent une multitude de personnes de tous âges, tous autochtones. C'est bien le dernier endroit sur Terre où je me serais attendu à trouver autant de gens.

Tous patientent, bien sagement dans une file. Il doit bien en avoir une trentaine. Je me demande par où ils sont arrivés, je n'ai croisé personne en deux jours, à part la vieille dame et sa fille qui descendaient vers la vallée. Dans quelques minutes, je vais apprendre qu'il y avait un ascenseur de l'autre côté.

— Vous avez pris le chemin le plus long, me dit le vieux sauvage. L'ancien escalier de pierre. Ces gens viennent de là.

Tiens, qu'est-ce que je disais !

Il désigne un point à l'horizon. J'en prends bonne note pour le retour.

Je me place à l'extrémité de la file et j'attends.

— Ne vous réjouissez pas trop vite, me souffle l'homme à l'oreille. Le sage ne transmet pas son secret du bonheur à tout le monde. Je ne connais personne, d'ailleurs, qui ait réussi.

— À moi, il me le dira, j'affirme, sûr de moi. Je suis un grand homme d'affaires et j'ai érigé un empire à force de persuasion. Je peux être très convaincant.

— Je n'en doute pas, *señor*, mais ici, votre don ne vous servira pas.

— Que voulez-vous dire ?

— Que l'énigme est impossible à réaliser.

Je comprends alors que je suis parvenu au lieu sacré dont m'a parlé le steward.

— Impossible n'est pas français ! je m'écrie comme un coq se dressant sur ses ergots.

— Vous n'avez droit qu'à une seule chance dans votre vie.

— Une seule chance ? je m'exclame, fasciné, comme un enfant de dix ans à qui l'on apprend que la comète qu'il voit passer dans le ciel en ce moment ne repassera plus jamais de son vivant. C'est une de trop.

— Vous n'aurez droit qu'à une seule réponse pour résoudre l'énigme. Ensuite, vous devrez partir et ne plus jamais revenir.

— D'un autre côté, je préfère. Je ne ferais pas ça tous les jours ! dis-je en désignant l'escalier derrière moi.

— Bonne chance.

L'homme me serre la main (ce geste civilisé m'étonne un peu), puis rejoint ses congénères, qui sont restés à quelques pas de nous, à l'abri dans les feuillages jaunes.

Alors que je patiente, mes yeux vagabondent et tombent sur le toit de la bicoque. Quelque chose attire mon attention. Au début, je ne sais pas de quoi il s'agit, puis je me rends compte que ce double toit ressemble étrangement au dessin du vieux. Je sors la petite serviette de papier graisseuse de ma poche et la place devant moi. Par transparence, le croquis des deux pointes vers le haut se superpose à la cime de la demeure. Suis-je enfin arrivé au bout de mon voyage ? Il ne peut s'agir que d'une coïncidence. Voilà ce que me dit mon esprit cartésien, mais quelque chose en moi est en proie au doute. Plus on croit aux signes, et plus on en voit partout.

Il ne reste bientôt plus qu'une personne devant moi. Elle entre et ressort quelques minutes après, la mine défaite, comme toutes celles avant elle. C'est un paradoxe. Les gens viennent chercher le bonheur ici, mais ils repartent tristes.

À mon tour. Je fais quelques pas, pose ma main sur la poignée et pousse lentement la porte. Je suis accueilli par les ténèbres. La lumière passe au travers de fins interstices creusés dans le toit.

Des tapis tressés sont étalés sur le sol.

Le sage est là, au milieu de la pièce. Je ne vois que ses contours. Il n'est qu'une petite masse insignifiante noire. Mes yeux s'habituent bientôt à l'obscurité. Il est assis en tailleur face à moi, sur un petit coussin. Il me fait signe de m'asseoir.

Je m'agenouille et vois enfin ses traits se définir dans l'obscurité.

Je reste stupéfait.

Le sage qui n'était pas vieux

Je m'attendais à un vieux monsieur portant sur ses épaules et son visage le poids de toute une vie, le poids de toute son expérience. Le sage est en réalité un enfant d'une dizaine d'années. Il a les mains croisées sur sa poitrine et il me dévisage avec un petit sourire lourd de sens.

— Qui êtes-vous ? j'interroge en anglais.

— *El sabio*, me répond-il en espagnol.

— *El sabio* ?

— Le dalaï-lama du Machu Picchu.

— Un dalaï-lama au Pérou ?

— Il y a bien des Zara au Japon ! me dit-il avec assurance et un air amusé. Ce sont les Mapachos qui vous ont conduit ici ?

Il parle un assez bon anglais. Et connaît Zara, même si je doute qu'il y achète ses toges.

— Comment savez-vous ?

— Je suis *El sabio*, celui qui sait tout. Même le secret du bonheur. Ils vous ont demandé de l'argent ?

— Le code de ma Carte bleue.

— Et il ne vous manque rien d'autre ?

J'observe mes habits, mes poches et mes mains et je m'aperçois que je n'ai plus ma Rolex au poignet.

— Ma montre !

— S'ils ne vous ont pas demandé d'argent, c'est qu'elle devait valoir cher, alors...

— Tu m'étonnes, une Rolex à vingt mille dollars !

Je comprends maintenant pourquoi le sauvage m'a serré la main avant de prendre congé. J'ai presque envie d'en rire. De toute manière, de quoi pourrait m'être utile une montre qui calcule les centièmes de seconde maintenant que le temps a pris une autre valeur pour moi ? En ces lieux, le temps n'existe plus.

L'homme que je suis redevenu ces deux derniers jours, lors de l'ascension, n'a besoin que d'eau et de nourriture, pas d'une montre à plusieurs milliers de dollars. Elle me semble soudainement si superflue.

— Ils font ça avec tous les touristes qui passent dans le coin. Et après, ils achètent n'importe quoi avec. Il y a trois semaines, ils se sont fait livrer une centaine de pots de peinture jaune fluo pour repeindre la forêt. Ils en avaient marre du vert. Ils ne sont pas bien méchants, mais ils sont nuisibles... Dépenser, dépenser, dépenser, ils n'ont vraiment rien compris à la vie... Ils pensent qu'en achetant des choses, ils existeront un peu plus.

— Acheter provoque une sensation de plaisir, de jouissance, de toute-puissance aux gens. Une méthode comme une autre contre la déprime. Peut-être, au contraire, ont-ils tout compris.

L'enfant me regarde en ouvrant de grands yeux. Est-ce parce qu'il n'a pas l'habitude que l'on s'oppose à ses pensées, ou parce qu'il ne croit pas que les Mapachos ont tout compris de la vie ?

— Je gagne énormément d'argent. Et ma seule dépense se résume à acheter de nouveaux locaux, de nouvelles machines pour développer encore plus mon entreprise. Je ne dépense rien en dehors de cela. Et je réalise maintenant à quel point c'est dommage. Je pourrais faire plaisir à ma famille, acheter des choses à des gens qui en ont vraiment besoin, ne pas laisser croupir cet argent sur mon compte jusqu'à ma mort. Car à quoi me servira-t-il après ? J'ai l'impression que les Mapachos profitent mille fois plus de la vie que moi.

— Bien, dans ce cas, si vous avez tant appris des Mapachos, vous n'avez pas besoin de mon enseignement, dit-il, vexé. Dépensez sans compter, jetez l'argent par les fenêtres.

— Ne faites pas l'enfant.

— Je suis un enfant.

— C'est vrai. Et dépenser mon argent, c'est bien ce que je compte faire à partir d'aujourd'hui. Mais avant, j'ai quelque chose à faire. À trouver plutôt.

Une lueur revient dans les yeux de l'enfant.

— Oui, trouver le bonheur.

— Trouver le café.

— Le café ?

— Oui, j'étais à la recherche d'une plantation qui pousse sur cette montagne. Le meilleur café que j'aie goûté de ma vie. J'ai juste besoin que l'on me dise, après tout ce que j'ai souffert pour arriver jusqu'ici, qu'il existe, qu'il est là.

— Il existe. Il est là.

— Où ?

— Lorsque tu sortiras d'ici, monte les escaliers qui mènent au sommet. Va jusqu'au bord, tu auras le

Machu Picchu, en face. Baisse la tête vers le précipice. Là, tu trouveras ton café.

— Des escaliers ? Encore ? C'est une blague ! Ça ne s'arrêtera donc jamais ? C'est comme si je montais jusqu'au ciel !

— Il y a un peu de cela, dit-il dans un sourire.

Pensées au sommet

Je me suis empressé de sortir de la maisonnette d'un pas rapide, bien décidé à gravir les dernières marches qui s'élèvent devant moi, et je réalise que je n'ai pas demandé à répondre à l'énigme. Tant pis. Le secret du bonheur restera derrière moi. Il semble que je n'en aie plus besoin désormais.

Quelques minutes après, et des dizaines de marches, j'arrive enfin au sommet, les jambes en feu. C'est un plateau désert, revêtu d'une fine couche d'herbe verte que quelqu'un a pris le soin de tondre. Qui peut bien monter jusqu'ici avec une tondeuse ?

Comme me l'a dit l'enfant, je m'incline en avant afin de surplomber la plantation où pousse le meilleur café du monde.

Et là.

Il n'y a pas de plantation.

Je ne sais pas si je le savais déjà ou si je ne voulais rien savoir.

À mes pieds, dans le précipice, s'étale une jungle dense et verte qui prend fin dans la petite clairière où le train m'a déposé hier midi. On peut y voir la couleur vive des vêtements des touristes comme autant de coups de pinceau.

Il n'y a pas de plantation.

Je sors la serviette de ma poche et la brandis devant mes yeux. Par transparence, toutes les montagnes qui s'élèvent autour de moi correspondent au dessin. N'importe quel objet, n'importe quelle forme, n'importe quelle feuille d'arbre correspond au dessin. Car ce ne sont que deux petits triangles…

Le vieux m'a bien eu. Il a gardé son secret. Pour lui. Il a gardé secrète la localisation de son café. Je me demande si le jeune sage est dans le coup lui aussi.

Je lève la tête et regarde à nouveau devant moi la cime du Machu Picchu où se dressent les ruines de la cité millénaire. Le spectacle est magnifique et j'en viens même à oublier mon mécontentement. Rien que pour la vue, cela vaut la peine d'être monté, d'avoir escaladé ces centaines de marches. C'est aussi vert qu'en Bourgogne. On s'attendrait presque à y voir des vignes. J'ai l'impression d'être debout sur le toit du monde.

C'est marrant, au début, je m'étais mis en tête que je pouvais peut-être racheter l'affaire du vieux. Son café extraordinaire, mes croissants, la combinaison parfaite. Et maintenant que je suis là, je ne pense qu'à une seule chose : profiter de la vie, vendre tout, arrêter de travailler pour me consacrer à voyager avec Kate et Hugo, voir le monde, découvrir des lieux merveilleux comme celui-ci avec eux, voyager autrement qu'un steward qui ne prend jamais le temps de visiter les destinations vers lesquelles il s'envole, arrêter d'acheter des usines qui ne font que me voler un peu plus de temps.

J'ai l'impression d'être le gringo de Jacques Vabre qui a passé toute sa vie à mettre sa main dans les sacs de café et s'aperçoit brutalement que la vie ne se résume pas qu'à ça. Ce sont les premières vacances que je prends en dix ans. J'ai le syndrome de l'hôtesse de l'air. Je vais dans une multitude de pays pour le travail mais je suis condamné à ne jamais quitter l'aéroport ou la chambre d'hôtel. On dirait une condamnation grecque. Le monde est si beau et je ne connais que des hôtels et mes usines de production. J'ai parcouru tous les États-Unis et je n'en ai rien vu.

Et être là, au sommet du monde, après l'effort, est une jouissance immense. Et une récompense. Pour la première fois depuis que je suis devenu un richissime industriel, je suis sonné par cette abondance d'argent qui coule entre mes doigts comme du sable qui ne sert à rien, du sable qui ne construit rien et que le vent balaye. Pourtant, je l'ai mérité, cet argent. Oui, je l'ai mérité, mais qu'en ai-je fait ? Rien, si ce n'est acheter de nouvelles usines. Et avec toutes ces usines, suis-je plus heureux que lorsque je n'étais encore que ce petit garçon né en banlieue parisienne, fils d'un boulanger-pâtissier et d'une couturière, qui dansait sous la pluie et l'avalait en riant ? Je ne saurais le dire. Mais les gens heureux savent-ils jamais qu'ils le sont ? Prévert disait : « On reconnaît le bonheur au bruit qu'il fait quand il s'en va. » J'ai la désagréable impression que le mien vient de se faire la malle entouré d'une fanfare. C'est incroyable, enfant, je n'avais rien et je souriais tout le temps. Aujourd'hui, incarnation du rêve américain, je possède tout ce que l'on peut désirer un jour. Je ne manque de rien. Matériellement du moins. C'est fou, me dis-je, j'ai tout et pourtant, c'est un gobelet de café acheté dans la rue à un vieillard édenté qui a fait de moi le plus heureux des hommes. Mon pauvre Pierre, c'est qu'il n'y a vraiment plus rien dans ta vie, alors…

J'ai envie de partager ce sentiment avec ma femme et décroche mon téléphone. Elle ne répond pas.

— Je devrais voyager avec elle… dis-je aux plantes vertes qu'un petit vent secoue devant moi.

Puis je prends mon portable et le jette le plus loin possible devant moi. Il se met à sonner. Je ne répondrai jamais à ce dernier appel. Je suis des yeux la parabole qu'il décrit. Il disparaît bientôt, dévoré par l'immense océan vert. Cela fait un bien fou de se débarrasser de ça. C'est comme si l'on venait de me retirer une tumeur du cerveau.

— Tu es taré ! s'écrie une voix à côté de moi dans un anglais à l'accent américain.

C'est une jeune touriste blonde qui porte un énorme sac à dos à la manière d'une carapace de tortue, sans doute pour équilibrer le poids de ses deux énormes seins surgonflés. Elle roule des yeux affolés en me désignant le vide au-dessous de nous.

— Oh, c'est rien. Ce n'est qu'un portable…

— Je me fous de ton portable ! s'exclame-t-elle, furieuse. Dans le meilleur des cas, tu viens de balancer en pleine nature une merde qui mettra mille ans à se décomposer.

— Et dans le pire des cas ?

— Tu viens de fracasser le crâne d'un Mapacho… Et je pense ça, même si les fumiers m'ont piqué mon portefeuille…

Elle tourne les talons de ses chaussures de randonnée et part rejoindre son groupe.

Un coup de fil important

— Il ne répond pas, dit Michael à Allan.

Celui-ci examine le grain de café dans la paume de la main du laborantin.

— Quand il va apprendre ça… dit-il en secouant la tête, avant de le remettre dans la poche de sa blouse blanche immaculée.

— Oui, quand il va apprendre ça, il ne va pas en revenir…

Quatrième partie

L'HOMME QUI AVAIT RETROUVÉ SES CLÉS DE VOITURE À SIX MILLE KILOMÈTRES DE CHEZ LUI

La théorie des clés de voiture

— Tu m'as menti !

L'enfant me regarde avec de gros yeux. Est-ce parce que je fais irruption dans sa cabane sans y avoir été invité, ou parce que je viens de le prendre à son propre mensonge ?

Le sage est redevenu pour moi ce qu'il est vraiment : un gamin de dix ans aux airs arrogants.

— Tu m'as dit que la plantation s'étalait au sommet. Bon, j'avais pensé à la possibilité que cela soit faux, mais il n'empêche que tu m'as menti, mon garçon !

— Oh, je vois, vous êtes en colère parce que vous n'avez rien trouvé…

— Bravo, jeune génie ! Non, je n'ai rien trouvé. Et tu le sais très bien. Il n'y a pas plus de plantation de caféiers dans le coin que de solution à ton énigme.

— Il y a une solution à mon énigme.

— Ne joue pas au plus fin avec moi !

— Bien, alors disons que je vous ai dit ce que vous vouliez entendre. Si je vous avais dit qu'il n'y a rien au sommet de cette montagne, vous auriez abandonné et seriez reparti. Jamais vous n'auriez vu la beauté de cette vue sur la vallée et le Machu Picchu. C'est beau, n'est-ce pas ?

— Splendide. Mais si j'avais voulu que l'on me donne des conseils touristiques j'aurais ouvert un *Lonely Planet* !

— Vous n'avez pas découvert la plantation de café, mais vous avez trouvé autre chose.

— C'est vrai, je me suis senti bien au sommet. J'ai atteint le nirvana, un second souffle.

— Vous auriez pu vous dispenser de parcourir ces milliers de kilomètres pour venir jusqu'ici et cet escalier vertigineux. Vous êtes venu chercher le bonheur ici, alors que…

— Alors que ?

— Alors qu'il est en vous. Alors que vous l'aviez en vous. C'est ce que j'appelle la théorie des clés de voiture.

C'est fou, tous ces gens qui ont des théories.

— Des clés de voiture ?

— Un jour, on perd ses clés de voiture. Cela vous est déjà arrivé, n'est-ce pas ?

Le plus surprenant est que cela lui soit arrivé à lui.

— Oui, bien sûr. Avant…

— Avant quoi ?

— Avant que j'aie assez d'argent pour me payer un chauffeur qui les perde à ma place…

— Je vois… Bref, un jour vous, ou votre chauffeur, perdez vos clés de voiture et vous les cherchez partout. Vous n'avez aucune idée d'où elles peuvent bien être. Vous cherchez même dans des endroits où vous savez pertinemment qu'elles ne sont pas, qu'elles ne peuvent pas être. Dans la poubelle, dans le frigo, derrière les meubles, dans la douche… Vous priez tous les saints, vous implorez le Ciel. Et puis…

L'enfant tâte son poncho et fait semblant d'en sortir quelque chose.

— Et puis vous les retrouvez sur vous ! Elles ont toujours été là, dans votre poche. Eh bien, pour le bonheur, c'est exactement la même chose. Vous pensez que vous l'avez perdu, vous le cherchez partout, et puis un jour vous réalisez qu'il est en vous, qu'il ne vous a jamais quitté. Que le bonheur est en vous, car vous êtes né avec.

— Dans ce cas, on dirait que je viens de retrouver les clés de ma voiture à six mille kilomètres de chez moi !

L'enfant sourit.

— Certains ne remettent jamais la main dessus… Il faut parfois partir loin de chez soi pour se retrouver soi-même. Et savoir que le bonheur se trouve en nous est un réconfort car l'on peut être heureux quelles que soient les circonstances. Quelqu'un qui n'est pas heureux pauvre ne sera pas heureux riche. L'argent est une illusion que les gens poursuivent. Vous vous êtes rendu compte que pour monter au sommet de cette montagne, l'argent est inutile.

— J'ai vu, oui. À moins de louer un hélicoptère !

— Et vous venez d'apprendre que l'on peut très bien être heureux pauvre. La preuve !

Il désigne sa modeste cabane d'un geste du bras.

— J'ai rencontré plusieurs personnes qui avaient chacune leur idée du bonheur et qui pensaient que c'était la meilleure. Et elles avaient chacune raison. La leur était la meilleure car c'était celle qui marchait pour elle. Il y a sept milliards de manières d'être heureux, autant que d'êtres humains sur Terre. L'important, c'est que chaque personne en trouve une, y croit et s'y tienne. Il n'y a pas de recette universelle.

— Comment pouvez-vous avoir tout compris à votre âge ? Êtes-vous la réincarnation de quelque vieux sage ? je lui demande avec un renouveau de respect.

— Nous ne croyons pas en la réincarnation, ici. Disons que j'ai perdu très tôt ce que j'aimais le plus. J'ai perdu mes parents il y a deux ans. J'ai perdu tout ce que j'aimais et j'ai grandi sans perdre de temps. D'un seul coup, en profitant de chaque chose que j'aime. Eux, je ne pourrai plus jamais en profiter. Profiter des personnes que vous aimez, *señor*. Et de ce que vous avez. Le bonheur, ce n'est pas quand on ne manque de rien mais quand rien ne nous manque. En réalité, se contenter de ce que l'on a. Se contenter de son joli petit jardin sans envier le potager du voisin. Il est naturel d'envier le beau et luxurieux potager du voisin, mais sachez que, de son côté, celui-ci envie votre joli petit jardin. Les gens s'envient mutuellement. C'est ce que j'appelle le syndrome de la voisine d'en face.

— Le syndrome de la voisine d'en face ?

— Un homme marié tombe amoureux de la voisine qu'il voit se déshabiller tous les soirs par la fenêtre. Un jour, il a une liaison avec cette femme. Son épouse l'apprend et le quitte. La voisine vient alors s'installer avec l'homme et, ironie du sort, l'ex-épouse reprend la location d'en face. Au bout d'un moment, l'homme marié retombe amoureux de son ex-femme qu'il voit se déshabiller tous les soirs par la fenêtre…

— C'est un film de Woody Allen, ça !

— Ce n'est pas un film, c'est la vie qui est comme cela.

C'est étrange de recevoir des leçons de vie d'un enfant de dix ans. Que connaît-il du mariage ? De l'adultère ? Des clés de voiture. Tout cela me dépasse. Il a la maturité et l'expérience d'un homme de cinquante ans.

— Et alors, quelle est la solution ? Ne pas avoir de femme ? Ne pas avoir de voisine ?

— La solution ? Se satisfaire de sa femme, se satisfaire de ce que l'on a et ne pas regarder ce que possèdent les autres. Votre femme sera toujours objet de désir pour quelqu'un. Et souvenez-vous toujours du jour où elle était votre objet de désir à vous, du jour où elle n'était pas encore votre femme et que vous avez tout fait pour la séduire.

Je pense à Kate avec nostalgie. Son cœur praliné. Son sourire de pub de chewing-gum.

— Vous l'aimez encore, n'est-ce pas ? s'enquiert le petit sage avec un soupçon de frayeur dans les yeux, comme si de cette réponse dépendait son propre bonheur.

— Oui, je réponds sans hésiter. Bref, le bonheur, c'est quand l'on ne ressent pas le manque, je résume, pour montrer que j'ai compris la leçon. Quand on se contente de ce que l'on a.

— Voilà.

— Ma femme et mon fils me manquent.

— Voilà pourquoi vous n'êtes pas heureux.

L'enfant enfonce sa main dans la manche de son poncho et en sort plusieurs dés en os.

— Vous avez découvert le secret tout seul, sans avoir à jeter les dés, dit-il en les faisant rouler entre ses doigts et en les regardant comme s'il les voyait pour la première fois.

— Vous permettez ?

Je m'approche et lui prends les dés délicatement.

— Vous voulez essayer ? Juste pour le jeu ? Comment faire un zéro avec ces cinq dés à six faces.

— C'est impossible ! je m'écrie. Le résultat minimum est cinq.

— Cela n'est pas impossible. Il suffit de… eh bien, de ne pas penser. La pensée vous éloigne de la simplicité.

Or, la réponse est toujours simple. La solution est devant vous. Comme tout dans la vie.

— Très bien, allons-y.

Après quelques secondes de réflexion, j'exécute quelques gestes minutieux et relève la tête vers l'enfant.

Il m'observe, stupéfait, puis sa bouche esquisse un petit sourire complice. J'ai réussi.

— Vous êtes le premier, dit-il sans sortir de sa torpeur.

— J'ai toujours été le premier en tout, je lui explique en tournant les talons et en m'enfonçant dans le rai de lumière que dessine la porte.

Le départ

Alors que je me trouve dans la file d'attente devant la porte d'embarquement, je lance des regards autour de moi. Viendra-t-elle ? Une hôtesse prend le micro et annonce que le vol est prêt, puis elle se poste à côté d'une machine et me salue. Je lui tends mon billet de première classe et me faufile dans la passerelle. Je regarde derrière moi une dernière fois. Elle n'est pas venue.

En m'asseyant dans l'avion, je remarque que le steward est le même qu'à l'aller. Il est en train de noter des choses sur une feuille de papier et prend quelquefois le temps de lever la tête pour saluer les passagers qui entrent.

— Miguel ?

— Oh ! s'exclame l'homme après une seconde à me scruter. L'homme qui cherche le meilleur café du monde !

Je souris.

— Vous repartez déjà ?

— Si vous saviez tout ce que j'ai vécu en si peu de temps…

— Alors, vos affaires ? demande-t-il en délaissant un instant ses notes.

— Un échec retentissant. Je n'ai pas trouvé ce que je cherchais. Mais j'ai trouvé autre chose. Le bonheur.

— C'est déjà pas mal. Vous avez rencontré le jeune sage ? Sacré chemin pour monter, hein ?

— Et tout cela pour rien… En tout cas, j'ai compris pourquoi on n'a droit qu'à une seule chance dans sa vie. Les escaliers m'ont tué !

— Je vous avais dit que l'énigme était difficile. Bonjour, madame, dit-il à l'adresse d'une dame qui va s'asseoir juste derrière moi.

— Oh, mais j'ai résolu l'énigme !

L'homme ouvre la bouche.

— Quoi ? C'est impossible !

— Et en plus, c'est grâce à vous. Vous aviez la solution depuis le début…

L'énigme résolue

— C'est impossible ! je m'écrie. Le résultat minimum est cinq.

— Cela n'est pas impossible. Il suffit de… eh bien, de ne pas penser. La pensée vous éloigne de la simplicité. Or, la réponse est toujours simple. La solution est devant vous. Comme tout dans la vie.

— Très bien, allons-y.

Je regarde les cubes en os rouler dans la paume de ma main.

— Comment voulez-vous que j'obtienne un zéro avec cinq dés ? Même si je ne tire que des « un », cela fera déjà cinq ! Le cumul minimum d'un lancer est de cinq.

— Je ne vous ai jamais dit que ce serait facile.

— C'est mathématique. Je ne peux faire qu'un score entre cinq et trente.

— Pensez différemment. La recherche du bonheur n'a rien de mathématique. Ayez confiance en moi, ayez confiance en vous. Je vous dis que ce n'est pas impossible. Il vous suffit de voir les choses telles qu'elles sont, pas telles que vous voulez les voir.

— Comment faire un zéro avec cinq dés, je répète, pensif.

Je ferme les yeux et me concentre. J'ai beau imaginer que je vais tirer un zéro, mon esprit logique ne cesse de me crier que le cumul minimum d'un lancer sera forcément de cinq. Plus je regarde ces petits bouts d'os, et plus je vois ce qu'ils sont. De simples cubes en os. Des cubes. Où ai-je entendu parler de cubes pour la dernière fois ? La conversation avec le steward me revient alors en mémoire. Chercher la face lumineuse des cubes… Impossible d'obtenir un zéro avec cinq dés. À moins que… À moins qu'il ne faille pas les jeter… La simplicité.

Je dispose sur le tapis les cinq morceaux d'os de manière à former un rond, un zéro. Voilà comment faire un zéro avec cinq dés.

Le garçon m'observe, stupéfait, puis sa bouche esquisse un petit sourire complice.

— Vous êtes le premier, dit-il sans sortir de sa torpeur.

— J'ai toujours été le premier en tout, je lui explique en tournant les talons et en m'enfonçant dans le rai de lumière que dessine la porte.

L'amoureuse éternelle

Le steward a adopté la même attitude que l'enfant. Il me regarde avec de grands yeux.

— Incroyable !

— Je vous ai révélé le truc des dés, par contre, si vous voulez connaître le secret du bonheur, il vous faudra y aller vous-même… dis-je dans un sourire.

L'homme me fait un clin d'œil, puis retourne prendre ses notes et organiser ses chariots. Devant moi, le défilé des passagers continue. Avec moins d'intensité cependant. Soudain, je la vois passer. C'est bien elle.

— Sofia ?

La femme se tourne vers moi. Elle porte une jolie robe à fleurs et une petite veste mi-saison.

— Vous êtes venue…

— Je ne manquerais cela pour rien au monde, répond-elle.

— Où êtes-vous assise ?

— En queue d'avion.

— Bien, dis-je en me levant.

— Mais vous êtes en première !

— Eh bien, je demanderai à votre voisin de siège s'il veut bien échanger sa place en économique contre une en première. Je ne pense pas qu'il s'opposera à cette proposition inattendue.

La vieille dame esquisse un sourire.

Durant tout le vol, Sofia Molina me raconte son enfance dans cette école de Mexico D.F., de ses années dans la même cour de récréation que ce vieillard, qui ne l'était pas encore et qui s'appelle Oscar, cet amour qu'elle n'a jamais oublié. Elle s'est contentée du premier qui lui a fait la cour et elle le regrette. C'était un homme charmant et son mariage a été heureux. Roberto était élégant, la traitait bien, jamais un mot plus haut que l'autre, il l'a toujours encouragée dans son métier. Un homme comme l'on n'en fait plus. Mais pas assez homme pour lui avoir fait oublier Oscar, cet amour de jeunesse, ce garçon avec qui elle n'a jamais échangé un seul mot. Que des regards. Des regards qui l'ont habitée jusqu'à maintenant. Elle se demande comment il est à présent. Je lui réponds qu'il a plein de rides de bonheur. Que c'est un sage qui a réponse à tout et qu'il m'a énormément appris. Qu'il a tout compris à la vie. Mes paroles la font sourire. Elle ne l'a jamais connu et pourtant c'est toujours ainsi qu'elle se l'est imaginé.

— Je suis impatiente de le revoir. Après tout ce temps. Nous nous sommes connus enfants et nous allons nous parler soixante ans après. C'est si incroyable. On devrait toujours faire les choses sur le moment, se lancer, ne jamais attendre. Car on le regrette toujours. N'attendez jamais, Pierre, me conseille-t-elle avec un regard triste.

Et moi, je me dis que la vie n'en finit pas de nous donner des surprises. Même vieux. Même quand on pense que l'on n'a plus rien à attendre d'elle, elle nous surprend. « Tant que tu es vivant, il n'est jamais trop tard. » La leçon numéro 1 du vendeur de hot-dogs, c'est *la* leçon de vie.

Un P-DG en short et sandalettes

À 12 heures, je débarque dans mon bureau de New York en short et sandalettes, bob vissé sur la tête. Sofia entre derrière moi.

Je me plante devant Mei qui vient de revenir à son poste. Elle a du mal à me reconnaître avec ces vêtements. Sur son bureau sont posées des dizaines de journaux locaux et nationaux avec ma photographie en première page. LE BEAU ET LE CLOCHARD, LE MILLIARDAIRE QUI N'ÉTAIT PAS HEUREUX sont quelques-uns des gros titres. On dirait que je suis devenu à mon insu une star nationale.

— Vous êtes devenu un héros !

Elle me dit avoir été préoccupée par mon absence. Je lui explique que tout va bien et lui demande de convoquer le conseil d'administration de manière extraordinaire, ce qui est en totale contradiction avec ce que je viens de lui dire.

Du coin de l'œil, je vois une blonde, assise sur le divan de la salle d'attente, qui se lève et vient vers nous. Elle est immédiatement rejointe par un cameraman, puis par deux autres journalistes, micros à la main.

Monsieur Boulanger ? crient-ils.

— C'est comme cela depuis deux jours !

Monsieur Boulanger ? C'est vous ?

— Mon vieil ami vous a dit quelque chose avant de partir ?

— Non. Attendez, oui. Il a dit qu'il partait parce que vous n'auriez plus besoin de lui maintenant.

— Je pensais que c'était lui qui avait besoin de moi.

Je souris.

— Cela vous va bien.

— Quoi ?

Un micro vient se poster sous mon nez, puis un deuxième et un troisième. Indifférent à la scène qui se déroule autour de nous, Mei continue de me parler comme si nous étions dans mon bureau, seuls.

— Le sourire. Si je peux me permettre, vous devriez le porter plus souvent, ajoute-t-elle comme si elle parlait d'une cravate. Par contre, la chemise hawaïenne…

— Peut-être… Pas trop de grabuge pendant mon absence ?

— Il s'est comporté à merveille avec tout le monde.

— C'est-à-dire ?

— Il a augmenté le salaire de tous vos employés, monsieur.

Elle guette ma réaction.

— Vous êtes d'humeur blagueuse aujourd'hui, dis-je.

— Ce n'est pas une blague.

— Il a bien fait alors.

Elle écarquille ses beaux yeux.

— C'est tout ?

— Non, Pierre, avant de partir, il a vendu *Happy Croissants Ltd.* aux Japonais, dit une voix derrière moi.

Et tous les micros se tournent alors vers Allan.

À la recherche de l'homme perdu

Je me suis précipité au bas de l'immeuble, suivi par une dizaine de micros et de caméras.

Monsieur Boulanger, pourquoi avez-vous échangé une journée de votre vie contre celle d'un vendeur de…

Je scrute le trottoir. Sofia me rejoint aussitôt. Elle est animée d'une joie qui la transforme, qui la sublime. Ses yeux brillent de mille feux. Elle a le visage ridé, les bras frêles et les cheveux blancs, pourtant, on dirait une enfant.

— Il devrait être ici, lui dis-je. Il est toujours ici.

Je lui montre un emplacement devant les grands magasins où le vieux avait l'habitude de mettre sa chaise de camping mais on ne voit que des abeilles affolées qui s'agitent en tous sens, nez sur leur portable.

Monsieur Boulanger, pourquoi cette tenue ? D'où revenez-vous ? Comment prenez-vous la nouvelle de la vente de Happy Croissants Ltd. ?

— Explorons le quartier. Il ne doit pas être bien loin, me dit Sofia en français, indifférente aux journalistes qui se pressent contre nous.

Ainsi faisons-nous pendant cinq bonnes minutes jusqu'à ce que nous tombions sur le chariot. Déserté.

— Que faites-vous ? me demande la vieille dame alors que je fouille le petit véhicule en bois pourri.

— J'essaye de comprendre.

J'inspecte le sauna à hot-dogs. Il est vide et froid. Pas de trace de buée contre ses parois. On dirait qu'il n'a plus abrité de saucisse depuis longtemps. Qu'il n'en a jamais contenu. Sous une cloche, je trouve des donuts. Natures et au chocolat. Tiens, me dis-je, étrange, ces caissons semblent plutôt bien fournis.

Monsieur Boulanger, où est le clochard ?

Nous attendons. Mais le vieux n'arrive pas.

Les caméras me dévisagent, indiscrètes. Je suis conscient que le monde entier est en train de me voir en direct.

Je jette un coup d'œil dans la poubelle. Un emballage attire mon attention. Je le sors et l'examine.

Vous faites les poubelles, monsieur Boulanger ? On dirait que vous prenez très à cœur cet échange avec ce vagabond !

— Ça va, Pierre ? s'inquiète Sofia.

Mais je ne lui réponds pas.

Je suis trop sonné pour cela.

Les caméras me tombent à nouveau dessus. Je montre à la Mexicaine l'emballage que je tiens dans mes mains tremblantes, incrédule, mais elle ne comprend rien. Comment le pourrait-elle ?

Cinquième partie

LE SECRET
DU MEILLEUR CAFÉ DU MONDE

Le secret

Le voilà, le secret à un million de dollars.

Un emballage en plastique industriel sur lequel est écrit *Safeway* en lettres rouges. Je fixe Sofia qui ne comprend toujours rien et incline la tête sur le côté.

— Un café de supermarché, lui dis-je ou me dis-je à moi-même, sans trop y croire. J'ai fait tout cela pour un café de supermarché…

Même pas du Jacques Vabre ! Non. Du Safeway ! Une marque blanche ! Une foutue marque blanche de supermarché ! Sur le coup j'en oublierais presque que le vieux voulait me faire payer un million de dollars pour un café qui ne coûtait que quelques dollars.

Sawefay, monsieur Boulanger ? Qu'est-ce que tout cela signifie ?

Que m'est-il arrivé pour que je prenne un café médiocre pour le meilleur café du monde ? Étais-je devenu à ce point aveugle ? J'aurais voulu me foutre des claques. Cela m'aurait réchauffé…

— De quoi parlez-vous ? me demande la vieille dame, l'air préoccupée. Tout va bien ?

Je lui montre le paquet de Cellophane et les rares grains de café qui s'y trouvent encore. Elle le prend a dessiné une petite moue, de l'air de dire « désolée », elle a haussé les épaules puis elle a disparu. Je l'ai vue rejoindre un homme qui attendait une valise un peu plus loin, un bébé dans les bras. Je suis resté comme un con. Un simple bonjour ne débouche pas toujours sur une grande histoire d'amour.

Le soleil tape fort sur ma tête et je m'aperçois que je suis victime d'hallucinations. Le vieux n'est pas ici avec moi. À l'heure qu'il est, il doit être en train de pousser son chariot dans les rues froides de New York. Il a repris sa place, m'a laissé mon bureau. Le pacte a pris fin. Le jeu est terminé. Les vingt-quatre heures se sont écoulées. Je suis à nouveau libre, libre de revenir au travail. Et pour la première fois de ma vie, je n'en ai pas envie. Je pense à Hugo. Carmen a dû l'emmener à la crèche. Et moi, je suis là, à grimper un interminable escalier qui arrive jusqu'au ciel. Comment le vieux peut-il venir chercher son café jusqu'ici ? Comment en a-t-il la force ? C'est une épreuve terrible.

Je ne croise plus personne durant le reste de mon voyage.

Monter la montagne, tu parles ! J'essaye de ne pas penser à tout ce chemin qu'il me faudra faire en sens inverse pour redescendre, pour repartir de ce lieu maudit. J'en viens presque à regretter de ne pas avoir loué un hélicoptère. C'est l'homme qui devra y arriver, nu, pas le millionnaire.

Au bout de deux heures, la végétation, verte jusque-là, devient jaune. Les arbres, les feuilles, la terre du sol prennent une couleur étrange. Pas un jaune naturel, pas comme les feuilles en automne, non, un jaune fluorescent que la nature serait bien incapable de créer toute seule. Je me demande si mon cerveau me joue disodique, l'exhausteur de goût. Je suis désolé, monsieur.

Michael me donne une petite tape amicale sur le bras et ajoute que je peux compter sur lui. Puis il enlève son manteau et me le met sur les épaules.

— Vous en aurez plus besoin que moi, dit-il en signalant ma chemise hawaïenne et mon short.

Je n'avais même pas réalisé que j'avais gardé ma tenue d'été et je ressens aussitôt la morsure vive du froid qui attaque ma chair.

Je le regarde s'éloigner sans réagir.

— Vas-y, note, « *Une exacerbation des saveurs par l'altération des papilles* », répète une journaliste à son assistant sans trop savoir de quoi il s'agit.

J'ai l'impression qu'ils comprennent encore moins que moi ce qu'il se passe.

— Où est Oscar ? s'inquiète alors Sofia.

Tout ce qu'elle veut savoir, c'est où se trouve son amour de jeunesse. La tête me tourne. Je ne sais pas où il est. Je sais seulement qu'il m'a menti et que je ne saurai quoi lui dire ni quoi faire lorsqu'il se tiendra devant moi. Je repense aux pilules, au café.

Une voix surgit près de moi, se frayant un chemin entre les micros qui nous entourent.

— Vous êtes Pierre ?

Un adolescent boutonneux, portant des vêtements deux fois plus grands que lui, vient d'apparaître devant nous. Les caméras filment ce nouveau rebondissement. J'ai l'impression d'être la star d'un programme de télé-réalité.

Monsieur Boulanger, qui est ce jeune homme ?

— Qui es-tu ? je demande, me faisant l'écho des reporters.

— Le vieux m'a dit qu'un certain Pierre reviendrait, que je le reconnaîtrais parce que vous êtes un peu bizarre. À vous voir vous balader en short et en chemise hawaïenne par ce froid de canard, cela ne peut être que vous. Il m'a laissé ça pour vous.

Puis il me tend une lettre.

La lettre

Cher Pierre,

Si tu lis ces quelques mots, c'est que je ne suis plus de ce monde.

Dis bonjour pour moi aux arbres, aux oiseaux, à tout ce qui fait de cette Terre une merveilleuse planète et un magnifique endroit à vivre.

J'ai un cancer, des plus mauvais, et je n'en avais plus pour longtemps de toute façon lorsque nous nous sommes rencontrés. Voilà pourquoi je t'ai dit qu'il fallait sauter sur l'occasion, que l'on ne se reverrait plus, que j'étais ton ange gardien. À présent que j'ai rejoint les étoiles, c'est peut-être vrai. Qui sait ? Je suis désolé de ne pas avoir pu attendre ton retour pour me lancer dans une conversation aussi animée que celles que nous avons eues.

Quand je t'ai vu ce matin-là et que tu t'es approché de mon chariot, j'ai su que tu étais un homme qui perdait son temps en choses vaines occupé par des choses vaines. J'ai sauté à pieds joints. C'était la chance de ma vie. Le plus grand mystère, c'est comment un connaisseur comme toi a pu trouver ce café commun aussi exceptionnel. Excuse-moi de t'avoir menti, mais c'était pour une bonne cause.

« C'était pour ton bien », comme disent les parents à leurs enfants après leur avoir flanqué une bonne baffe. C'est ce qu'il te fallait, une bonne dérouillée.

J'ai voulu partager avec toi ma philosophie de vie avant de disparaître. Je savais qu'une bribe de ce que je te dirais survivrait en toi. On veut toujours laisser quelque chose de nous sur Terre avant de partir, un bref souvenir de notre passage. C'est humain. Même le plus insignifiant des escargots laisse quelque chose derrière lui, ne serait-ce qu'un long et visqueux filet de bave.

Je n'ai plus aucune famille (tu ne sais pas la chance que tu as d'en avoir une, prends-en soin), plus personne à qui léguer mon secret et ce petit con à l'air ahuri à qui j'ai offert mon chariot, la seule chose que je possédais, n'a sûrement pas besoin de mes conseils pour être heureux : regarde-le, je suis sûr qu'il est en train de t'observer avec son regard vide, et un grand sourire idiot sur le visage. (Je lève les yeux de la lettre. Le vieux a raison.)

Tu étais dans le vrai, rien n'est écrit. Et je pense comme toi que l'on construit nous-mêmes à chaque seconde notre vie. Sinon, à quoi bon ? On passe notre vie à chercher un sens à notre existence. L'être humain est si présomptueux qu'il est persuadé qu'il est né pour une raison bien précise. Alors que ce n'est pas le cas. Mais il te fallait un petit électrochoc pour changer des choses dans ta vie. Ta manière de regarder la vie et le monde. En cela, tu te trompais.

C'est impoli, je sais, mais je n'ai pas pu attendre ton retour. Je me répète, c'est l'âge, mais j'ai une maladie grave. Tu as peut-être remarqué que je n'avais plus de dent. Le cancer me les a enlevées, une par une. Elles et la mâchoire.

Tu te souviens quand je t'ai dit qu'il suffisait d'un seul sourire pour faire sourire toute la planète ? Tu m'as traité d'utopiste. Pourtant, cette phrase est de toi, je te l'ai volée dans l'article du Time, *la première fois que tu en as fait la couverture, il y a quelques années, quand tu n'étais qu'un jeune fou qui se lançait dans l'entreprise de sa vie. Et tu as réussi. N'oublie jamais ce que tu pensais lorsque tu avais encore des rêves. Oui, un seul sourire peut être à l'origine de millions d'autres sur la Terre. C'est le principe des chaînes. Tu m'as dit que cela ne fonctionnait pas. Que tu avais essayé avec tes croissants. Mais que les guerres étaient toujours là, la haine aussi. Mais tu as réussi maintenant. Il n'y a qu'à allumer la télé pour s'en rendre compte. Tu es à l'origine d'une grande vague de sourires et de générosité dans le monde. Ce geste que tu as fait envers moi.*

Tu étais un homme froid et antipathique et tu es devenu l'homme le plus « cool » de la planète. Pour un changement, tu n'y es pas allé de main morte ! Et ne dis pas que c'est grâce à moi. C'est grâce à toi. Malgré toute la volonté du monde, je n'aurais pas réussi à te changer si, toi, tu n'avais pas voulu. Alors merci pour cela. Même si je crois qu'au fond il était normal que tout cela arrive. Parce que, indépendamment de ce qu'elle désire, dans un tourbillon de poussière, chaque molécule agit précisément comme elle doit agir, et ne peut agir autrement qu'elle le fait. Et tu n'es en rien différent d'un amalgame de molécules...

Je ne t'apprendrai rien si je te dis que ce café n'a rien de magique. Il a juste été là au moment où tu en avais besoin. Comme tu le sais maintenant, si tu es parti à sa recherche (ce dont je ne doute pas), la merveilleuse plantation n'existe pas. J'espère que tu me pardonneras un jour de t'avoir menti mais je savais qu'il fallait un argument des plus convaincants pour te mettre sur la route, je te savais intéressé par le gain, je ne me suis pas trompé. Tu étais du genre à ne parler que de choses sérieuses et concrètes, comme s'il n'y avait que les affaires qui importaient pour toi, comme si tout ce dont je t'avais parlé n'avait aucune sorte d'importance alors que je te parlais de toi, de ta famille, de ta vie. Pas de petit déjeuner et de bénéfices. Pour toi, sérieux et concret rimaient avec argent. C'est dommage. J'espère que les choses ont un peu changé désormais et que tu as appris à faire la différence entre ce qui est important, ce qui l'est moins et ce qui ne l'est pas du tout et ne le sera jamais. Les croissants sont moins importants que ta famille. Les croissants sont moins importants que les personnes, Pierre. Et les pains au chocolat aussi.

Voilà pourquoi je t'ai proposé ce jeu. Parce que je sais que tu es un joueur et que si j'arrivais à te blesser dans ton amour-propre, tu irais jusqu'au bout du monde. Et c'est précisément ce que je voulais que tu fasses. Aller au bout du monde. Au bout de ton monde. Aux frontières de ton monde et de ta vie. Je savais qu'en te disant que tu n'oserais jamais partir à l'aventure, tu t'y précipiterais. Tu es comme un enfant à qui ses camarades lui répètent qu'il n'est pas capable de grimper tout en haut de cet arbre, et qui se lance dans l'aventure par simple fierté, sans trop en mesurer les conséquences, même si l'arbre est haut et même s'il sait qu'il tombera. Tu es de ceux qui se sentent plus forts lorsqu'on leur lance un défi, parce que tu as la certitude que tu vas le remporter. Et ton immense confiance en toi fait que tu le remportes. Voilà pourquoi tu es où tu te trouves aujourd'hui, à la tête de cet empire. Voilà pourquoi tu as tout sacrifié autour de toi pour monter en haut de l'arbre.

Je suis curieux de savoir si tu es parti en voyage, et jusqu'où il t'a mené. Au Pérou ? Plus loin ? Je suis curieux de savoir si tu as trouvé ce que tu cherchais, une plantation de café quelconque, ou si tu as fini par te trouver toi-même.

Cela me rappelle un jeu auquel je jouais à l'école, tu sais, au temps de cette Sofia Molina qui faisait vibrer mon cœur. Je disais à un ami, jamais le même, que je connaissais une histoire mais que c'était à lui de la deviner. Il devait me poser des questions, auxquelles je ne pouvais répondre que par oui ou non, et avançait ainsi dans l'intrigue. Au bout d'un long moment, il réussissait à trouver toute l'histoire. Mais en vérité, il n'y en avait pas au départ, et celle qu'il avait racontée, il l'avait en définitive créée lui-même. Je n'avais fait que l'orienter dans ses choix. Chacun développe un récit tout à fait différent. Cela montre ce qui travaille chacun, ses préoccupations, son humeur… Comme mes petits copains de classe, c'est toi qui as créé ton histoire, Pierre. C'est toi qui es venu dans mon bureau, enfin ton bureau, avec ce lieu en tête : Machu Picchu. Alors, j'ai improvisé.

Comme je te le disais, la plantation n'existe pas. Et ce que j'ai dessiné sur ce morceau de papier n'est rien d'autre que deux petits triangles, sans aucun autre sens. Chacun y voit ensuite ce qu'il veut y voir. Comme certaines personnes voient le visage du Christ dans leur tartine beurrée ou sur une tache d'humidité de leur salle de bains, ou d'autres, des formes d'animaux dans les nuages. Je payerais un million de dollars pour ressentir ce que tu as ressenti au bout du voyage, quand tu as déplié la serviette en papier. Je ne saurai jamais si mon dessin se rapprochait de la vérité. Ressemblait-il à ce que tu avais en face de toi ?

Je pense comme toi, rien n'est écrit. Mais cela valait la peine d'essayer, non ?

Quand je te disais que l'on choisissait de mettre ou pas des gens dans notre vie, j'ai choisi de te mettre dans la mienne ce matin-là. Merci de m'avoir permis de le faire.

Tout cela ressemble à la fin de l'histoire. Mais ce n'est qu'un début.

Signé, un homme qui aurait aimé prendre un café avec toi tous les jours et aurait aimé te connaître bien avant…
Tien pour toujours,
Oscar Sandoval.

(Oui, c'est mon nom. Et c'est en l'écrivant aujourd'hui que je réalise que tu ne me l'as jamais demandé. Voilà le peu de cas que tu fais des gens qui t'entourent. Tu ne sais même pas comment ils s'appellent…)

Mes yeux demeurent rivés au papier bien après le dernier mot.

Je sens Sofia, qui a tout lu sur mon épaule, se blottir contre moi pour étouffer un sanglot, à l'abri des caméras qui cherchent à nous voler notre âme. Peut-être voulait-elle rattraper le temps. Réussir à la fin de leur vie ce qu'ils n'avaient pas eu au début. Mais il ne l'a pas attendue. Elle vient de perdre pour la seconde fois celui qui n'a jamais cessé d'être l'amour de sa vie. Les premiers seront les derniers. Comme les crêpes. Et moi, je réalise que je viens de perdre un ami, dont j'ignorais le nom jusque-là.

Trois choses

Debout dans la grande salle de réunion, en chemise hawaïenne et en short, j'embrasse du regard ces hommes et ces femmes qui ont fait de *Happy Croissants Ltd.* ce qu'elle est.

Tous se demandent pourquoi j'ai convoqué ce conseil extraordinaire. Allan a laissé ses carottes de côté et ronge ses ongles dans un coin. Sofia essuie discrètement quelques larmes avec un mouchoir en papier. Derrière la vitre, une myriade de journalistes filment ce moment sans rien comprendre à cet enchaînement d'événements dont ils ignorent la cause et la portée.

— Trois choses, dis-je à l'assemblée en illustrant mes propos avec mes doigts. Baisser le prix des croissants. Le bonheur devrait être accessible à tous. Cela ne devrait pas être une question d'argent. Ensuite, on va larguer pour un million de dollars de croissants surgelés sur l'Éthiopie. Avec la chaleur et leurs fours, ils n'auront pas de problème pour les décongeler. Pourquoi ne pas vivre dans un monde où il pleuvrait des croissants partout où il y a des gens qui meurent de faim ? Guéris le monde, fais-en un endroit meilleur pour toi et pour moi et pour l'humanité tout entière.

Mes employés ouvrent grands les yeux, pensant que je suis devenu fou. J'entends des *Michael Jackson ?* sur leurs lèvres.

— Confucius ! dis-je sur un ton convaincant.

— Et la troisième chose ? interroge timidement le président du conseil.

— Je vends l'entreprise et je démissionne.

Seules ma parole et ma signature peuvent rendre effective la décision qu'ont prise Allan et Oscar vis-à-vis des Japonais.

— Je prends ma retraite.

— Ta retraite ? répète mon associé en pouffant. Tu es incapable de ne rien faire.

— Prendre sa retraite ne signifie pas ne rien faire, Allan. Je profiterai de la vie. Je voyagerai avec Kate. Et pourquoi pas du tir à l'arc…

— Du tir à l'arc ?

Je regarde l'assemblée pour la dernière fois, j'embrasse Sofia et lui souhaite bonne chance avant de sortir.

Africa

Quelque part en Afrique, Jambo regarde le ciel qui gronde. Des avions survolent le village en larguant des centaines d'ombres noires pareilles à des oiseaux qui viennent bientôt s'écraser à côté de lui. Il se baisse et ramasse ce drôle de grêlon. Il l'écrase avec délicatesse entre ses doigts. C'est dur comme la glace. Ça a la forme d'un crabe, mais ça n'a pas l'air vivant. À moins que ce ne soit… un sourire. L'homme se le met devant la bouche pour former un grand sourire.

Aminata, l'ancienne femme de ménage, dépose sa seringue sur la table de camping. Elle s'approche de Jambo et reconnaît aussitôt les viennoiseries de son ex-patron. Il pleut des croissants. *It's raining croissants !* Que font-ils là ? Un œuvre humanitaire ? Impossible, venant de ce gros con de Français qui a toujours le nez dans son téléphone portable, lorsqu'il ne l'a pas dans son nombril.

— C'est vrai qu'on dirait un sourire. Ce sont des croissants, dit Aminata. Ça se mange. C'est délicieux.

L'homme contemple le sol jonché de viennoiseries.

De toute l'histoire de l'Éthiopie, les dieux n'ont jamais fait pleuvoir des croissants surgelés. Et Jambo comprend alors que lui et son peuple ne mourront plus jamais de faim. De cholestérol, peut-être, mais plus jamais de faim.

À quelques milliers de kilomètres de là, au Burkina Faso, Bono le chanteur de U2 est en train de serrer la main du chef de la tribu Bobo lorsqu'il reçoit un coup sur la tête.

— *Bloody hell !* s'exclame-t-il avec son accent irlandais, avant de réaliser qu'il pleut des croissants tout autour d'eux.

Il reconnaît le sourire particulier des croissants surgelés de son ami Pierre Boulanger. Mais comment est-ce possible ?

Il regarde ses amis et comprend enfin pourquoi son guitariste The Edge ne retire jamais son bonnet noir. Le monde part en cacahuètes et on ne sait jamais ce qui nous tombera sur la tête.

Les plus grandes histoires d'amour commencent par un simple bonjour

En sortant de ma boulangerie *Happy Croissants*, dans laquelle je me suis arrêté quelques secondes afin de conseiller à Steven pour la cent mille et unième fois d'arrêter la cigarette (car il y a des choses pour lesquelles cela vaut la peine d'insister), je me surprends à prendre le temps de regarder le monde autour de moi, moi qui ai toujours couru. La bande de journalistes me suit comme un cortège de Mariachis, m'apostrophant de questions que je n'entends même plus.

Je ne savais pas que l'on pouvait apprendre autant sur soi-même à observer les visages anonymes de ces personnes que l'on croise dans la rue, et à se demander ce qui peut bien les rendre heureuses. Le vieux a raison. On devrait tous jouer à ce jeu au moins une fois dans notre vie. Et moi qui ai toujours été si terre à terre, le nez dans les chiffres et les affaires, je me surprends à contempler le ciel et les nuages, comme si je n'avais jamais remarqué cet immense toit bleu et blanc au-dessus de ma tête, cet immense toit bleu et blanc qui recouvre notre monde.

Debout, posté à un feu rouge, je revois cette femme qui traverse le passage piéton en souriant, le téléphone portable collé à l'oreille. *Parler à un ami, parler à ses parents, parler à son mari, parler à ses enfants.* Une vieille dame prend congé de son petit-fils en lui caressant la joue avec tendresse. *Caresser les gens que l'on aime. Regarder dans les yeux les gens que l'on aime.* Un jeune homme secoue la tête en souriant, un casque vissé sur les oreilles. *Écouter de la musique qui nous exalte, des mélodies qui nous rendent vivants.* Le bonheur revêt tellement de formes, tellement de couleurs. Pour certains, il se matérialise sous l'apparence d'un hot-dog tartiné de ketchup et recouvert d'une épaisse tranche de pain brioché, pour d'autres, il s'agit du sourire d'un enfant, du sourire d'un grand-père, d'une mère qui vous prend dans ses bras pour vous consoler, d'une cuillère trempée dans un pot de Nutella, d'une mayonnaise faite maison par votre grand-mère, d'un ami que l'on retrouve après tant d'années, d'un bain chaud avec un beau livre qui vous transporte et vous arrache des larmes de joie et de tristesse, d'un carré de chocolat, d'un pot entier de Häagen-Dazs devant un film d'amour un peu mièvre mais qu'on adore, d'un match de la Coupe du monde, du retour d'un père qui vous a abandonné lorsque vous n'étiez qu'un bébé car il n'avait pas le courage d'être un père et qui vient de le retrouver, d'un discours d'investiture d'un président américain noir qui remplit les yeux d'espoir de millions de citoyens issus des minorités, d'un baiser sur le museau de votre petit chat Chaussette, votre dernier ami, lorsque tous sont partis emportés par la vieillesse, d'une caresse d'une infirmière qui vous accompagne en fin de vie et dont le sourire est la dernière chose que vous voyez de ce monde.

Ce qui suit arrive très vite, comme un film que l'on passerait à caméra rapide.

Je sème la foule de journalistes en me précipitant dans les entrailles du premier métro que je croise. Je saute le tourniquet, dévale les escaliers quatre à quatre et cherche refuge au milieu de la masse de passagers qui s'agglutinent sur le quai. Bientôt, je suis devenu l'un des leurs, si ce n'est par mon accoutrement estival qui détonne.

Je monte dans un wagon, glisse mon doigt sur un plan, depuis ma situation actuelle jusqu'à l'aéroport JFK. Au passage, j'aperçois ce *M*, pour *Métro*, qui ressemble à s'y méprendre au dessin du vieux.

Je vois des signes partout. Cela signifie sûrement que je suis sur le bon chemin. Quoi qu'il en soit, j'ai de plus en plus envie d'y croire. Pourquoi ne pas me laisser guider et transporter pour une fois par la commodité des signes qui rassurent ?

Je fais le geste de jeter un coup d'œil à ma Rolex mais me souviens aussitôt que je ne l'ai plus. Qu'à l'heure qu'il est, elle doit être au poignet d'un Mapacho. Ça y est, je suis redevenu le Pierre Boulanger d'avant, l'impulsif, le passionné, amoureux. J'aime tellement ma femme. Je ne peux attendre une seconde de plus pour le lui dire et pour la prendre dans mes bras.

Je suis redevenu le jeune fou qui sautait dans des avions pour rejoindre Kate lorsqu'elle vivait encore loin de moi. Cela fait quatre ans que je ne lui ai pas fait de surprise, en fait, depuis que nous vivons ensemble, dans la même ville, dans la même maison, dans le même lit.

Je ne réalise pas encore que, ce soir, je dormirai avec ma femme. On fêtera ça avec une bouteille de champagne. Et un bon bain chaud tous les deux, ensemble, comme avant. Pour une soirée, notre équipe de bobsleigh en baignoire reprendra du service. Je me glisserai dans la baignoire remplie d'eau chaude et de gel moussant, puis Kate s'assoira entre mes jambes, son dos contre ma poitrine. Le regard vers l'avant, nous imaginerons que nous dévalons à grande vitesse le long serpentin gelé. Dans les courbes, j'emporterai ma partenaire sur le côté. Ce soir, pour je ne sais plus combien de fois consécutives, l'équipe franco-américaine olympique de bobsleigh en baignoire remportera la course.

J'ai déjà envie d'être à Nuuk. J'aimerais me téléporter, qu'il n'existe plus de délai de voyage d'un point à un autre lorsqu'il y a urgence. Et l'amour en est une.

Quelquefois, les pattes de mes croissants s'étirent tellement et se rejoignent qu'elles dessinent un cœur. Un cœur de pâte feuilletée. Aujourd'hui, tous mes croissants dessinent un immense cœur contagieux.

Ce soir, à 22 h 15, alors que ma femme décrochera son téléphone pour m'appeler, j'avancerai sur la pointe des pieds dans le couloir de son hôtel. En chemise hawaïenne et en short en plein Groenland car je n'aurai toujours pas eu le temps de me changer de mon voyage au Pérou. Et alors qu'elle prononcera les premiers mots, je m'approcherai de sa chambre. Je frapperai. Elle me dira : « Attends, on frappe », à l'autre bout du fil, et puis elle ouvrira la porte.

Je lui sourirai et je lui dirai bonjour.

Et si je n'ai pas la force de le lui dire, ou si mon cœur bat si vite qu'il gagne encore la course contre le champion du monde du cent mètres et que je ne peux plus parler, que j'ai le souffle coupé, j'aurai juste à lui montrer mon poignet. Mon poignet sur lequel j'ai tatoué *bonjour* pour elle.

Un simple bonjour. Le premier mot que l'on dit quand on est amoureux. Un bonjour timide, maladroit, un peu niais. Ce bonjour particulier. Ce bonjour qui n'a pas le même goût, le même son, la même tendresse que ce bonjour que l'on adresse à tout le monde. Aux inconnus, aux amis, aux collègues de bureau, à son boucher, à son poissonnier, à son facteur, à l'hôtesse de l'air en entrant dans l'avion.

Bonjour spécial, débordant d'amour et de tendresse, celui que l'on réserve à la femme que l'on aime le matin en ouvrant les yeux dans ses bras, que l'on prononce toujours dans un sourire, que l'on murmure à son oreille pour lui dire que la vie est belle avec elle et que l'on veut que cela dure éternellement.

Ce même bonjour par lequel commencent les plus grandes histoires d'amour. Bonjour. Ce même bonjour par lequel a commencé la mienne avec Kate. Bonjour. Celui que je prononcerai dans quelques instants pour elle.

Bonjour, Kate.

Puis je l'emmènerai visiter le Groenland à dos de chamelle, habillé en chemise hawaïenne. Et nous rirons comme jamais nous n'avons ri.

Le début d'un nouveau monde

Quelques semaines après

Je ferme un œil.

Des chameaux au Groenland, des croissants au beurre qui tombent du ciel en Éthiopie, peut-être est-ce là le début d'un nouveau monde ? Un endroit meilleur pour toi et pour moi et pour l'humanité tout entière.

Ma respiration ne fait plus qu'un avec mon esprit.

Mon unique œil encore ouvert se focalise sur le petit disque jaune qui flotte au loin devant moi comme un soleil en miniature. Je communie avec le disque. Je communie avec le soleil. J'inspire puis bloque mon souffle. Mes doigts se détendent et lâchent la corde alors que j'expire lentement. Un, deux, trois, je ne bouge plus.

Puis je reviens à la vie.

— *En pleine dans lé mille !* s'exclame une voix à côté de moi. *Tou es oune tchampion*, Pierrrre !

Paulo Coelho m'indique de son doigt la cible installée à dix mètres de nous, sur la terrasse de notre appartement new-yorkais, et la flèche qui ondule en son centre.

— Mon Cupidon… murmure Kate en posant sa longue chevelure blonde de Schtroumpfette contre mon épaule, heureuse.

Elle s'en détache presque aussitôt pour prendre à son tour une flèche dans son carquois.

— Si je touche un voisin, je gagne des points ? demande-t-elle dans un grand sourire.

Paulo Coelho secoue la tête de droite à gauche, ce qui fait frétiller sa petite queue-de-cheval blanche comme un pompon de manège.

Un manège…

Et alors que ma femme retient sa respiration et vise, je repense au marchand de café, à Marilyn, au steward, à Sofia, au professeur de physique, à l'enfant sage, à toutes ces personnes merveilleuses que j'ai connues pendant mon voyage et que j'ai mises dans ma vie. Dans quelle mesure ma rencontre a-t-elle eu ne fût-ce qu'une infime répercussion sur leur existence ? Peut-être aucune. Sûrement aucune.

Toutes ces rencontres ont changé ma vie.

Mais moi, ai-je changé celle de quelqu'un ?

Peut-être la vôtre…

Quelques mots de l'auteur(e)

C'est un film qui est à l'origine de la petite étincelle qui m'a poussé(e) à écrire ce roman. Et pas celui auquel vous vous attendriez peut-être le plus : *Pretty Woman*. Et plus en particulier une scène du film, désormais célèbre pour une terrible erreur de raccord. Vous n'avez qu'à entrer dans YouTube les mots clés *Pretty Woman movie mistakes* pour vous en rendre compte par vous-même, mais, moi, je l'avais repérée à l'époque, je vous parle d'un temps que les jeunes ne peuvent pas connaître, à l'époque où Internet n'existait pas encore. Il s'agit de la scène où Richard Gere et Julia Roberts prennent leur premier petit déjeuner dans la chambre d'hôtel. L'actrice porte un peignoir blanc, elle croque avidement dans un croissant. Richard Gere, lui, lit le journal. La caméra passe de l'un à l'autre au gré du dialogue et l'on peut remarquer que le croissant, dans les mains de Julia Roberts, devient tout à coup un pancake américain (c'est une espèce de petite crêpe plus rigide que les nôtres) puis à nouveau un croissant, pour redevenir un pancake en fin de scène.

J'avais adoré cette erreur, en avais imaginé les coulisses. L'opérateur qui achète un croissant, Julia Roberts mange le croissant pendant le tournage de la première prise, mais il faut en faire une deuxième, peut-être une troisième, or il n'y a plus de croissant, on file acheter des pancakes, on pense que le spectateur n'y verra que du feu. On pense que, entre un pancake et un croissant français, il n'y a peut-être pas autant de différences… C'est ne pas connaître le Français ! Bref, Pierre Boulanger était né. Boulanger, français exilé aux États-Unis, Don Quichotte des fourneaux luttant contre les moulins du goût américains, faisant de notre symbole de pâte feuilletée force, fierté et fortune.

J'ai un peu vécu la même chose, une vie remplie, tout ce que l'on puisse rêver d'avoir. Sous son aspect léger, sous la parodie des livres de développement personnel, *Le Sourire contagieux des croissants au beurre* est un témoignage de vie, la mienne, et le fruit de mes expériences et de la philosophie avec laquelle je suis né(e) et qui m'a toujours porté chance et que je voulais partager avec vous. Dans ce roman, tout est vrai, seul le nom de l'auteur(e), Camille Andrea, est inventé. Le souvenir de mon enfance lorsque ma mère me payait un tour de manège et que je sautais, pendant le même tour, du véhicule de police à la fusée puis à l'hélicoptère, métaphore absolue de ce qu'allait devenir ma vie, puisque j'ai sauté de manège en manège le reste de mon existence. Curieux(se) maladif(ve), j'ai toujours étudié, toujours voulu apprendre de nouvelles choses, sur les sujets les plus variés, et aujourd'hui, en tant qu'auteur(e), j'ai la chance de pouvoir exercer en quelques minutes le métier pour lequel, avant, j'aurais dû faire cinq années d'études ou passer un concours. La théorie du ketchup, celles du hot-dog, du Post-it, du carré lumineux, je les ai toutes inventées à partir de mon expérience, à partir de cet optimisme chronique, de naissance, dont j'ai hérité de ma mère, de mon grand-père. La valeur de l'échec qui m'a toujours permis de refaire les choses, en mieux, d'avancer, toujours, et ne jamais me plaindre, jamais pleurer. Chaque chose que j'ai faite dans ma vie, chaque matière que j'ai étudiée, chaque réussite m'a servi, chaque échec, chaque erreur a été aussi bénéfique, comme autant de trampolines pour atteindre ce que je voulais atteindre et je peux aujourd'hui dire que j'ai la chance, car il en faut toujours, c'est évident, en plus du travail, beaucoup de travail, encore du travail, d'avoir toujours obtenu ce que je visais. Car je n'ai jamais baissé les bras, jamais je n'ai eu peur de me lancer dans l'inconnu, de tout abandonner, famille, amis, pays, pour refaire les choses depuis la base, redevenir éboueur après avoir été ministre, par amour de la vie, refaire les choses mille fois, toujours aller de l'avant. Suis-je la plus courageuse des personnes ou ne suis-je qu'un(e) fou(folle) ? La vie m'a enseigné que j'avais eu raison, que cette folie avait été la clé qui m'avait ouvert toutes les portes.

Les *Croissants* est le livre que j'ai toujours voulu écrire sur moi, et s'il peut aider ne serait-ce qu'une personne à voir les choses autrement, alors je serai un(e) écrivain(e) comblé(e). Il est le témoignage que je laisse, mêlé de fiction, celle de ce boulanger, que j'aurais pu être, père (ou mère) comme je le suis, et cette rencontre, véridique, avec ce vieux monsieur sans dent rencontré lors d'un voyage en Afrique, qui, s'il ne m'a rien appris car je ne parlais pas sa langue, m'a servi de modèle pour le vieux vendeur de hot-dogs. Un homme dont je ne connais même pas le nom, comme Pierre Boulanger ne connaissait pas celui d'Oscar, et dont la photo m'accompagnait alors que je donnais vie à ce personnage. Et ces rencontres, avec la jolie jeune fille de mon lycée que personne n'osait aborder au collège et qui est partie avec le plus « laid » d'entre nous et qui m'a ensuite toujours poussé(e) à me dire, comme ma mère me l'a répété toute sa vie : « Qui ne tente rien n'a rien », et dont je fais aujourd'hui une politique de vie, un slogan, une arme qui ouvre toutes les portes, et qui est celle qui m'a amené(e) à envoyer ce manuscrit de manière anonyme à l'éditrice Céline Thoulouze, que je tiens à remercier du plus profond de mon être pour avoir tout de suite cru en moi alors qu'elle ignore toujours à ce jour qui je suis. Je vais finir par croire au pouvoir des croissants et à celui de leur contagieux sourire. Et si nous y croyons tous ensemble, chère lectrice, cher lecteur, il n'en sera que bien plus fort.

Camille Andrea

MIXTE
Papier issu de
sources responsables
FSC® C003309

L'éditeur de cet ouvrage s'engage dans une démarche
de certification FSC® qui contribue à la préservation
des forêts pour les générations futures.

Pour en savoir plus :
www.editis.com/engagement-rse/

Imprimé en France par CPI
en avril 2021

N° d'impression : 3042477
Dépôt légal : avril 2021
P30614/01